Luisa A

PICCOLE DONNE

Parole d'Argento Edizioni

CAPITOLO PRIMO

Il giuoco dei pellegrini.

– Natale non sembrerà più Natale senza regali – brontolò Jo sdraiata sul tappeto dinanzi al caminetto.

– L'essere poveri è una disgrazia – disse Meg, guardando con un sospiro il suo vecchio vestitino.

– Non è giusto che alcune ragazze debbano aver tanto ed altre nulla! – soggiunse la piccola Amy con voce piagnucolosa.

– Abbiamo però la nostra buona mamma ed il nostro papà e tante altre belle cose – disse Beth dal suo cantuccio.

Le quattro faccine, illuminate dai bagliori del fuoco che scoppiettava nel caminetto, si rischiararono un momento a queste parole, ma si oscurarono di nuovo allorché Jo disse con tristezza: – Papà non è con noi e chi sa quando tornerà! – Non disse – forse mai – ma tutte lo aggiunsero silenziosamente, pensando al padre loro tanto lontano, là, sul campo di battaglia.

Tutte tacquero per qualche istante, poi Meg ricominciò: – Sapete bene la ragione per cui la mamma ha proposto di non comprare regali per Natale. Essa crede che non abbiamo diritto di spendere i nostri denari in divertimenti quando i nostri cari nell'esercito soffrono tanto. Non siamo buone a molto noi, ma possiamo pur fare i nostri piccoli sacrifizi e dovremmo compierli con piacere, per quanto io confessi che mi costano qualche fatica – e Meg scosse la testa ripensando alle belle cosine che da tanto tempo desiderava.

– Ma non credo che quel poco che daremmo possa alleggerire le sofferenze dell'esercito; un misero dollaro non potrà far gran cosa. Sono d'accordo anch'io di non aspettarmi nulla né dalla mamma né da voialtre, ma vorrei, con i miei pochi risparmi, comperarmi Undina e Sintram! È tanto tempo che lo desidero! – disse Jo, che aveva una vera passione per la lettura.

– Io aveva pensato di comprarmi un po' di musica! – disse Beth, con un sospiro così leggero che nessuno poté udirlo.

– Io voglio comprarmi una bella scatola di lapis Faber; ne ho proprio bisogno – disse Amy risolutamente.

– Mamma non ha detto nulla riguardo ai nostri risparmi e suppongo che non sarebbe contenta se ci privassimo di tutto quello che ci può far piacere. Comperiamoci quello che desideriamo e divertiamoci un po'; mi pare che lavoriamo abbastanza per meritarcelo! – gridò Jo, guardandosi i tacchi delle scarpe, come avrebbe fatto un «dandy».

– Lo credo io! Io che, da mattina a sera, devo far lezione a quei terribili bimbi, quando darei non so che cosa per restare a casa e passare le giornate a modo mio! – cominciò Meg con voce lamentevole.

– Tu puoi cantare quanto vuoi, ma non meni certo una vita così brutta come la mia! – aggiunse Jo.

– Come ti piacerebbe star sempre rinchiusa con una vecchia nervosa ed antipatica che ti fa trottar tutto il santo giorno su e giù, che non è mai contenta e che ti tormenta tanto da farti venir la voglia di buttarti giù dalla finestra o di darle un buon paio di scappellotti?

– Veramente non bisognerebbe lamentarsi, ma credetelo pure che lavar piatti e tener la casa in ordine è la peggior cosa del mondo! E le mie mani diventano così ruvide che non posso più suonare una nota! – E Beth, dicendo queste parole, si guardò le mani con un sospiro che, questa volta, tutti poterono udire.

– Non credo che nessuna di voi abbia da soffrire quanto me; – disse Amy – voialtre non andate a scuola e non dovete stare con ragazze impertinenti che vi tormentano se non sapete la lezione, vi canzonano perché non avete un bel vestito o perché vostro padre non è ricco, e v'insultano perché non avete un naso greco!

– Ah! se ci fosse ora un po' di quel denaro che papà perdette quando eravamo piccole! Che bella cosa, eh, Jo? Come saremmo buone ed ubbidienti, se non avessimo alcun pensiero! – disse Meg che si ricordava di tempi migliori.

– Mi pare però che l'altro giorno tu dicessi che ti ritenevi molto più fortunata dei ragazzi King, che nonostante tutti i loro denari, leticavano e brontolavano da mattina a sera.

– È vero, Beth! E credo sul serio che noi siamo assai più fortunate di loro; sì abbiamo da lavorare, ma ci divertiamo fra di noi e siamo «un'allegra masnada», come direbbe Jo.

– Jo si serve sempre di termini così volgari! – osservò Amy, gettando uno sguardo di rimprovero alla lunga figura sdraiata sul tappeto. Jo, a queste parole, si alzò a sedere, mise le mani nelle tasche del grembiule e cominciò a fischiare.

– Non lo fare, Jo, son cose da ragazzacci.

– È appunto per questo che lo faccio.

– Io non posso soffrire le ragazze sgarbate.

– Ed io non posso soffrire le ragazze smorfiose che stanno sempre in ghingheri.

– Gli uccellini dello stesso nido vanno d'accordo – interruppe Beth, la paciera, con una smorfia così curiosa che le due sorelle scoppiarono in una risata e il battibecco cessò per quella volta.

– A dir il vero avete torto tutt'e due – disse Meg, cominciando, come sorella maggiore, la sua ramanzina! – Tu sei abbastanza grande, ormai, per smettere quei modi da sbarazzino e comportarti meglio, Giuseppina. Ciò non aveva tanta importanza quando eri piccola, ma ora che sei così alta e che ti sei tirata su i capelli, dovresti rammentarti che sei una signorina e non un ragazzo.

– Non è vero nulla! e se il tirarmi su i capelli mi fa diventare una signorina, porterò la treccia giù, fino a venti anni! – gridò Jo, strappandosi via la rete e lasciandosi cadere sulle spalle una bellissima treccia di capelli castagni.

– Penso con raccapriccio che un giorno dovrò pur essere la signorina March, dovrò portare le sottane lunghe e metter su un'aria di modestia e di affettazione come la mia cara sorella! È la cosa più insopportabile del mondo pensare d'essere donna quando darei qualunque cosa per essere nata uomo! Ed ora che muoio dalla voglia di andare al campo con papà, mi tocca star qui a far la calza come una vecchia di cent'anni! – E Jo, in un impeto di rabbia, gettò per terra la calza che stava facendo, tanto che il gomitolo di lana andò a rotolare dall'altra parte della stanza.

– Povera Jo! Non è davvero giusto! Ma non può essere altrimenti, perciò ti devi contentare del tuo nome, che pare quello di un ragazzo e ti puoi divertire a far da fratello a noi altre – disse Beth, accarezzando la testa arruffata che si era posata sulle sue ginocchia con una mano il cui tocco, né lavatura di piatti, né spolveratura, avrebbe potuto rendere meno che dolce.

– Quanto a te, Amy, – continuò Meg; – sei addirittura esagerata! Mi piacciono le tue manierine gentili ed il tuo modo raffinato di parlare, ma quando vuoi usare delle parole lunghe e ricercate che non conosci e cerchi di essere elegante, sei addirittura ridicola ed affettata. –

– Se Jo è un ragazzaccio ed Amy è affettata, che cosa sono, io? – domandò Beth pronta a prendere la sua parte di predica.

– Tu sei un angelo e null'altro.– rispose Meg abbracciandola e nessuno la contraddisse poiché «il topo» era il cocco della famiglia. Benché il tappeto fosse molto logoro ed i mobili molto vecchi pure la stanza dove erano riunite le quattro ragazze era resa gaia e piacevole da uno o due buoni quadri appesi al muro, dalle librerie piene di libri, dai crisantemi e dalle rose di Natale che fiorivano sulle finestre e dall'atmosfera di pace casalinga che pervadeva ogni cosa. Margherita, la maggiore delle sorelle, aveva 16 anni ed era molto carina. Bionda, ben formata, aveva occhi celesti, una quantità di capelli di un castagno chiaro, una bocchina dolce e delle mani fini e bianche a cui teneva molto.

Giuseppina o Jo, come la chiamavano in famiglia, era alta, magra, scura di carnagione ed assomigliava un poco ad un puledro non ancora domato, perché non sapeva mai dove, né come tenere le lunghe membra che sembravano esserle sempre d'impaccio. Aveva una espressione risoluta nella bocca, un naso bizzarro, ed occhi grigi, che sembravano vedere tutto e che potevano essere, a volta a volta, severi, furbi o pensierosi. I suoi lunghi e folti capelli erano la sua unica bellezza; ma ella li portava quasi sempre in una rete, perché non le dessero noia. Jo aveva le spalle un po' curve, piedi grossi e mani lunghe; i vestiti quasi sempre scuciti che le cascavano di dosso e l'aria di una ragazza che sta trasformandosi rapidamente in donna, ma che vorrebbe rimanere bimba.

Elisabetta o Beth era una rosea fanciulla di 13 anni, tutta pace e timidezza: il padre la chiamava «piccola tranquillità» ed il nome le si confaceva a pennello, perché sembrava vivere beata in un mondo a sé da cui non usciva se non per stare con i pochi che ella amava e stimava.

Amy, la più piccola, era un personaggio importante, secondo la sua opinione, almeno. Era bianca come la neve, con occhi celesti, ed i folti capelli biondi le scendevano inanellati sulle spalle; era pallida e magra, ma faceva il suo possibile per comportarsi sempre come una vera signorina.

Quali fossero i caratteri delle quattro sorelle i lettori vedranno in seguito.

Suonarono le 6 e Beth, dopo avere spazzato la cenere dal camino, prese un paio di pantofole e le avvicinò al fuoco per scaldarle.

La vista delle vecchie pantofole parve avere una buona influenza sulle sorelle; esse sapevano che la mamma doveva arrivare tra poco e tutt'e quattro si prepararono per riceverla. Meg smise di predicare ed accese il lume; Amy si alzò dalla poltrona, senza che alcuno glielo ricordasse e Jo si dimenticò di essere tanto stanca, tolse di mano a Beth le pantofole della mamma e le tenne vicino al fuoco.

– Sono tutte sciupate; mammina dovrebbe averne un altro paio. – disse dopo un breve silenzio.

– Avevo pensato di comperargliene un paio col mio dollaro – disse Beth.

– No, le voglio comperar io – strillò Amy.

– Io sono la maggiore... – cominciò Meg, ma fu interrotta da Jo che disse con accento energico:

– Io sono l'uomo, ora che papi non c'è, e spetta a me comperare le pantofole: se vi ricordate, papà raccomandò la mamma in ispecial modo a me, quando andò via.

– Sapete cosa faremo? – disse Beth – Compreremo tutte qualcosa per la mamma e nulla per noi.

– Brava Beth! Quello che volevo proporre io! Ma che cosa prenderemo? – esclamò Jo. Tutte e quattro pensarono un momento poi Meg esclamò, come se l'idea le fosse sorta alla vista delle sue belle manine: – Io le regalerò un bel paio di guanti.

– Io le pantofole: le migliori che ci sono – gridò Jo.

– Io una dozzina di fazzoletti orlati tutti da me – disse Beth.

– Io comprerò una bottiglia di Acqua di Colonia, che piace tanto alla mamma e che non costa molto; così mi potrà anche rimanere qualche soldo per i miei lapis – aggiunse Amy.

– Facciamole credere che vogliamo comperare qualcosa per noi e prepariamole un'improvvisata! Bisogna andare domani a fare tutte le commissioni Meg, c'è tanto da fare per la rappresentazione della sera di Natale! – disse Jo, camminando su e giù per la stanza con le mani dietro la schiena e il naso per aria.

– Questa è l'ultima volta, però, che prendo parte alla rappresentazione: sono ormai troppo grande – disse Meg, che, tra parentesi, era bimba quanto le altre quando si trattava di mascherate.

– Lo dici, ma non lo farai! Ti piace troppo vestirti colla bella veste bianca a coda, portare i capelli sciolti per le spalle e metterti tutti quei gioielli di carta argentata e dorata! Sei la migliore attrice della compagnia e se tu manchi che cosa faremo? Dovremo smettere anche noi – disse Jo – A proposito: bisognerebbe fare una prova stasera; vieni qua Amy, fa un po' la scena dello svenimento; hai proprio bisogno di impararla meglio; stai sempre lì impalata come un pezzo di legno.

– Non posso far meglio di così: non ho visto mai nessuno svenirsi, e non voglio mica farmi dei lividi come fai tu quando ti butti per terra, come se non avessi ossa e non sentissi nulla! Se posso cader giù adagio senza farmi male, allora farò la scena a modo tuo, ma se no, mi lascerò andare su di una seggiola e non m'importa nulla se anche Ugo mi minaccia con una pistola! – rispose Amy, che non aveva disposizione speciale pel teatro, ma che era stata scelta a far quella parte perché non era molto pesante e l'eroe del dramma poteva, senza troppa fatica, trasportarla in braccio fuori della scena.

– Fa' così: congiungi le mani e trascinati per la stanza gridando con terrore: «Roderigo, salvami, salvami!» – e Jo attraversò barcollando la stanza e cacciò un grido melodrammatico che trapassava il cuore.

Amy cercò di imitarla, ma congiunse le mani e si spinse innanzi come se fosse stata mossa da una macchina, ed il suo oh prolungato pareva piuttosto l'urlo di una persona che sente figgersi degli spilli nel corpo che non un grido di terrore e di raccapriccio. Jo, sconsolata, sospirò come se l'anima le si volesse spezzare; Meg rise di cuore e Beth lasciò bruciare il pane, tanto era assorta a seguire la ridicola scena. – Non c'è caso, non lo farà mai! Sai come l'è? Fa' quel che puoi il giorno della rappresentazione, e se gli spettatori fischiano non dire che è colpa mia. Vieni Meg.

Le cose procedettero allora un po' meglio, perché Don Pedro sfidò il mondo intiero in un discorso di due pagine, che recitò senza un solo sbaglio: Agar, la strega, cantò con grandissimo effetto una terribile imprecazione, mentre faceva bollire in una pentola una quantità di rospi; Roderigo strappò le sue catene ed Ugo finì la sua vita in un'agonia mista di rimorso e di arsenico, rendendo l'ultimo respiro con un terribile Ah! Ah!

– È la migliore di tutte quelle che abbiamo recitato – disse Meg, mentre il morto si rialzava e si stropicciava i gomiti.

– Non so come fai a recitare ed a scrivere delle cose tanto belle Jo! Sei un secondo Shakespeare – esclamò Beth, che fermamente credeva che le sue sorelle fossero dei veri geni.

– Veramente no! – rispose Jo modestamente – Credo però che «La Maledizione della strega» sia uno dei miei migliori scritti: ma mi piacerebbe tanto recitare il Macbeth, se potessi avere un trabocchetto per Banquo! È tanto tempo che desidero fare la parte dell'uccisore!

– È proprio uno stile quello che vedo dinanzi a me? – mormorò Jo stralunando gli occhi come aveva veduto fare ad un celebre attore e stringendo il pugno quasi volesse afferrare qualcosa nell'aria.

– Hai infilato nella forchetta la pantofola di mamma invece del pane! – gridò Meg, e la prova finì con un generale scoppio di risa.

– Son contenta di vedervi così allegre, bambine mie – disse una dolce voce ed attori e spettatori corsero a salutare una signora piuttosto grassa, di circa quaranta anni, con un volto pieno di bontà e di materna dolcezza. Non si poteva chiamare bella, ma in generale, tutte le madri sono belle agli occhi dei loro figli e le quattro ragazze credevano veramente che il vecchio mantello grigio ed il cappellino nero, che da un pezzo non era più di moda, coprissero la donna più aggraziata del mondo.

– Ebbene, bimbe care, come avete passato la giornata oggi? Ho avuto tanto da fare che non sono potuta tornare neanche a pranzo. – È venuto nessuno Beth? – Come va il tuo raffreddore Meg?

– Jo, mi sembri stanca morta. Dammi un bacio, piccina.

Ciò dicendo, la signora March si era levato il mantello, si era infilata le pantofole calde calde, e, accomodatasi nella poltrona, aveva fatto sedere Amy sulle ginocchia preparandosi, così, a passare l'ora più piacevole della giornata. Le ragazze intanto le si affaccendavano intorno ciascuna a modo suo; Meg apparecchiò la tavola per il tè, Jo andò a prender legna e mise a posto le seggiole urtando, picchiando e rovesciando tutto ciò che toccava; Beth andava su e giù dal salottino alla cucina, dalla cucina al salottino, lavorando silenziosamente, ed Amy dirigeva il movimento generale standosene tranquillamente seduta sulle ginocchia della madre, colle mani in mano.

Mentre erano a tavola, la signora March disse con un sorriso di soddisfazione: – Ho una sorpresa per voi dopo cena.

Le ragazze si scambiarono uno sguardo; Beth batté le mani, lasciando cadere il pane caldo che teneva e Jo gettò per aria il tovagliolo gridando: – Una lettera, una lettera! Viva papà, viva papà!

– Sì, una lunga lettera. Mi dice che sta bene, che spera di passare l'inverno meglio di quello che si aspettava e manda tanti auguri per Natale; c'è un punto poi che riguarda specialmente voialtre·ragazze – disse la signora March battendo leggermente sulla tasca come se possedesse un tesoro.

– Presto, presto, finite! Amy, non t'incantare come una marmotta! – gridò Jo, mentre che il tè, andatole a traverso, quasi la soffocava ed il pane imburrato, cadutole di mano, andava a finire sul tappeto.

Beth smise di mangiare e, mentre le altre finivano, si ritirò nel suo cantuccio, pregustando già la gioia che doveva venire.

– Mi pare una gran bella cosa che il babbo, essendo troppo vecchio e non abbastanza forte per fare il soldato, sia andato nell'esercito come cappellano – disse Meg calorosamente.

– Come mi piacerebbe essere un tamburino, una vivan... come si chiamano? o una suora, per potergli essere vicina ed aiutarlo – esclamò Jo con un profondo sospiro.

– Deve essere molto spiacevole il dormire sotto una tenda, mangiare ogni sorta di robaccia e bere in un bicchiere di stagno – sospirò Amy.

– Quando tornerà, mammina? – domandò Beth con un leggero tremito nella voce.

– Dovrà stare laggiù ancora alcuni mesi, a meno che non sia malato. Egli vorrà compiere l'opera sua fino alla fine e noi certamente non gli impediremo di fare il suo dovere. Ora venite qui, che vi leggerò la lettera!

Le ragazze si avvicinarono al fuoco: la mamma si sedé sulla poltrona, Beth le si mise ai piedi, Amy e Meg si appollaiarono sui due braccioli e Jo si appoggiò alla spalliera, nascondendo il viso perché non si potesse vedere la sua commozione.

Quasi tutte le lettere scritte in quei tempi commuovevano, specialmente quelle dirette dai padri alle loro famiglie. In questa non si parlava delle fatiche, dei pericoli corsi, del desiderio di tornare a casa; era una lettera consolante, piena di speranze, di aneddoti della vita militare, di marce, di notizie sulla guerra; e solo in ultimo si parlava del gran desiderio che egli aveva di rivedere e riabbracciare i suoi cari.

– Fa loro i miei auguri e dà a ciascuna di loro da parte mia un bel bacio. Penso a loro di giorno prego per loro la notte, ed il mio più gran conforto è il loro affetto. Un anno passato lontano dai propri cari sembra assai lungo, ma di' loro che, aspettando, si può e si deve lavorare in modo da render proficui questi tristi giorni. Esse si ricorderanno, lo so, di quello che loro raccomandai prima di partire; so che saranno affettuose e buone con te, che faranno il loro dovere senza lagnarsi, combatteranno i loro nemici interni e sapranno così bene vincersi da rendermi, al mio ritorno, sempre più orgoglioso e soddisfatto delle mie piccole donnine.

Tutte avevano le lacrime agli occhi, nell'udire queste parole. Jo non si vergognò della grossa lacrima che le cadde dalla punta del naso e Amy non si accorse che i suoi riccioli biondi si scomponevamo quando, nascondendo la faccia nel seno della madre: – Sono un'egoista – esclamò – mai cercherò di non esserlo più davvero, davvero! Così papà, quando torna, sarà contento di me!

– Faremo tutte del nostro meglio per correggerci – aggiunse Meg. – Io sono vana: e non amo il lavoro, ma cercherò di migliorare, se posso!

– Io voglio diventare «una buona e brava donnina» come egli mi chiama; non sarò più sgarbata e furiosa, ma cercherò di fare il mio dovere e non desiderare altro – continuò Jo che era fermamente convinta che il tenere a freno un carattere furioso fosse molto più difficile che combattere in campo aperto contro i ribelli.

Beth non disse nulla ma si asciugò gli occhi colla calza che stava facendo e si mise a lavorare con ardore, cominciando così a compiere il suo dovere e proponendosi di far tutto il possibile acciocché il suo caro papà non rimanesse deluso nelle sue speranze.

La signora March ruppe finalmente il silenzio: – Vi ricordate,– disse colla sua dolce voce, – quando piccine facevate il giuoco dei Pellegrini? Come vi divertivate quando vi legavo addosso il sacco che chiamavate il vostro peso, vi davo il cappello, il bastone ed un rotolo di carta e vi facevo passeggiare per tutta la casa, dalla cantina, che chiamavate la città di Dite, su fino al terrazzo, ove tenevate tutti i vostri tesori e che nominavate «la città Celeste?».

– Ah, come ci si divertiva! Specialmente, però, quando passavo là vicino ai leoni, combattevo Lucifero e poi m'inoltravo nella vallata ove erano i maghi e le streghe – disse Jo.

– A me piaceva il luogo ove i pesi ci cascavano dalle spalle e rotolavano giù in fondo alle scale – aggiunse Meg.

– Ma quando, arrivate lassù in cima al terrazzo, tra i fiori e il verde ed i nostri tesori, cantavamo un inno di gloria, era il momento più bello per me! – disse Beth sorridendo.

– Io veramente mi ricordo poco di tutte queste cose; so soltanto che avevo una gran paura della cantina e dello stanzino buio e che ero molto contenta quando si mangiava quel buon dolce ed il latte! Se non fossi ormai troppo grande, per questi giuochi, quasi quasi mi piacerebbe di ricominciare! – disse Amy che parlava di rinunziare a giuochi puerili alla matura età di dodici anni.

– Non siamo mai troppo vecchi per questo giuoco, bambina mia, perché è un giuoco che più o meno facciamo poi per tutta la vita. Tutti abbiamo i nostri pesi; la retta via ci sta dinanzi ed il desiderio di esser buoni e di raggiungere la felicità ci è di guida e di salvaguardia nelle tante difficoltà che troviamo prima di arrivare alla pace che è la nostra «città Celeste». Mie piccole pellegrine, non sarebbe forse bene di ricominciare ora il vostro antico giuoco, non per scherzo, ma sul serio e vedere qual parte della strada retta avrete percorso quando sarà ritornato vostro padre?

– Sì, sì mamma, ma dove sono i nostri pesi? – domandò Amy che prendeva le frasi troppo letteralmente.

– Tutte avete detto pochi minuti fa' quali arano i vostri pesi.... eccetto Beth, ma credo che ella non ne abbia alcuno.

– Oh, altro che ne ho! Ho tanti pesi! la mia timidezza, i piatti da lavare, i cenci da spolverare, e tutti i pianoforti che invidio agli altri!

I pesi di Beth erano così buffi, che tutti avevano una gran voglia di ridere, ma non lo fecero, temendo di offendere i suoi sentimenti delicati.

– Sì sì facciamolo – disse Meg pensierosa – È un giuoco che ci insegnerà ad esser buoni e ci potrà spesso aiutare! Cerchiamo di far del nostro meglio per esser buone, mammina, ma è molto difficile e qualche volta ce ne dimentichiamo!

– Stasera eravamo cadute tutte nell'abisso della Disperazione, ma la mamma, ci ha aiutate ad uscirne, come fece la Speranza in quel bel libro che abbiamo letto. Dovremo però posseder il libro che dirige le nostre azioni, come aveva Cristiano. Come faremo per averlo? – domandò Jo, felice di trovare un po' di romanzo anche sulla strada difficile e noiosa del dovere.

– Cercate sotto il vostro capezzale la mattina di Natale e troverete il libro che sarà la vostra guida – rispose la signora March.

Continuarono a parlare dei loro nuovi progetti, mentre Anna, la vecchia domestica, sparecchiava, poi tutte e quattro si affrettarono a prendere i loro panierini da lavoro e si misero alacremente a cucire le lenzuola per la zia March.

Alle nove smisero di lavorare e, come al solito, cantarono prima di andare a letto: soltanto Beth era capace di suonare sul vecchio pianoforte; aveva un tocco così dolce e leggero che era un piacere sentirla accompagnare le semplici canzoni che le altre cantavamo. Meg aveva una bella voce e dirigeva insieme alla mamma il piccolo coro. Amy cantava come un usignolo, ma Jo faceva sempre dei gorgheggi e delle variazioni a modo suo e riusciva quasi sempre a finire prima del tempo od a guastare, con una stecca, la più soave melodia.

Avevano sempre cantato fino dal momento in cui, piccine, avevano incominciato a balbettare «Addio mia bella addio» ed ora era diventata un'abitudine cantare prima di coricarsi. La madre era una cantante nata e la, prima cosa che le ragazze udivano, appena sveglie, era quella cara voce e l'ultima, prima di andare a letto, era quella stessa voce, che si univa alle loro, nella preghiera della sera. Quella vecchia abitudine non fu mai abbandonata.

CAPITOLO SECONDO

Un Natale felice.

Jo fu la prima a svegliarsi nella fredda e grigia mattina di Natale e ricordandosi la promessa della mamma cercò sotto il capezzale, e trovò un piccolo libro coperto di velluto rosso. Lo riconobbe subito, perché conteneva la vita del migliore uomo che avesse vissuto sulla terra e capì perché la mamma avesse detto che quello era la migliore guida pel suo lungo viaggio di pellegrina. Svegliò Meg con un «Buon Natale» e le disse di cercare sotto il cuscino. Meg trovò un libro coperto di velluto verde e vide sulla prima pagina, come aveva trovato Jo, alcune affettuose parole scritte dalla loro buona mamma, ciò che rendeva il dono doppiamente prezioso. Poco tempo dopo, Beth ed Amy si svegliarono e rufolando anch'esse sotto i guanciali, trovarono l'una, un libro color cenere, l'altra un libro blu; si sedettero tutte assieme sui letti ed incominciarono a chiacchierare tra di loro, mentre che l'approssimarsi del giorno dava una tinta rosea alle cime dei monti circostanti.

Nonostante le sue piccole vanità, Meg era di natura dolce e pia ed inconsciamente aveva un ascendente sulle sorelle, specialmente su Jo, che l'amava teneramente e che l'obbediva, perché i suoi consigli erano sempre dati in modo così dolce e tranquillo.

– Ragazze – disse Meg con serietà, volgendo lo sguardo dalla testa scapigliata che le stava al lato alle due testine nella stanza accanto: – Mamma desidera che si leggano questi libri perché ci faranno del bene, ed io credo che dovremmo incominciare subito. Una volta lo facevamo sempre, ma, dacché il babbo è andato via e questa tremenda guerra è incominciata, abbiamo tralasciato molte delle nostre buone abitudini. Voi altre fate pure come vi aggrada, ma io voglio tenere il mio libretto qui, accanto a me, per poterne leggere qualche pagina ogni mattina. Mi farà del bene e mi aiuterà a compiere il mio dovere senza lamentarmi troppo. Ciò detto, aprì il suo libretto e cominciò a leggere. Jo le passò un braccio attorno al collo e appoggiando la guancia a quella della sorella, con quell'espressione seria e quieta che si vedeva tanto raramente sul suo volto, fece altrettanto.

– Meg è proprio buona! Vieni Amy, facciamo lo stesso anche noi!

Io ti spiegherò le parole più difficili e se poi non capiremo qualche frase, lo domanderemo a loro – sussurrò Beth, a cui i bei libriccini e le parole di Meg avevano fatto grande impressione.

– Sono tanto contenta che il mio sia blu, – disse Amy e dopo questo

13

non si udì che il lieve rumore delle pagine che si voltavano, mentre il sole invernale illuminava coi suoi raggi dorati le quattro testine e le facce serie e raccolte.

– Dov'è la mamma? – domandò Meg quando, mezz'ora dopo, scendeva con Jo per ringraziarla del bel regalo.

– Non lo so davvero! Qualche povero diavolo è venuto a chiedere l'elemosina e senza dire né ahi né bai la vostra mamma s'è messa il mantello ed è uscita con lui. In vita mia non ho mai visto una donna così generosa! – rispose Anna, che, essendo vissuta nella famiglia fin dalla nascita di Meg, era considerata più come amica che come domestica.

– Suppongo che ritornerà presto! Vai pure a finire i tuoi dolci, Anna, e tieni tutto pronto – disse Meg, dando un'ultima occhiata ai regali che per il momento erano stati messi in una paniera sotto il sofà per averli lì pronti. Ma dov'è la bottiglia di acqua di Colonia? – domandò essa, non scorgendo la boccetta fra gli altri regali.

– L'ha portata via Amy un momento fa; sarà andata a metterci un nastrino o qualcosa di simile! – rispose Jo, che si era messa le pantofole ricamate della mamma e saltava per la stanza per renderle più morbide.

– Ho udito rumore di passi. Ecco la mamma! Presto, nascondi, Meg. – Ma non era la mamma, era Amy che, entrata nella stanza, restò un po' confusa, vedendo che le sorelle non aspettavano che lei.

– Dove sei stata e che cosa nascondi? – disse Meg, assai meravigliata nel vedere, dal cappello e il mantello che aveva ancora indosso, che la pigra Amy era già uscita.

– Non ridere Jo, perché non volevo che nessuno lo sapesse! Sono soltanto andata a cambiare la bottiglia piccola e ne ho presa una più grande! Ho speso tutto il mio dollaro e sto tentando davvero di diventare meno egoista! – Ciò dicendo, Amy mostrò una bella bottiglia, piena di acqua di Colonia, e fece ciò con un'espressione così seria e così umile allo stesso tempo, che Meg l'abbracciò teneramente, Jo si congratulò con lei, mentre Beth correva a cogliere la sua più bella rosa per adornarne la bottiglia.

– Ecco, dopo aver letto quel libretto stamattina, mi sono vergognata del mio egoismo ed appena vestita sono corsa giù alla bottega di faccia per cambiarla. Ora però il mio regalo è il più bello di tutti! – soggiunse con soddisfazione. In questo momento un altro picchio alla porta di strada fece sparire rapidamente il paniere sotto il sofà mentre che le ragazze si avvicinavano alla tavola mostrando di avere grande appetito.

– Buon Natale! Buon Natale mammina! Grazie tanto pei bei libretti! Ne abbiamo già letto qualche pagina stamani e vogliamo leggerne un po' tutte le mattine – gridarono in coro le quattro ragazze.

– Buon Natale ragazze! Sono molto contenta che abbiate principiato subito e spero che continuerete! A proposito: ho da dirvi una cosa prima di cominciare la nostra colazione. A poca distanza da qui, abita una povera donna con sette bambini, uno dei quali di appena un mese. Gli altri sei stanno tutti rannicchiati su di un misero letto per ripararsi dal freddo. In quella povera casa non c'è una scintilla di fuoco, non vi è nulla da mangiare, e un'ora fa, il maggiore dei ragazzi è venuto qui a raccomandarsi, perché morivano di fame e di freddo. Volete voi dare la vostra colazione a questi poveretti?

Le quattro ragazze rimasero per un istante perplesse: avevano una gran fame, quella mattina, perché avevano aspettato oltre un'ora.... ma l'indecisione non durò che un istante e Jo gridò impetuosamente: – O mamma, son tanto contenta che tu sia tornata prima che avessimo incominciato a mangiare!

– Posso aiutare a portare la roba? – disse Beth.

– Io porterò la crema ed il pane e burro – aggiunse Amy, cedendo eroicamente le cose che le piacevano di più.

Meg, senza dir nulla, aveva preso intanto un paniere e vi metteva dentro tutto ciò che c'era sulla tavola.

– Ero sicura che avreste fatto questo sacrifizio – disse la signora March, sorridendo di soddisfazione! – Mi aiuterete tutte e quando saremo di ritorno, mangeremo un po' di pane e latte. Ci rifaremo a pranzo, del resto! aggiunse ridendo.

In pochi minuti tutto fu pronto e la brigata si mosse. Fortunatamente era di buon mattino e le strade quasi deserte, perché molti si sarebbero meravigliati nel vedere quella strana processione!

Era veramente una stamberga quella stanza ove albergava la misera famigliuola! Le finestre rotte, il caminetto senza ombra di fuoco, le coperte del letto tutte lacere! In un angolo della stanza un'infelice donna, inferma, teneva al petto un bambinello piangente e, dall'altro lato, un gruppo di poveri bambini stavano rannicchiati insieme sul letto, coperti da un misero coltrone per ripararsi dal freddo! Come si spalancarono gli occhi socchiusi e come sorrisero le povere labbra violacee all'apparire delle quattro ragazze!

– Ach! mein Gott! Sono gli angioli che vengono ad aiutarci! – gridò la povera madre, piangendo di gioia.

– Angioli molto strani, con cappelli e guanti! – disse Jo e tutti risero a questa uscita.

Pochi minuti dopo la stanza non si riconosceva più: sembrava davvero che degli angeli fossero discesi a confortare quei meschini! La vecchia Anna, che aveva portato la legna, accese un bel fuoco; poi, vedendo che i vetri della finestra erano tutti rotti, li accomodò alla meglio con cappelli vecchi e perfino col suo vecchio scialle. La signora March aveva intanto preparato un po' di tè e di minestra per la povera madre e, mentre rivestiva il bambino più piccolo, l'andava consolando con promesse di aiuto. Le ragazze, ciarlando e ridendo, avevano apparecchiato la tavola ed ora imboccavano gli altri ragazzi che mangiavano come tanti uccellini affamati.

– Das ist gut! Ah die Engel-kinder! – dicevano i poverini mentre mangiavano scaldandosi, in pari tempo, le manine paonazze. Le ragazze non si erano mai sentite chiamare angioli prima di allora, e ci prendevano gusto, specialmente Jo, che era stata considerata un «Sancho» fin dal giorno della sua nascita.

Quella colazione, benché non vi prendessero parte, portò alle ragazze grande soddisfazione, e, quando partirono, lasciando nella povera casa un po' di gioia e d'allegria, non credo che ci fossero nella città fanciulle più felici e contente delle nostre quattro amiche affamate che si contentavano, per tutta colazione, di giorno di Natale, di pane e latte.

– Qui viene proprio a proposito il proverbio «Amare il prossimo più di noi stessi» ma mi piace, – disse Meg alle sorelle mentre, approfittando del momento in cui la mamma sceglieva nella sua camera dei vecchi abiti per i poveri Kummel, toglieva dalla paniera i preziosi regali e li metteva sulla tavella.

I regali non erano né costosi né molto belli; ma erano stati comperati con cura ed amore ed il vaso pieno di rose rosse, di crisantemi e di edera, dava un aspetto veramente elegante alla tavola.

– Eccola, eccola! Suona Beth, apri la porta, Amy, viva la mamma! Viva la mamma! – gridò Jo, correndo e saltando per la stanza mentre Meg, riempiendo con grandissima dignità il suo ufficio di scortatrice, conduceva la mamma al posto d'onore, Beth suonava la sua marcia più allegra ed Amy spalancava la porta. La signora March rimase un momento meravigliata e commossa, poi sorrise, con gli occhi pieni di lagrime, mentre osservava i regali e leggeva gli auguri che li accompagnavano. Le pantofole entrarono subito in funzione; uno dei fazzoletti, ben profumato di acqua di Colonia, fu messo nella tasca del vestito; la rosa fu appuntata sul petto ed i guanti vennero dichiarati perfetti.

Passato qualche momento in baci, carezze, risate e spiegazioni fatte con quella semplicità che rende così belle le festicciuole di famiglia, si misero tutte al lavoro ed essendo il giorno inoltrato, dedicarono il resto del tempo ai preparativi per la recita della sera. Troppo giovani ancora per andare spesso al teatro e non avendo bastante danaro per potersi comprare le cose necessarie per una rappresentazione privata, le ragazze dovevano mettere a prova la loro immaginazione, e, la necessità essendo madre dell'invenzione, facevano da loro stesse tutto quello che bisognava. Alcuni dei loro ritrovati erano proprio ingegnosi; facevano delle chitarre di carta pesta; delle lampade antiche con pezzi di stagno coperti di carta argentata; degli splendidi costumi scintillanti di lamina di zinco con vecchie vesti da camera di cotone; armature coperte di pezzetti di vetro che avrebbero dovuto essere diamanti. I mobili pure prendevano in quelle occasioni ogni forma e colore e la vecchia stanza era messa tutta sossopra. Gli uomini non erano ammessi e perciò Jo faceva sempre, con suo grandissimo piacere, la parte dell'uomo, ed andava molto orgogliosa di un paio di scarponi che le erano stati regalati da una sua amica, che conosceva un attore. Questi scarponi ed un fioretto erano i tesori di Jo e comparivano in tutte le occasioni.

La sera di Natale una dozzina di ragazze si aggruppavano sul letto che, in quell'occasione, fungeva da poltrone, palchi e posti distinti ed aspettava, con grande impazienza, che la tenda gialla e blue si alzasse. Si udiva un parlar sommesso, un fruscio dietro alla tenda, un lontano odore di moccolaia, ed, ogni tanto, una risatina di Amy, che diventava sempre un po' nervosa al momento decisivo. Ad un tratto si udì squillare un campanellino, la tenda si aprì ed ebbe principio la tragedia.

«Un oscuro bosco» era rappresentato da qualche pianta, un pezzo di fodera verde per terra ed una grotta in fondo alla scena. Un paravento rappresentava il tetto ed i tre scrittoi facevano da pareti: nel mezzo della grotta vi era una piccola fornace accesa ed una pentola che bolliva, al di sopra della quale si chinava la strega. La scena era oscura e la luce che la fornace proiettava all'intorno, faceva un effetto magico, specialmente poi quando dalla pentola, che la strega apriva di tratto in tratto, si sprigionava vero fumo. Vi fu un momento di pausa per lasciare tempo al pubblico di ammirare la scena, poi apparve il traditore Ugo, con una lunga spada al fianco, una barba nera, un cappello messo sulle ventitré, i famosi stivaloni ed un oscuro mantello che lo ravvolgeva tutto. Dopo aver camminato due o tre volte su e giù per la stanza in preda a grande agitazione, si batté la fronte con una mano e cominciò a cantare una terribile canzone ove, tra le imprecazioni, manifestava il suo odio per Roderigo, il suo amore per Zara e la incrollabile determinazione presa di uccidere l'uno e di farsi amare dall'altra. La voce bassa di Ugo, i suoi disperati gesti ogni qualvolta pensava all'amore che Zara nutriva per Roderigo, impressionarono moltissimo l'uditorio, che, appena vi fu un momento di silenzio, applaudì freneticamente. Salutando il pubblico, con l'aria di un artista a cui gli applausi non sono cosa nuova, egli si avvicinò alla caverna ed ordinò ad Agar di uscire esclamando: Strega, il tuo padrone è qui. Ed ecco apparire Meg, con una lunga coda di cavallo bigia che le cadeva giù per le spalle e le attorniava il volto, una veste nera e rossa, un bastone e dei segni cabalistici sul lungo mantello. Ugo le domanda una pozione che abbia il potere di farlo amare da Zara ed un'altra per uccidere Roderigo. Agar, con una bella canzone drammatica, gli promette ciò che vuole e chiama uno spirito celeste che le porti la pozione dell'amore. Si diffonde nell'aria una soave melodia ed una piccola figura vestita di bianco, con le alette d'oro, i capelli biondi ed una corona di rose in capo, esce dalla caverna e, ponendo ai piedi della strega una bottiglietta, scompare. Un altro canto di Agar fa apparire un secondo spirito: con gran rumore un piccolo nano, brutto e deforme, appare sulla scena e gettando, con un riso di scherno, una fialetta ad Ugo svanisce. Ugo ringrazia la strega per il suo aiuto e nascondendo le due bottiglette negli stivali, parte; ma Agar informa l'uditorio che ella ha maledetto Ugo perché ha ucciso in tempi passati alcuni suoi amici ed avrebbe approfittato di questa occasione per compiere la sua vendetta.

Vi fu un gran battere di martelli prima che la tenda si rialzasse; ma quando si vide qual lavoro stupendo era stato compiuto, nessuno ardì mormorare per la lunghezza dell'intervallo. Vi era una lunga torre che arrivava fino al soffitto, a metà della quale, appariva una piccola finestra con un lume che ardeva e, dietro le cortine, si poteva scorgere Zara, in un magnifico abito celeste guarnito di argento, che attendeva Roderigo. Finalmente egli arriva, con un cappello piumato, il mantello rosso, i lunghi riccioli, una chitarra e, cosa indispensabile, gli scarponi. Inginocchiatosi ai piedi della torre, egli canta una canzone d'amore. Zara risponde e, dopo un dialogo musicale, acconsente a fuggire con lui.

Questo è il punto culminante del dramma. Roderigo va in un angolo della scena ove, nell'entrare, ha lasciato una scala a corda: la prende e, gettando uno dei capi a Zara, l'invita a scendere. Timidamente ella monta sulla finestra, pone una mano sulla spalla di Roderigo ed è sul punto di slanciarsi, quando – Ahimè! ahimè! povera Zara!– si scorda della sua lunga coda che rimane presa nella finestra: la torre traballa, perde l'equilibrio e con un terribile colpo sotterra gli infelici amanti sotto le rovine.

Un grido unanime si fece udire quando si videro gli scarponi che si muovevano furiosamente nell'aria ed una testina dorata che si alzava dalle rovine gridando: – Te l'ho detto io! Te l'ho detto io!

Ma con grandissima presenza di spirito Don Pedro, il crudele Sire, esce dal palazzo, riesce a liberare sua figlia dalle rovine e, dicendo a bassa voce a Roderigo:

– Non ridere; fa' come se là tragedia fosse veramente così! – con

18

indignazione e furore lo scaccia dal suo regno. Benché un po' confuso dalla caduta della torre, Roderigo rifiuta di muoversi. Questo esempio anima Zara: anch'ella si oppone a suo padre, che, fuori di sé dalla collera e dal dispetto, ordina che i due siano condotti nelle più oscure prigioni del castello. Un soldatino con delle lunghe catene in mano entra e li conduce via dimenticando evidentemente, nella confusione, il discorso che doveva fare.

L'atto terzo si rappresenta nella sala del Castello. Comparisce Agar, che è venuta qui per vendicarsi di Ugo e per liberare Zara e Roderigo, ma vedendo arrivare Ugo, si nasconde e sta spiando: osserva che egli mette le due pozioni in due bicchieri di vino e che ordina al timido soldato di portarli giù dai prigionieri e di dir loro che fra poco anch'egli sarebbe andato a trovarli. Il servo chiama Ugo un momento in disparte per comunicargli qualche notizia importante ed Agar approfitta di questo tempo per scambiare i bicchieri, contenenti il veleno, con due pozioni innocue. Dopo aver ricevuto gli ordini del padrone, Ferdinando porta la bevanda ai prigionieri, ed Agar, nel momento in cui Ugo è voltato verso il pubblico, pone sulla tavola il bicchiere contenente il veleno. Ugo, dopo un lungo discorso, sentendosi una grande arsura alla gola, lo prende e beve, ma comincia a sentirsi male, e dopo molte smorfie e non dubbi segni di acuto dolore, cade e muore in preda agli spasimi più atroci; mentre Agar, con un inno trionfale, lo informa di tutto ciò che ha fatto e gode nel vederlo soffrire.

Nell'atto quarto Roderigo, disperato di aver appreso che Zara gli è infedele, è sul punto di uccidersi ed ha già il coltello alla gola, quando una dolcissima melodia lo assicura della fedeltà di Zara, e gli arresta il braccio. Però la canzone lo informa altresì che la sua amata è in pericolo e non può esser salvata che da lui. Una chiave cade miracolosamente in buon punto nella prigione, e, con un grido di gioia suprema, Roderigo strappa le catene e corre via per cercare e salvare Zara. L'atto quinto principia con una terribile scena tra Don Pedro e Zara. Egli vuole che la figlia si ritiri in un convento: ella non ne vuol sapere, e dopo una eloquente preghiera, è in procinto di svenire, quando nella stanza si precipita Roderigo, che la chiede al padre in isposa. Don Pedro rifiuta perché il pretendente non è ricco e Roderigo è sul punto di portar via, a viva forza, Zara, mezza svenuta, quando entra il timido servente, portando una lettera ed un sacco che Agar, misteriosamente scomparsa, invia a Roderigo. Letta la lettera, Roderigo informa Don Pedro che egli è ricco, perché Agar gli ha lasciato tutto il suo, ed a conferma di ciò apre il sacco, da cui cadono e si sparpagliano una quantità di monete d'oro. A questa vista, Don Pedro dà un grido di maraviglia, acconsente all'unione di Zara e Roderigo e termina con una canzone di grazie, a cui prendono parte tutti gli attori.

La tenda cala lentamente, mentre i due amanti, inginocchiati, ricevono la benedizione di Don Pedro. Gli applausi, frenetici ed entusiasti, sarebbero durati per chi sa quanto tempo, se un incidente curioso non li avesse fatti cessare ad un tratto. La branda, che serviva da sedile, si sfasciò ad un tratto trascinando nella sua rovina tutto l'uditorio; Don Pedro e Roderigo si precipitarono per aiutare i caduti, e, framezzo a risate interminabili le spettatrici furono liberate e se la cavarono con una buona paura. La commozione suscitata da quest'ultimo incidente non si era ancora calmata che Anna fece capolino alla porta dicendo: – La signora March manda i suoi complimenti e invita le loro Signorie a cena. – Questa era una sorpresa anche per gli attori i quali, vista la tavola apparecchiata, si guardarono l'un l'altro ammutolite dalla meraviglia.

Avevano creduto di trovare qualche rinfresco, qualche dolce, ma una cena così bella non se la sarebbero mai immaginata! Vi erano due grossi gelati di crema, uno bianco ed uno rosa: dolci, frutta, bonbons francesi, ed in mezzo della tavola quattro magnifici mazzi di fiori! Rimasero per un momento senza fiato, guardandosi l'un l'altra, poi si rivolsero alla mamma che sorrideva tranquillamente:

– Sono le Fate? – disse Amy,

– È Santa Claus – soggiunse Beth.

– Mammina ci ha preparato questa sorpresa – disse Meg, sorridendo dolcemente malgrado la barba bianca e le minacciose sopracciglia.

– La zia March ha avuto una volta in vita sua una buona ispirazione! – disse Jo ad un tratto.

– Sbagliate tutti! L'ha mandata il signor Laurence! – rispose la signora March.

– Come? Il nonno del ragazzo Laurence? Che cosa mai gli è saltato in mente? Non ci conosce nemmeno! – esclamò Meg.

– Anna ha raccontato la storia della colazione ad uno dei suoi domestici: è un vecchio un po' curioso, ma buono e quella storia lo ha evidentemente commosso. Molti anni fa, egli conosceva mio padre, e questo dopopranzo mi ha mandato una carta da visita, dicendo che sperava che io non avrei avuto alcuna difficoltà, se, in onore del giorno di Natale, si permetteva di mandare qualche piccola ghiottoneria alle mie bambine. Naturalmente, ho dovuto accettare, ed ecco che siete ricompensate della cattiva colazione di questa mattina.

– È il ragazzo che ha avuto questa buona idea, ci scommetto la testa! È un buonissimo figliuolo e mi piacerebbe tanto di far la sua conoscenza! Anch'egli, credo, desidera di conoscerci, ma è tanto timido e Meg dice che è sconveniente fermarsi per la strada e non vuole che gli parli quando lo incontro – disse Jo, mentre che il gelato faceva il giro della tavola e scompariva rapidamente tra gli ah! e gli oh! di soddisfazione.

– Volete dire i signori che abitano in quella casa grande vicino alla vostra? – disse una delle invitate – Mia madre conosce il vecchio signor Laurence, ma dice che è molto orgoglioso e non vuol far conoscenza coi vicini. Quel povero suo nipote è trattato quasi come un prigioniero; non esce che coll'istitutore e deve studiare come un cane. Lo abbiamo invitato al ballo che abbiamo avuto in casa nostra, ma non è venuto. Mamma dice che è un buonissimo ragazzo, ma con noi non ha mai parlato.

– Una volta il nostro gatto scappò nel loro giardino; egli ce lo riportò ed io approfittai dell'occasione per parlargli; eravamo giusto nel più bello del nostro discorso, quando è venuta Meg e ci ha guastato le uova nel paniere perché egli è scappato via subito. Lo voglio conoscere uno di questi giorni, perché ha proprio bisogno di qualcuno che lo rallegri, poveretto! – disse Jo fermamente. – Me lo prometti, mamma, non è vero?

– È molto gentile e compito ed ha modi signorili, perciò, se capita l'opportunità, non ho nulla in contrario – disse la signora March.

– Egli stesso ci ha portato i fiori e l'avrei invitato molto volentieri a restare, ma non ero troppo sicura di quello che facevate lassù. Pareva che avesse una gran voglia di prender parte al chiasso anche lui!

– Sono molto contenta che tu non l'abbia fatto salire – disse Jo, ridendo e guardandosi le scarpe – ma reciteremo un altro dramma a cui potrà assistere anche lui! Forse vorrà anche prendervi parte! Che bellezza sarebbe!

– Non ho mai avuto un mazzo in vita, mia! Com'è bello! – disse Meg, esaminando i suoi fiori con grandissima soddisfazione.

– Sono proprio stupendi! Ma le rose di Beth mi son più care, – dispose la signora March, odorando la rosa mezza avvizzita che teneva ancora appuntata sul petto. Beth e si avvicinò, si strinse a lei e le mormorò in un orecchio:

– Come mi piacerebbe mandarne un mazzo anche a papà. Temo che il suo Natale non sarà stato così allegro come il nostro!

CAPITOLO TERZO

Il ragazzo Laurence.

– Jo, Jo, dove sei? – gridò Meg dal fondo delle scale.

– Qui, – rispose una voce dall'alto e correndo su Meg trovò sua sorella in soffitta, ove tutta imbacuccata in un vecchio scialle, se ne stava seduta su di una poltrona presso alla finestra, mangiando mele e lacrimando sulla misera sorte dell'eroe del romanzo che stava leggendo.

Questo era il cantuccio prediletto di Jo; il luogo ove si rifugiava spessissimo con una provvista di mele in tasca ed un bel libro, per poter leggere a suo bell'agio e bearsi nella società di un minuscolo topo che non aveva alcuna paura di lei.

Appena vide comparire Meg, il topino si rifugiò nel suo buco e Jo, asciugandosi gli occhi e la faccia col fazzoletto, domandò quale fosse la causa dell'improvvisa interruzione.

– Oh! Jo, che bellezza! la signora Gardiner ci ha mandato l'invito per la sua festa da ballo di domani sera! – esclamò Meg, e mamma ci ha dato il permesso di andare. Che cosa ci mettiamo? –

– Che bisogno c'è di far questa domanda, quando sai benissimo che dovremo metterci i nostri soliti vestiti! Non ne abbiamo altri! – rispose Jo a bocca piena.

– Se potessi avere un vestito di seta! Mamma me ne ha promesso uno quando avrò 18 anni, ma ho da allungare il collo! Due anni non sono mica un giorno! – sospirò Meg.

– I nostri vestiti sembrano di seta e sono in buonissimo stato: il tuo è quasi nuovo; ma.... a proposito: mi scordavo della bruciatura e dello strappo nel mio! Come devo fare? Quella bruciatura è proprio nel mezzo della schiena! E non posso neanche accomodarla!

– Bisognerà che tu stia sempre seduta; il davanti sta benone! Io ho un magnifico nastro nuovo per legarmi le trecce e mamma mi presterà la sua spilletta d'oro; le mie scarpine, debbo dire la verità, sono proprio eleganti: i miei guanti potrebbero essere più puliti, ma mi dovranno servire! –

– I miei sono tutti sciupati e non posso comprarne un altro paio; perciò starò senza – disse Jo, che non si curava mai del vestiario.

– Tu devi avere assolutamente un paio di guanti! Se non li hai io non vengo – disse Meg – I guanti sono una delle cose più importanti perché, senza quelli, non puoi ballare e se non ballassi mi dispiacerebbe troppo!

– Starò seduta! che cosa me ne importa? Tu sai benissimo che fare quegli stupidi balli in giro non mi piace; io mi diverto soltanto quando posso saltare, far capriole e divertirmi a modo mio!

– Ma il male si è che non puoi domandare a mamma che te ne compri un altro paio! Costano tanto e tu non ne hai alcuna cura! E poi, se ti ricordi, essa ti disse, quando sciupasti quell'altro paio, che per quest'inverno non te ne avrebbe comprati più. Non puoi lavarli o pulirli in qualche modo? – disse Meg ansiosamente.

– Li terrò in mano così nessuno vedrà che sono sudici; è l'unica cosa che posso fare. Aspetta! una idea! Ciascuna di noi si metta un guanto buono e porti quello macchiato in mano! Non ti pare?

– Ma le tue mani sono più grandi delle mie! Me lo allargherai tremendamente – cominciò Meg, che aveva una speciale debolezza per i guanti.

– Allora farò senza! Che cosa m'importa di quello che dirà la gente? – gridò Jo riprendendo in mano il libro.

– No, no, lo puoi avere, lo puoi avere! Solamente, fammi il favore di non insudiciarlo e, mi raccomando, comportati bene! Bada di non metter le mani dietro la schiena, non fissar troppo la gente e non dire: – Cristoforo Colombo! se qualche cosa non ti va a genio. Me lo prometti?

– Non aver paura, sarò buona e tranquilla e non incorrerò in nessun rischio, se mi è possibile! Va' a rispondere all'invito e lasciami finire in pace il mio romanzo!

La sera di capo d'anno il salottino fu lasciato deserto, perché le due sorelline minori facevano da cameriere e le due maggiori erano interamente assorte nei preparativi per il ballo.

I vestiti erano già stesi sul letto e pronti per essere indossati, ma pure vi fu un gran via vai, un ridere e un chiacchierio insolito e ad un certo punto un terribile odor di bruciato che si sparse in tutta la casa. Meg voleva farsi qualche ricciolino e Jo si prese l'incarico di schiacciare col ferro caldo, le striscioline di carta su cui erano avvolti i capelli.

– Ma, – domandò Beth nel mezzo dell'operazione, dal suo posto elevato in cima al ferro del letto – dovrebbero fumare così?

– È solamente l'umido che si sprigiona – rispose Jo.

– Che odore curioso! Assomiglia a penne bruciate – osservò Amy, accarezzando i suoi riccioli biondi.

– Ora ti toglierò i diavolini e vedrai che nuvolo di bei riccioli – disse Jo posando il ferro.

Cominciò a levar le cartine ma, ahimè, ahimè, il nuvolo di ricciolini non rimase che un pio desiderio perché i capelli vennero via insieme colla carta e la pettinatrice, con orrore, vide sul tavolino, presso alla sua vittima, una quantità di pezzetti di carta a cui erano attaccati i capelli bruciati.

– Oh Dio! Oh Dio! che cosa hai fatto? Oh Jo! I miei capelli! I miei poveri capelli! – esclamò Meg, guardandosi la frangetta bruciata.

– Al solito! Non dovevi domandarmi di farlo, Meg! Sai benissimo che riesco sempre a rovinare ogni cosa! Come me ne dispiace! Si vede che i ferri erano troppo caldi. Povera Meg! Sono proprio mortificata! – sospirò la povera Jo, guardando, colle lacrime agli occhi, la rovina compiuta.

– Non sono affatto sciupati. Increspali un po' e legali col nastrino in modo che i cappi ti scendano sulla fronte. È la pettinatura di moda – disse Amy.

– Mi sta proprio bene! Non dovevo cercar di rendermi più bella! Quanto pagherei non averci mai pensato! – soggiunse Meg con petulanza.

– Anch'io! Stavi così bene prima! Ma ricresceranno presto, vedrai – disse Beth, baciando la povera pecorella disgraziata.

Dopo molte difficoltà Meg fu acconciata e gli sforzi riuniti dell'intera famiglia ridussero Jo in uno stato presentabile. Le due sorelle stavano molto bene nei loro vestitini semplici: Meg nel suo color grigio-perla con una fusciacca blu, e la sua spilletta d'oro e le scarpette eleganti; Jo in marrone, con un colletto duro da uomo e due o tre crisantemi per solo ornamento. Tutte e due infilarono un guanto pulito e tennero in mano quello sudicio e l'effetto fu, dal resto della famiglia, giudicato bellissimo.

Le scarpine alte di Meg erano molto strette e le facevano male, benché ella non ne volesse convenire, e le diciannove forcine di Jo sembravano quasi volessero conficcarsi nella sua testa, e questo non era estremamente comodo, ma.... per essere eleganti bisogna ben soffrire qualche piccola cosa!

– Buon divertimento bambine,– disse la signora March, mentre le due ragazze si avviavano con precauzione lungo il viale che conduceva al cancello del giardino.

– Non mangiate molto e venite via alle undici, appena viene Anna a prendervi.

– Mi raccomando, Jo; non ti dimenticare di nascondere quella bruciatura! È dritta la mia fusciacca? E i miei capelli? Stanno proprio molto male? – disse Meg, dopo essersi data una lunga occhiata nello specchio della signora Gardiner.

– Son sicura di scordarmene! Ma, senti un po'! Se vedi che faccio qualcosa di male, dammi una strizzatina d'occhi ed io capirò subito – rispose Jo, raddrizzandosi il colletto e dandosi una spazzolata ai capelli.

– No, strizzar l'occhio non è signorile: alzerò le sopracciglia, se fai qualcosa di male e ti farò un cenno d'approvazione colla testa, se sono contenta. Ora sta su dritta, non far passi tanto lunghi e non dar subito la mano se ti presentano qualcuno. Non sta bene.

– Come fai a sapere tutte queste cose? Proprio non capisco! Come è allegra questa musica! – Entrarono finalmente nella sala con una gran timidezza dapprima, poiché andavano fuori molto di rado, e, benché questo balletto fosse molto casalingo, pure, per loro, era un vero avvenimento. La signora Gardiner, una vecchia signora molto simpatica, le ricevé gentilmente e le affidò alle cure della maggiore delle sue sei ragazze. Meg conosceva già da un pezzo Sallie, perciò cominciò subito a parlare con lei, ma Jo, a cui non andavano a genio né le signorine, né i loro discorsi leggeri, si ritirò vicino al muro, nascondendo accuratamente la bruciatura e sentendosi così spostata, in quell'ambiente, come lo sarebbe stato un puledro focoso che fosse entrato, per caso, in un giardino di fiori. Una mezza dozzina di giovanotti, a poca distanza da lei, parlavano di pattini e di pattinare, ed ella sentì il desiderio di unirsi a loro, perché per lei il pattinare era un gran divertimento: telegrafò la sua domanda a Meg, ma le sopracciglia si alzarono in modo così allarmante e gli occhi espressero tale rimprovero che ella non ebbe il coraggio di muoversi. Nessuno veniva a parlarle e, poco a poco, il gruppo vicino a lei si sciolse, tutti se ne andarono e Jo rimase sola nel suo cantuccio. Non era possibile andar di qua e in là o vagare per le sale perché la sua bruciatura si sarebbe veduta; essa si contentò quindi di guardar la gente, criticando a suo bell'agio, finché non ebbe principio il ballo. Meg trovò subito un ballerino e le scarpette strette cominciarono a volare per la stanza in modo tale da non far sospettare a nessuno il dolore che infliggevano alla loro vittima. Jo vide da lontano un giovane dai capelli rossi che cercava di avvicinarsi al suo cantuccio e, temendo volesse invitarla a ballare, alzò una cortina che le stava vicina e si nascose là dietro ma, disgraziatamente, un'altra persona, timida al pari di lei, aveva cercato quel rifugio e Jo si trovò, in una piccola stanza, faccia a faccia col ragazzo Laurence.

– Oh scusi! Non sapevo che vi fosse qualcuno! – mormorò Jo, preparandosi ad uscire nel medesimo modo precipitoso con cui era entrata. Ma il ragazzo sorrise e disse gentilmente benché con aria un po' meravigliata: – Non si incomodi La prego: stia pure, se le fa piacere!

– Non la disturbo?

– Niente affatto: sono venuto qui perché non conoscevo molta gente e mi sentivo un po' fuori di posto.

– Anch'io! Ma non vada via, se ha piacere di restare.

Il ragazzo si sedé di nuovo e si guardò le scarpe, mentre Jo diceva,

cercando di esser gentile e non parere imbarazzata: – Mi pare di aver
avuto il piacere di vederla un'altra volta! Lei abita vicino a noi, non è
vero?

– Nella casa accanto – e Laurie alzò gli occhi in faccia a Jo e scoppiò in
una risata. Egli si ricordava del giorno in cui le aveva riportato il gatto ed
avevano parlato tanto amichevolmente e faceva il confronto col modo
sostenuto ed imbarazzato che Jo aveva ora.

Questa risata fece scomparire tutta la timidezza di Jo. Si mise ella pure a
ridere, poi disse con accento pieno di gratitudine:

– Non si può immaginare come ci sia piaciuto il suo regalo di Natale!

– Lo ha mandato il nonno.

– Ma lei gli ha dato l'idea, non è vero?

– Come sta il suo gatto, signorina March? – domandò il ragazzo,
cercando di parlar seriamente; ma i suoi occhi scintillavano di allegria e
di arguzia.

– Benissimo grazie, signor Laurence; ma io non sono la signorina
March, sono solamente Jo – rispose la signorina.

– Ed io non sono il signor Laurence, sono solamente Laurie.

– Laurie Laurence! Che nome curioso!

– Il mio vero nome è Teodoro, ma non mi piaceva perché i miei
compagni avevano preso a chiamarmi Dora e l'ho cambiato perciò in
Laurie.

– Il mio nome mi è tanto antipatico! Così sentimentale! Quanto
pagherei che tutti mi chiamassero Jo, invece di Giuseppina! Come ha
fatto a farsi chiamare Laurie dai suoi compagni?

– Li picchiavo ogni volta che mi chiamavano altrimenti.

– Non posso battere mia zia, perciò bisogna che mi rassegni – disse Jo,
con un sospiro.

– Le piace ballare, signorina Jo? – domandò Laurie.

– Mi piace assai quando c'è molto spazio e tutti sono allegri. In un
posto come questo però, ballando, sarei sicura di far cascar qualcuno, di
pestare i piedi almeno ad una mezza dozzina di persone, oppure di far
qualche malanno. Lascio che Meg faccia la graziosa anche per me! Lei
balla?

– Qualche volta sì, ma è poco che sono tornato dal mio viaggio e non
conosco ancora bene le abitudini di qui.

– Lei ha viaggiato? – gridò Jo – oh! mi racconti qualcosa dei suoi viaggi!
Mi piace tanto sentirne parlare!

Laurie non sapeva che cosa dire da principio, ma le domande di Jo gli sciolsero ben presto la lingua; le disse che era stato a scuola a Vevey, dove i ragazzi non portavano mai cappelli, avevano una quantità di belle bacchettine e nelle vacanze andavano coi loro maestri a fare delle escursioni sulle montagne della Svizzera.

– Come piacerebbe anche a me di andarci! – riprese Jo – È stato anche a Parigi?

– Sì, ci abbiamo passato l'inverno l'altr'anno.

– Sa parlar francese dunque?

– Sì, non parlavamo altro a Vevey.

– Dica qualcosa! Io lo so leggere, ma la pronunzia è tanto difficile!

– Quel est le nom de cette jeune demoiselle avec les jolies pantouffles? – disse Laurie sorridendo.

– Come parla bene! Aspetti, ha detto se non sbaglio: Chi è quella signorina con quelle belle scarpette? non è vero?

– Oui mademoiselle.

– È mia sorella e lei lo sapeva benissimo. Le par bellina?

– Sì, mi fa ripensare alle signorine tedesche; è così giovane e fresca e balla così bene e con tanta eleganza!

Jo diventò rossa dal piacere nel sentire ammirare sua sorella e s'impresse bene nella memoria il complimento, per ripeterlo a Meg. Tutt'e due intanto spiavano da un'apertura nella tenda, criticavano e ciarlavano insieme e ben presto si considerarono vecchi amici. La timidezza di Laurie sparì a poco a poco e Jo ritornò quella che era sempre, allegra e chiacchierona, come al solito. Il ragazzo Laurence le piaceva assai e si prese il gusto di dargli due o tre buone guardate per poterlo descrivere alle sorelle.

– Suppongo che fra poco andrà all'Università, non è vero? Vedo che sgobba continuamente sui libri, cioè, voglio dire studia tanto – e Jo arrossì pensando a quel terribile «sgobba» che le era sfuggito. Laurie sorrise, ma non sembrò affatto scandalizzato e rispose con un'alzatina di spalle.

– Oh! non ancora. Per due o tre anni almeno resto ancora a casa. Prima di diciassette anni non vado.

– Non ha che quindici anni allora?

– Quasi sedici.

– Come mi piacerebbe andare all'Università! A lei però pare che non piaccia l'idea!

– L'odio addirittura, non si fa altro che sgobbare e sgobbare e non mi piace neppure il modo in cui l'insegnamento è dato qui.

– Che cosa le piacerebbe?

– Andare a vivere in Italia e divertirmi a modo mio.

Jo aveva gran curiosità di sapere quale fosse il modo suo di divertirsi, ma, siccome il suo volto si era fatto un po' scuro, pensò di cambiar discorso e, battendo il tempo col piede, incominciò: – Questa è una magnifica polka; perché non va a provarla?

– Se viene anche lei – rispose il ragazzo con un inchino alla francese.

– Non posso, ho promesso a Meg di non ballare perché.... – qui Jo si fermò, non sapendo se svelargli il gran segreto o ridere.

– Perché? – domandò Laurie con curiosità.

– Non lo ripeterà a nessuno?

– Mai, sul mio onore!

– Bene! Deve sapere che ho la cattiva abitudine di stare colle spalle voltate verso il caminetto e qualche volta mi brucio i vestiti proprio nel mezzo della schiena. Per l'appunto mi sono bruciata questo e benché il rammendo sia fatto bene, pure un poco si conosce e Meg mi ha raccomandato di stare colle spalle al muro in modo che nessuno lo veda. Le do il permesso di ridere, se ne ha voglia, perché è una cosa abbastanza comica, non è vero?

Ma Laurie non rise; abbassò un momento gli occhi e l'espressione del suo volto meravigliò molto Jo, mentre egli diceva dolcemente:

– Non importa! Aspetti, ho una buona idea. C'è qui vicino una grande entrata; potremo ballare magnificamente e nessuno ci vedrà. Venga, mi faccia il piacere!

La stanza era vuota, perciò incominciarono subito a ballare e Jo si divertì moltissimo perché Laurie, non solo ballava bene, ma le insegnò, per di più, il passo tedesco, un ballo pieno di brio e di slancio molto adatto alla natura irrequieta di Jo. Cessata la musica, si sedettero su di uno scialino per riprendere fiato. Laurie era nel bel mezzo di una brillante descrizione di una festa di studenti a Heidelberg, quando comparve ad un tratto Meg in cerca della sorella. Ella le fece un cenno e Jo, molto a malincuore, la seguì nella stanza vicina ove la trovò distesa sopra un sofà, pallida, che si teneva un piede con una mano.

– Mi sono data una storta al piede! Quell'infame scarpetta mi si è rivoltata ad un tratto. Mi fa così male che non posso quasi camminare e non so davvero come farò ad arrivare a casa – disse dimenandosi dal dolore.

– Lo sapevo io che ti saresti fatta male con quelle scarpette e te l'ho detto, Meg! Mi dispiace assai ed il peggio si è che non so come faremo; bisognerà prendere un legno o tu dovrai deciderti a star qui tutta la notte!

– rispose Jo, strofinando leggermente il povero piede mentre parlava.

– Le carrozze costano tanto e poi sarà difficile trovarne una! Tutti gli invitati vengono coi loro legni e le scuderie dove si potrebbe ordinarne sono tanto lontane; non posso mandar nessuno.

– Vado io.

– No davvero! Sono già le dieci sonate ed è terribilmente buio. Eppure non posso star qui perché la casa è piena; Sallie ha invitato alcune sue amiche a star con lei. Vuoi dire che aspetterò qui finché viene Anna, poi, in qualche modo accomoderemo.

– Aspetta, domanderò a Laurie. Egli andrà di certo – disse Jo, credendo di aver trovato una buonissima idea.

– Per carità non ci pensar neppure! Prendimi le mie galosce e metti queste scarpette insieme coi mantelli. Non posso più ballare ma, quando avrai cenato, va' a vedere se viene Anna e avvisami appena arriva.

– Vanno a cena adesso. Io starò con te, è molto meglio.

– No, no, cara, va' tu e portami una tazza di caffè. Sono tanto stanca che non posso muovermi.

Meg si stese sul sofà colle galosce ben nascoste e Jo si diresse verso la sala da pranzo, che trovò, dopo essere entrata in un bugigattolo buio e dopo aver aperto la porta di una stanza ove il signor Gardiner faceva una piccola cena per conto suo. Arrivata finalmente a salvamento, si avvicinò al tavolino, prese in fretta una tazza di caffè e se lo versò immediatamente sul vestito, riducendo così il davanti nelle medesime condizioni del dietro.

– Dio mio, quanto sono disgraziata! – esclamò asciugandosi il vestito col guanto pulito di Meg.

– Posso aiutarla? – disse una voce amichevole e, volgendosi, Jo vide Laurie con una tazza di caffè in una mano ed un gelato nell'altra.

– Portavo un caffè a Meg che è rimasta di là, perché molto stanca; qualcuno mi ha dato una spinta ed eccomi in un bello stato! – rispose Jo, volgendo gli occhi disperatamente dal vestito macchiato, ai guanti color caffè.

– Oh, mi dispiace molto! Volevo appunto trovar qualcuno a cui offrire questo caffè: posso darlo a sua sorella?

– Oh grazie tanto; le farò strada io. Non lo aiuto perché son sicura di fare qualche altro malanno.

Arrivarono là dove era seduta Meg e Laurie, da cavaliere pratico, avvicinò un piccolo tavolino, andò a cercare una seconda porzione di cena per Jo e fu così gentile che anche Meg lo battezzò «un simpaticissimo ragazzo».

Stavano appunto facendo un bel giuoco con alcune altre persone che erano entrate e si erano unite alla compagnia, quando apparve Anna. Meg, dimenticando la sua storta, si alzò così in fretta che fu costretta ad aggrapparsi al braccio di Jo, con un grido soffocato di dolore.

– Zitta, non dir nulla – le disse all'orecchio, soggiungendo poi ad alta voce: – Mi sono data una piccola storta al piede, nient'altro – e salì le scale zoppicando per andarsi a vestire.

Anna incominciò a gridare, Meg a piangere e Jo, perduta la pazienza, decise d'incaricarsi ella stessa della faccenda. Corse giù e, trovando per caso un cameriere, gli domandò se fosse possibile avere una carrozza. Il cameriere non era di casa, non conosceva affatto i dintorni, perciò non seppe rispondere e Jo stava cercando cogli occhi qualcuno a cui potesse rivolgersi, quando Laurie, che aveva udita la sua domanda, si fece avanti e le offrì la carrozza, che il nonno aveva mandata per accompagnarlo a casa.

– Ma.... è tanto presto.... non aveva mica l'intenzione di andar via ora? – cominciò Jo, grata per l'offerta, ma indecisa se accettarla.

– Vado sempre a casa presto: davvero sa? Faccia a modo mio, la prego, lasci che le conduca a casa; è tutta strada e poi piove, dicono!

Ciò decise Jo, che dopo aver raccontato la storia di Meg, accettò con molti ringraziamenti e corse su a dare la gran notizia agli altri. Anna odiava la pioggia quanto l'odia il gatto; perciò non fece nessuna obiezione e le tre donne si trovarono poco dopo in una bellissima carrozza chiusa, dirette verso casa. Laurie andò a cassetta, perciò Meg poté distendere la gamba e tenere il piede in riposo.

– Io mi sono divertita moltissimo e tu? – cominciò Jo, sdraiandosi mollemente sul soffici cuscini.

– Sì, anch'io, fino che non mi sono fatta male! Sai che Anna Moffat, l'amica di Sallie, mi ha invitata a passare una settimana in casa sua, questa primavera? Che bellezza se mamma mi permetterà di andare! – rispose Meg, sentendosi ringalluzzire dal piacere.

– Hai ballato con quel giovane dai capelli rossi, non è vero? com'è?

– È molto simpatico: non ha mica i capelli rossi; sono biondi!È stato molto gentile e balla così bene!

– Sembrava un grillo quando ballava quel saltarello. Laurie ed io non abbiamo potuto fare a meno di ridere. Ci avete sentiti?

– No, ma era maleducato da parte vostra. Che cosa hai fatto tutto quel tempo nascosta dietro la portiera?

Jo incominciò a narrare le sue avventure e non aveva ancora finito che la carrozza si fermò dinanzi alla casa. Con molti ringraziamenti esse scesero ed entrarono in punta di piedi, sperando che nessuno le avrebbe udite, ma, nel momento in cui aprirono la porta della loro camera, due cuffiettine si sollevarono dai guanciali e due voci insonnite gridarono – Raccontate qualcosa del ballo! Raccontate qualcosa del ballo!

Con quello che Meg chiamava «una gran mancanza d'educazione» Jo si era messa in tasca alcuni dolci per le sorelline e questi valsero a calmare la loro curiosità, almeno per questa sera.

– Mi sembra proprio di esser una gran signora, stasera: venire a casa in una bella carrozza e stare qui seduta a farmi servire da una cameriera! – disse Meg, mentre Jo bagnava con arnica il povero piede, lo fasciava stretto stretto e poi le pettinava i capelli.

– Credo che le grandi signore non si divertano la quarta parte di quello che ci divertiamo noi, nonostante tutte le nostre sfortune: capelli bruciati, vestiti vecchi, guanti a cui manca il compagno e scarpette troppo alte che fanno storcere i piedi alle persone abbastanza sciocche da portarle – disse Jo, e credo che avesse perfettamente ragione.

CAPITOLO QUARTO

Pesi.

– Oh Dio! Che noia! Dover ricominciar a lavorare! – sospirò Meg la mattina dopo il ballo poiché ora che le vacanze erano finite e non v'era più da divertirsi, il ricominciare quella solita vita monotona ed uguale le riusciva più uggioso che mai.

– Che bella cosa se potesse essere sempre Natale o Capodanno!– aggiunse Jo sbadigliando.

– Non si godrebbe tanto se potessimo sempre divertirci! Però non c'è che dire: è molto piacevole andare ai balli ed alle cene, avere dei bei mazzi di fiori, tornare a casa in una bella carrozza e leggere ed oziare tutto il santo giorno! Tutte le altre ragazze fanno così ed io le invidio tanto!

– Come mi piacerebbe esser ricca! – rispose Meg, cercando di decidere quale dei due vecchi vestiti fosse il meno sciupato.

– È inutile lagnarsi: non si può avere sempre ciò che si vuole; sopportiamo dunque i nostri pesi con filosofia ed andiamo avanti allegramente, come fa mammina! Vi assicuro che la zia March è, per me, un peso enorme, ma suppongo che, quando avrò imparato a sopportarla senza brontolare, diventerà un pondo così leggero che non mi accorgerò nemmeno di averlo sulle spalle.

L'idea della zia March sotto forma d'un peso piacque tanto a Jo e la fece tanto ridere da scacciarle il malumore, ma non così a Meg: il suo carico, quattro ragazzi da educare, le sembrava più pesante che mai. Era così triste che non ebbe neppure la voglia di mettersi, come al solito, un nastrino al collo e di pettinarsi nel modo che le si addiceva di più.

Tutti erano di cattivo umore quella mattina e brontolavano: Beth aveva mal di testa e cercava consolazione nella compagnia della gatta e dei suoi tre gattini; Amy strillava perché non sapeva la lezione e non poteva trovare le galosce; Jo si ostinava a fischiare ed a far chiasso nei suoi preparativi per uscire, la signora March era tutt'intenta a finire una lettera che doveva essere impostata subito ed Anna era arrabbiata perché l'andare a letto tardi non era nelle sue abitudini e la rendeva nervosa.

– Io credo che in tutto il mondo non ci sia una famiglia più brontolona di questa – gridò Jo, perdendo la pazienza, dopo di aver versato un calamaio, rotte due stringhe alle scarpe ed essersi seduta sul cappello, rendendolo una vera schiacciata.

– E tu sei la persona più brontolona di tutte – rispose Amy, scancellando con le lacrime una lunga operazione che aveva sbagliata ancora una volta.

– Beth, se non levi questi gattacci d'intorno te li scaravento fuor della finestra – esclamò Meg impazientita, cercando invano dal togliersi di dosso uno dei gattini che le si era arrampicato su per la schiena e che si rifiutava di muoversi.

Jo rise, Meg continuò a gridare, Beth a raccomandarsi ed Amy a piagnucolare perché non poteva ricordarsi quanto faceva 9 per 12.

– Ragazze, ragazze, state un po' zitte un minuto! Questa lettera deve partire col primo treno e voi mi fate perdere la testa col vostro chiasso – gridò la signora March, scancellando per la terza volta una frase sbagliata nel suo scritto.

– Divertiti coi tuoi gatti e fatti passare il mal di capo, Beth; addio mammina; siamo una compagnia di screanzate stamani, ma torneremo a casa dei veri angeli. Andiamo! Meg – e Jo s'incamminò a grandi passi verso la porta, sapendo pur troppo, che il loro pellegrinaggio non era incominciato nel modo migliore.

Quando arrivavano alla cantonata, le due ragazze si voltavano perché era l'abitudine della mamma di stare alla finestra e salutarle con la mano sorridendo. Senza questo esse non avrebbero potuto compiere il loro lavoro, perché qualunque fosse il loro umore, la vista del volto sorridente della mamma era, per loro, come un ultimo caldo raggio di sole.

– Se la mammina ci minacciasse col pugno invece di mandarci un bacio colla mano quando andiamo via, farebbe proprio bene, perché ragazzacce più ingrate di noi non ci sono; al mondo – disse Jo, sentendo, con una specie di soddisfazione penitente, il vento gelato che le sferzava il volto.

– Non adoperare quelle orribili espressioni, Jo! – disse Meg dietro al fitto velo in cui si era avvolta come una monaca che rifugga dal mondo.

– Mi piacciono le espressioni vigorose che dicano qualcosa – replicò Jo, afferrando con tutt'e due le mani il cappello che si preparava a prendere un volo.

– Di' pure quel che vuoi, ma io non sono né una screanzata né una ragazzaccia e non ho piacere che tu mi chiami con quel nome.

– Stamani sei un'infelice senza speranze e di pessimo umore, perché non puoi nuotare nel lusso. Povera piccina! Aspetta che io abbia fatto fortuna e potrai levarti la voglia di carrozze, gelato di crema, scarpette coi tacchi troppo alti e fiori e ballerini coi capelli rossi!

– Come sei ridicola, Jo – e Meg rise nonostante il cattiv'umore e si sentì un po' più sollevata.

– Buon per te che sono ridicola, perché se anch'io facessi come te, fossi sconsolata e di cattiv'umore, con quell'aria da martire, staremmo freschi! Per grazia di Dio trovo sempre qualche cosa di ridicolo che mi fa passare la malinconia. Ora non brontolar più; torna a casa di buon umore; suvvia – e Jo diede a Meg, per addio, un colpetto affettuoso sulle spalle ed andò per la sua strada, mentre Meg si avviava dall'altra, tutt'e due facendo del loro meglio par essere contente, nonostante il tempo cattivo, il faticoso lavoro ed i desideri insoddisfatti della gioventù.

Quando il signor March perse tutte le sostanze nel cercar di salvare dalla rovina un suo amico disgraziato, le due ragazze pregarono i genitori che volessero permettere loro di far qualcosa, se non per aiutare la famiglia, almeno per mantenere loro stesse. Sapendo che non è mai troppo presto coltivare nella gioventù l'energia, la buona volontà e l'indipendenza, essi acconsentirono e Meg e Jo si misero al lavoro con quell'ardore che, vincendo gli ostacoli, conduce sempre a qualcosa di buono.

Margherita trovò un posto di insegnante in una famiglia e lo scarso salario le parve una vera fortuna. Ma, nonostante ciò, essa sopportava meno bene delle sorelle la povertà: poiché amava il lusso, aveva veduto i tempi in cui la casa era un paradiso, la vita facile ed agiata ed il bisogno sconosciuto e quindi il suo più gran dolore era che la famiglia fosse ridotta allo strettissimo necessario.

Cercava di non invidiare gli altri, di non esser scontenta, ma era naturalissimo che la giovanetta desiderasse le belle cose che ora non poteva avere, l'allegra compagnia e le agiatezze di ogni genere, che vedeva godere dagli altri. Dai King poi, dove era impiegata, era un vero supplizio, poiché le due sorelle maggiori erano già state presentate in società e Meg vedeva ogni tanto magnifici abiti da ballo, mazzi di fiori, udiva parlare di teatri, di concerti, di gite, di divertimenti d'ogni specie e vedeva sprecare, in cose di nessuna importanza, quel denaro che a lei avrebbe fatto tanto comodo. La poverina si rammaricava di rado, ma qualche volta un amaro senso di ingiustizia la rendeva fredda e sostenuta con tutti: non aveva ancora imparato a conoscere quanto fosse ricca di quelle cose che, veramente, possono rendere la vita felice.

Jo aveva colpito per caso la fantasia della zia March, una vecchietta zoppa, che aveva bisogno di una persona attiva che le stesse d'intorno. La povera donna, senza figli, aveva offerto ai March, allorché erano venuti i guai, di adottare una delle ragazze, ed era stata molto offesa che la sua proposta fosse stata rifiutata. Alcuni amici dissero ai March che avevano fatto male perché, rifiutando, avevano perduto ogni occasione di ereditare dalla vecchia, ma essi avevano risposto: – Non vogliamo cedere una delle nostre figliuole, foss'anche per tutti i tesori della terra: capiti quel che può, vogliamo restar uniti e renderci la vita meno dura coll'affetto reciproco. – La vecchia, per un pezzo, non volle più parlare con loro, ma per caso incontrò un giorno Jo da una sua amica: qualcosa nella sua faccia comica e nelle sue maniere franche e leali la colpì e propose di prendersela come dama di compagnia. Questo non andava affatto a genio a Jo, la quale, non avendo però altro lavoro, accettò e, con gran meraviglia di tutti, riuscì ad andar d'accordo coll'irascibile zia. Ogni tanto scoppiava qualche gran tempesta ed anzi, una volta, Jo se ne tornò a casa dichiarando di non poter sopportare quella vita; ma le collere della zia March erano di poca durata e capitava ben presto a Jo un messaggio così urgente e premuroso che Jo non poteva rifiutare poiché in cuor suo voleva bene alla vecchietta impaziente.

È da credere però che la vera attrazione di quella casa fosse una grande libreria, rimasta in preda alla polvere ed ai ragni fin dal tempo in cui lo zio March era morto. Le statue che la guardavano dalle loro nicchie, le comode poltrone, e più di tutto la ricca messe di libri sparsi qua e là, ove poteva spigolare a suo agio, facevano sì che quella stanza vecchia e polverosa fosse per lei un vero paradiso terrestre. Appena la zia March aveva gente o schiacciava un sonnellino, Jo correva nel suo Paradiso e, rannicchiata in una grande poltrona, divorava tutto ciò che le capitava fra le mani: poesia, romanzi, storia, viaggi, tutto insomma. Ma, come ogni felicità, questo non poteva durare a lungo perché, arrivata generalmente al punto più interessante del romanzo, al più bel verso della canzone e alla più perigliosa avventura del viaggiatore, udiva una voce stridula e nasale che chiamava: – Giusep-pina, Giusep-pina! – e doveva lasciare il suo Eden per andare ad aggomitolare del cotone, a lavare il cagnolino od a legger ad alta voce, per delle ore di seguito, qualche libro noiosissimo, che la faceva sonnecchiare.

Jo ambiva di far qualcosa di splendido: che cosa sarebbe stato poi questo «qualcosa» non lo sapeva ancora neppur lei ed aspettava che il tempo glielo suggerisse; ma intanto la sua più grande afflizione era di non poter leggere, correre e montare a cavallo quanto avrebbe voluto.

Il suo carattere furioso, la sua lingua mordace ed il suo spirito irrequieto le procuravano sempre dei guai e la vita era una serie continua di alti e di bassi, che erano insieme e comici e patetici. Ma le continue seccature a cui l'assoggettava la zia March le facevano del bene ed il pensiero che il guadagno aiutava in parte a sostenere la famiglia la rendeva felice, malgrado il continuo ritornello: – Giusep-pina, Giusep-pina!

Beth era troppo timida per andare a scuola; l'avevano mandata una volta per prova, ma la povera piccina aveva sofferto tanto che dovettero dimettere l'idea e suo padre aveva finito col darle lezione da sé. Anche quando il signor March era partito e la madre era troppo occupata nella società militare di soccorso per poterle dar lezioni, aveva continuato da sé stessa, cercando di far il meglio possibile. Era una piccola massaia, aiutava Anna nelle faccende domestiche, cercando di rendere comoda ed ordinata la casa per la mamma e le sorelle e non aspettandosi altra ricompensa che quella d'essere amata. Ella passava le lunghe ore, non nell'ozio e nella solitudine, perché era di natura molto attiva e popolava inoltre il suo piccolo mondo di amici immaginari che creava da sé. Tutte le mattine le sue sei bambole, tutti vecchi scarti delle sorelle fra cui non ve ne era una che valesse la pena d'essere guardata, dovevano ricevere le sue cure premurose ed appunto perché erano brutte e sciupate ed erano state disprezzate da Amy che non voleva mai nulla di brutto né di vecchio, erano teneramente amate da Beth la quale aveva anche fondato un ospedale per quelle malate. Un misero frammento di bambola era un tempo appartenuto a Jo: e, dopo aver passato una vita assai tempestosa, era stato gettato nel sacco dei cenci vecchi, pronto ad essere portato alla sepoltura, quando Beth era venuta alla riscossa e l'aveva accolto nel suo luogo di rifugio. Se qualcuno avesse veduto le cure che ella prodigava a questa povera bambola, ne sarebbe stato commosso, anche se avesse avuto voglia di ridere. Le portava dei mazzetti di fiori, le leggeva ad alta voce, la portava a spasso, le cantava delle nenie e non andava mai a letto senza prima averle baciato il povero volto annerito, dicendo: – Spero che passerai una buona notte, mia povera bambina!

Però Beth, non essendo un angelo, ma una bambina come le altre, aveva anche lei i suoi pesi, e molto spesso «spargeva due lacrimette», come diceva Jo, perché non poteva prendere lezione di musica ed avere un bel pianoforte. Amava tanto la musica, studiava con tanto ardore e suonava per ore intere e così diligentemente su quel vecchio piano, che sarebbe stato giusto che qualcuno (per non dire la zia March), l'aiutasse. Ma nessuno ci pensava e nessuno vedeva le lagrime che cadevano sui vecchi tasti ingialliti e che Beth asciugava di tanto in tanto. Ella cantava allegramente quando faceva le sue piccole faccende ed era sempre pronta a suonare per la mammina e per le ragazze, ed ogni giorno diceva a sé stessa: – So benissimo che se sarò buona, avrò un giorno ciò che desidero.

Vi sono molte Beth nel mondo, timide e tranquille, che restano nascoste nel loro cantuccino, finché non suona l'ora del bisogno; che vivono esclusivamente per gli altri, dimenticando sé stesse e lo fanno in modo così dolce e così quieto, che nessuno si accorge dei loro sacrifici, se non quando il povero uccellino smette di cantare, e la dolce, salutare presenza svanisce, lasciando dietro di sé la desolazione ed il silenzio.

Se alcuno avesse domandato ad Amy quale fosse il più gran tormento della sua vita, avrebbe certamente risposto – Il mio naso. – Quand'era bambina, Jo l'aveva fatta cadere accidentalmente in un braciere, per fortuna spento, ed Amy insisteva nel dire che quella caduta le aveva per sempre rovinato il naso. Non era lungo e rosso come quello della povera Petrea, ma era un po' schiacciato e, nonostante i continui pizzicotti a cui veniva assoggettato, non riusciva ad avere una punta aristocratica. Nessuno ne faceva caso, ma Amy sentiva molto la mancanza di un naso greco e ne disegnava degli intieri volumi per consolarsi.

«La piccola Raffaello» come la chiamavano le sorelle, aveva molta disposizione per la pittura e la sua più grande felicità consisteva nel copiare fiori, disegnare fate, o illustrare racconti, tutto ciò con curiosi criteri d'arte. I suoi maestri si lagnavano di lei perché, invece di fare le sue operazioni, riempiva la lavagna di animali: le pagine bianche del suo atlante erano tutte ricoperte di carte geografiche e caricature ridicole scappavano fuori dai suoi libri ed apparivano sempre nei momenti più inopportuni. Faceva le sue lezioni alla meglio e generalmente scapolava le punizioni pel suo ottimo contegno alla scuola. Era una delle favorite tra le compagne, perché di carattere facile e possedeva, senza fare alcuno sforzo, l'arte di piacere. La sua grazia e le sue manierine gentili erano molto ammirate, come lo era pure la sua variata istruzione, giacché, oltre al disegno, sapeva suonare dodici melodie diverse, lavorava all'uncinetto e leggeva il francese senza sbagliare più di due terzi delle parole. Ella aveva un modo melanconico e commovente di dire:

– Quando papà era ricco, potevamo fare questo o quest'altro – ed i suoi lunghi e scelti vocaboli erano considerati dalle compagne della più grande eleganza.

Amy era un poco guastata, perché tutti l'accarezzavano e la lodavano e le sue piccole vanità ed il suo egoismo crescevano rapidamente. Una cosa, però, le dava moltissima noia: ella doveva portare i vestiti smessi di una sua cugina. Fra le altre cose, la mamma di Florence non aveva buon gusto ed Amy soffriva assai di dover portare un cappellino rosso invece di uno blue, dei vestitini che non le piacevano affatto e dei grembiuli troppo brutti per lei. Ogni cosa era in buono stato, ben fatto e di stoffa buona; ma l'occhio artistico di Amy era qualche volta molto afflitto, specialmente quest'inverno, in cui il suo vestito di scuola era di un rosso slavato con strisce gialle e senza alcuna guarnizione.

– Il mio solo conforto – diceva a Meg, colle lacrime agli occhi, – è che, quando sono cattiva, la mamma non mi fa delle balze negli abiti come fa la mamma di Park. È assolutamente orribile! Qualche volta ce ne sono tante che il vestito le arriva al disopra del ginocchio e non può andare a scuola. Quando penso a questa «degradazione» sento che posso sopportare anche il mio naso schiacciato ed il mio vestito rosso con le strisce gialle.

Meg era la confidente e la mammina di Amy e, per qualche strana attrazione di contrasti, Jo era la confidente e la mammina di Beth. A Jo sola la timida fanciulletta rivelava tutti i suoi pensieri: e sulla sua disordinata e spensierata sorella, Beth esercitava inconsciamente più influenza di chiunque altro. Le due sorelle maggiori si volevano un ben dell'anima, ma tutte e due avevano preso sotto la loro protezione una delle piccole, e si occupavano di loro, dando loro, con quell'istinto materno che hanno sempre le ragazze, tutte quelle cure che avevano prima prodigato alle loro bambole.

– Avete nulla da raccontare? È stata una giornata così noiosa oggi che veramente ho bisogno di qualche distrazione – disse Meg alla sera, mentre, riunite tutte insieme, cucivano le famose lenzuola della zia March.

– Ho passato una giornata veramente comica con la zia oggi: ma siccome l'ho avuta vinta io, così posso raccontarvela – cominciò Jo, a cui piaceva tanto raccontare storielle: – Leggevo oggi alla zia quell'orribile Belsham e lo facevo con la mia solita cantilena monotona per farla addormentare; leggevo dunque, così malinconicamente che mi sono quasi addormentata anch'io: anzi, una volta, ho sbadigliato tanto di gusto che la zia mi ha chiesto se non mi vergognavo di spalancar la bocca così larga da farci entrare almeno l'intero libro – Magari lo potessi fare, almeno sarebbe finito! – risposi io, cercando di non essere impertinente.

Allora è incominciata una lunga ramanzina sui miei peccati e, per finire, essa mi ha detto di stare lì ferma e pentirmi mentre lei si *perdeva* un momento. Per fortuna, quando si perde, non si ritrova così facilmente, perciò, appena la sua scuffia ha incominciato a dondolare, ho tirato fuori dalla tasca «Il Vicario di Wakefield» e mi sono messa a leggere a più non posso con un occhio sul libro ed uno sulla zia. Ero arrivata per l'appunto là dove cascano tutti insieme nell'acqua, quando mi sono dimenticata della zia ed ho riso forte! La zia si sveglia e, per mia fortuna, di un umore più umano dopo il pisolino; mi ordina di leggere il libro che avevo in mano per vedere quale frivola ed insipida lettura preferivo a quell'interessante ed istruttivo Belsham. Naturalmente non me lo son fatto dir due volte e lei ci ha preso gusto, benché non ne volesse convenire e non mi dicesse che questo: – Non posso capire di che cosa si tratta; ritorna da principio e ricomincia, Giusep-pina.

Allora ritorno da principio, facendo del mio meglio per rendere i Primroses interessanti. Una volta ho avuto la cattiveria di fermarmi ad uno dei passi più commoventi e dire timidamente: – Temo che ciò l'annoi; devo smettere ora, signora?

Riprese d'un tratto la calza, che si era lasciata sfuggire dalle mani, diede una guardata bieca di sopra agli occhiali e disse, col suo modo aspro di parlare: – Finisca il capitolo e non sia impertinente, signorina!

– Ti disse poi che le era piaciuto? – domandò Meg.

– No, oh no, ma ha lasciato un po' in riposo il mio caro Belsham; e quando sono tornata a prendere i guanti che avevo dimenticato, l'ho trovata lì che leggeva il "Vicario" con tanto interesse che non ha udito neppure il balletto che ho improvvisato, a sue spese, nell'entrata. Che bella vita potrebbe menare se ne avesse voglia! Io non l'invidio, nonostante tutti i suoi denari perché, dopo tutto, le persone ricche hanno altrettanti pensieri ed altrettante noie delle povere – soggiunse Jo.

– Questo mi fa ricordare ciò che dovevo raccontarvi io – disse Meg – non è una storia curiosa e ridicola come quella di Jo, ma è una cosa che mi ha fatto molto pensare durante il mio ritorno, a casa. Dai King oggi, ho trovato tutto sottosopra e tutti fuori di sé; uno dei piccoli mi ha detto che il fratello maggiore aveva commesso un gran fallo ed era stato cacciato di casa dal padre. Ho udito la signora King che piangeva, il signor King che parlava a voce molto alta, ed Ellen e Grace hanno voltata la faccia dall'altra parte quando mi hanno scorta, perché non vedessi che avevano gli occhi rossi. Naturalmente non ho fatto domande, ma sono stata assai contenta di non aver dei fratelli grandi che potessero far del male e disonorare la loro famiglia.

– Credo però che essere umiliati in faccia alla scolaresca è molto «più peggiore» di qualunque altra cosa – disse Amy scuotendo la testina, come se la sua esperienza del mondo fosse stata profonda. – Susie Perkins è venuta oggi a scuola con un bellissimo anellino in dito; così bellino che gliel'ho tanto invidiato, desiderando proprio di esser lei. Ma a metà della lezione, essa ha fatto una caricatura al signor Davis, con un naso lunghissimo, la gobba e con queste parole che gli uscivano di bocca: – Signorine, il mio occhio è su di voi! – Stavamo ridendo e guardandolo, quando il suo occhio fu davvero su di noi ed ordinò a Susie di consegnarli la lavagna! La povera Susie fu «parelizzata» dallo spavento, ma dovette obbedire e che cosa credete che fece quell'uomo orrendo? La prese per un orecchio, l'orecchio! non è orribile? e la condusse in mezzo alla stanza e la fece star là sulla cattedra mezz'ora, colla lavagna in mano, in modo che tutti potessero ben vedere.

– Non hanno riso le altre ragazze a veder la caricatura? – domandò Jo che prendeva gusto alla storiella.

– Riso! non si è udito volare neppure una mosca, te lo dico io! Stavamo quatte, quatte tutte noialtre e Susie piangeva, poveretta! Non la invidiavo davvero allora, perché neppure un milione di anellini d'oro mi avrebbero resa contenta dopo questo! Non mi si sarebbe mai scancellato dalla mente il ricordo di una sì agonizzante mortificazione – e Amy continuò il suo lavoro colla soddisfazione orgogliosa del dovere compiuto e quella ancora più grande di aver pronunziato due lunghe ed eleganti parole in un fiato.

– Io ho veduto stamani una cosa che mi è piaciuta assai e volevo raccontarla a pranzo, ma me ne sono scordata – disse Beth, che metteva in ordine il paniere disordinato di Jo. – Quando sono andata a prendere le ostriche per Anna, ho trovato il signor Laurence nella bottega del pescivendolo, ma egli non mi ha veduta perché io mi sono nascosta dietro uno dei barili. Una povera donna è entrata nella bottega con un secchio ed una granata ed ha domandato al signor Cutter se voleva farle pulire qualche cosa per guadagnare qualche soldo o un po' di pesce da dar da mangiare ai suoi poveri bimbi che morivano di fame. Il signor Cutter aveva fretta, perciò ha detto «no» con poca grazia, ed essa se ne andava quieta, quieta, con un'espressione di disperazione sul volto, quando, il signor Laurence, colla parte curva del suo bastione, ha preso un grosso pesce e glielo ha offerto dicendole di tornare a casa per cucinarlo ed essa si è affrettata ad andar via, così contenta che era un piacere a vederla! Come è buono, vero? Ed era così curiosa quella povera donna, quando abbracciava quel gran pesce ed augurava al signor Laurence «un buon posto in Paradiso!»

Dopo aver riso un poco sul racconto di Beth, le ragazze domandarono alla mamma che raccontasse qualcosa anche lei, ed ella, dopo aver pensato un momento, cominciò:

– Stavo seduta nella stanza della società tagliando delle giacchette di flanella e pensavo al povero papa che è così lontano da tutte noi e che sarebbe così solo, se per caso si trovasse ammalato o ferito; non era la più bella cosa da pensare, voi mi direte, ma pure è così; pensavo dunque al papà, quando un vecchio è entrato nella stanza per prendere alcuni oggetti. Si è seduto vicino a me ed io ho cominciato a parlargli perché mi sembrava molto stanco affannato e povero.

– Avete figli nell'esercito? – gli ho domandato.

– Sissignora: ne avevo quattro; ma due sono stati uccisi, uno è prigioniero ed ora vado a trovar l'altro che è molto malato all'ospedale di Washington; – mi ha risposto senza esitare.

– Avete fatto molto per la vostra patria, signore -- ho detto io, provando ora per lui rispetto invece che compassione.

– Niente di più di quel che dovevo, signora. Andrei io stesso, se potessi essere utile; ma siccome non posso, ho dato i miei figli alla patria e li ho dati senza lamentarmi.

Parlava così serenamente, sembrava così sincero e contento di dar tutto ciò che aveva per la patria che mi sono vergognata di me stessa.

Io avevo dato un uomo solo e mi lagnavo; egli ne aveva dati quattro senza una parola: io avevo a casa le mie quattro ragazze, che erano la mia consolazione ed il suo ultimo figlio l'attendeva, così lontano, forse per dargli soltanto l'estremo addio! Mi sono sentita così ricca, così felice nella mia ricchezza, che gli ho fatto un bell'involto, gli ho dato del denaro e l'ho ringraziato della lezione che mi aveva dato.

– Racconta un'altra storia, mamma, una con la morale come questa. Mi piace tanto sentirtele dire, soprattutto quando sono vere e non vi sono troppe prediche – disse Jo, dopo un momento di silenzio.

La signora March sorrise e cominciò subito. Erano già tanti anni che raccontava le storielle al suo piccolo uditorio che ormai conosceva bene i suoi gusti.

– C'erano una volta quattro ragazze che avevano abbastanza da mangiare, da bere e da vestire: avevano genitori che le amavano assai, amici buoni, eppure non erano contente! (Qui l'uditorio, di sottecchi, si scambiò un'occhiata espressiva, e cominciò a lavorare con alacrità grandissima). Queste ragazze desideravano di essere buone e prendevano, ogni tanto, delle eccellenti risoluzioni, che però non erano mantenute a puntino, perché era un continuo ritornello: «Se potessi aver questo! Se potessi aver quest'altro!» dimenticandosi sempre di quello che già avevano e di quante belle e divertenti cose potevano fare. Disperate domandarono un giorno ad una vecchietta che desse loro la chiave per essere felici ed essa rispose: – Quando siete scontente, ricordatevi soltanto di tutto il bene che avete e siatene riconoscenti. – (A questo punto, Jo alzò la testa come per parlare, ma poi cambiò idea vedendo che la storia non era ancora terminata).

Essendo esse delle ragazze ragionevoli, decisero di accettare il suo consiglio e ben presto furono meravigliate nel vedere come erano migliorate le loro condizioni! L'una scoprì che i danari non riuscivano a scacciare dalla casa il dolore e la vergogna: un'altra che, benché povera, era molto più felice colla sua giovinezza, la sua salute e l'allegria, di una certa vecchietta brontolona e malata che non poteva godere del suo danaro; una terza che, quantunque il preparare il pranzo fosse molto noioso, pure l'andare a mendicare era anche peggio; e la quarta che i più begli anelli d'oro non valevano quanto la buona condotta. Decisero perciò di non brontolar più, di contentarsi di tutto ciò che avevano e, credete a me, non furono né deluse né scontente d'aver seguito il consiglio della vecchierella. –

– Mammina, sei molto cattiva di valerti dei nostri racconti, per farci un sermone in tutta regola, invece di raccontarci una storia piacevole – disse

Meg.

– Questo genere di sermoni mi piace però: assomiglia a quelli che ci faceva papà – aggiunse Beth pensierosa, mentre raddrizzava gli aghi sul cuscinetto di Jo.

– Io non brontolo tanto quanto gli altri e starò più che mai attenta ora, perché l'esempio di Susie mi starà sempre dinanzi! – soggiunse Amy.

– Avevamo bisogno di questa lezione, mammina, e ce ne ricorderemo; se ce ne scordassimo, ripetici quello che diceva sempre «Old Chloe» nella «Capanna dello zio Tom»: Contentatevi! di quel che avete, ragazzi. Contentatevi di quello che avete! – soggiunse Jo che non poteva fare a meno di scherzare su ogni cosa benché prendesse a cuore quanto e forse anche più degli altri le lezioni della mamma.

CAPITOLO QUINTO

Vicini e conoscenti.

– Che cosa ti passa mai per la mente, ora Jo? – disse Meg, un dopopranzo freddo e nevoso, a sua sorella che si avvicinava ai lei coll'impermeabile, le galosce, il cappello, una pala ed una granata in mano.

– Vado a fare un po' di moto – rispose Jo con uno sguardo birichino e trattenendo appena il riso.

– Avrei creduto che due lunghe passeggiate, stamani, ti dovessero bastare! Fa un freddo da morire e ti consiglierei di stare in casa qui, vicino al fuoco – riprese Meg con un brivido.

– È mia abitudine di non accettare mai buoni consigli: non posso star rinchiusa tutto il giorno e, non appartenendo alla famiglia dei gatti, non ci tengo affatto a dormicchiare dinanzi al fuoco. Mi piacciono le avventure e ne vado in cerca.

Meg tacque e continuò a scaldarsi i piedi, riprendendo la lettura di «Ivanhoe» e Jo, uscita nel giardino, cominciò, con grande energia, a spazzare la neve, per fare una stradicciuola su cui Beth potesse passeggiare colle sue bambole, appena compariva un raggio di sole. Soltanto il giardino separava la casa dei March da quella dei Laurence: tutte e due erano situate nei sobborghi della città in mezzo a prati, a giardini ed a strade molto quiete e tranquille. Una folta siepe era il solo confine tra le due proprietà; ma da una parte si vedeva una vecchia casetta grigia, spogliata ora dei rami di vite e dai fiori che la coprivano di estate; dall'altra s'innalzava un grandioso edificio in pietra, che denotava, in tutti i suoi dettagli, il lusso e l'agiatezza dei proprietari, dalla bella scuderia ai ben tenuti giardini, dalle serre riscaldate ai bei mobili che si scorgevano attraverso alle ricche cortine. Eppure il casamento pareva solitario e senza vita: nessun bambino scorrazzava sui bei prati, alle finestre non si affacciava mai un volto sorridente di mamma e poche persone entravano od uscivano, ad eccezione del vecchio e del nipote. Questa casa era, secondo la vivace fantasia di Jo, una specie di palazzo incantato, pieno di splendore e di ricchezze, di cui nessuno godeva ed essa moriva, da molto tempo, dalla voglia di vedere questo paradiso terrestre e far conoscenza col ragazzo, che sembrava tanto simpatico e gentile. Dal giorno del ballo, poi, questo desiderio era andato sempre crescendo ed ella aveva escogitato mille modi per far amicizia; ma ultimamente non aveva più veduto il ragazzo e Jo incominciava a credere che fosse partito, quando un giorno, ella spiò una testa bruna che faceva capolino tra le tende e che guardava con occhio quasi invidioso il giardino ove Amy e Beth si tiravano grosse palle di neve.

– Quel ragazzo è troppo solo; ha bisogno di compagnia e di divertimento – disse Jo tra sé. – Il nonno non capisce quello che ci vorrebbe per lui e lo tiene chiuso là dentro! Egli dovrebbe avere la compagnia di ragazzi allegri o di qualche persona giovane con cui fare un po' di chiasso. Ho una gran voglia di andarlo a dire al vecchio! –

– Questo progetto piacque a Jo: era la persona delle avventure arrischiate e scandalizzava molto spesso Meg con le sue idee curiose. La proposta che si era fatta, però, di andare al palazzo non le passò di mente, e, colta la giornata propizia, Jo risolse di fare il possibile per riuscire nel suo intento. Visto il signor Laurence uscire di casa, si vestì ed andò in giardino a fare la sua stradicciuola dando intanto una guardata all'intorno. Non vide nulla: tutto era tranquillo, le tendine abbassate alle finestre del piano terreno, nessuna persona di servizio, e nulla di umano visibile all'infuori di una testa bruna, ricciuta appoggiata ad una mano lunga e secca ad una finestra del primo piano.

– Eccolo là! – pensò Jo tra sé – Povero ragazzo! Solo, solo e malato, in questa giornata così fredda! È una vergogna! Voglio tirar su una palla di neve per farlo guardare qua e poi gli dirò qualche parola di conforto. – Detto fatto, Jo prese una manata di neve e la gettò contro la finestra. La testa si voltò subito e mise in evidenza un volto che perdette, alla vista di Jo, la sua espressione annoiata e si fece subito sorridente e gioviale. Jo salutò colla testa, sorrise e sventolò la sua granata per aria, gridando:

– Come sta? È malato?

Laurie aprì la finestra e rispose con voce rauca:

– Sto meglio grazie. Ho avuto un raffreddore fortissimo, che mi ha tenuto in casa una settimana!

– Mi dispiace davvero! Come passa il tempo?

– Male. Mi annoio: tanto! Non so cosa fare!

– Non le piace leggere?

– Sì, ma non me lo permettono.

– Nessuno le può leggere ad alta voce?

– Qualche volta il nonno; ma i miei libri non lo interessano e non posso sempre seccar Brooke.

– Inviti qualcuno a venirle a tener compagnia.

– Non vi è nessuno che mi piaccia;. I ragazzi fanno tanto rumore e la mia testa è un po' debole.

– Non conosce qualche ragazza che le possa leggere un po' e divertirla?

Le ragazze sono più quiete e sanno fare da infermiere.

– Non ne conosco!

– Conosce me però! – cominciò Jo ridendo, ma si fermò ad un tratto.

– Questo è vero! Venga, venga lei, mi faccia il piacere! – gridò Laurie.

– Io veramente non sono né quieta né carina; ma verrò, se la mamma lo permette! Ora vado a domandarglielo! Da bravo; chiuda la finestra e aspetti; in due salti sono da lei.

Così dicendo Jo prese la granata, se la mise sulle spalle e s'incamminò verso casa dubitando un po' dell'accoglienza che avrebbe avuta la sua proposta, mentre Laurie, un po' eccitato all'idea di avere compagnia, si preparava a ricevere la signorina. Qualche minuto dopo, si udì una forte scampanellata, una voce decisa domandò del signorino Laurie ed un cameriere, con aria molto meravigliata, corse su nella stanza del padroncino ad annunziargli la visita di una signorina.

– Falla passare; è la signorina Jo – disse Laurie, incamminandosi verso la porta per incontrare Jo che entrò subito con un piatto coperto in una mano ed i tre gattini di Beth nell'altra.

– Eccomi, con baracca e burattini – disse con vivacità. – La mamma le manda tanti saluti e spera che potrò far qualcosa per lei; Meg mi ha dato questo dolce che ha fatto lei stessa e Beth ha creduto che i suoi gattini l'aiuterebbero a passare il tempo. Sapevo che avrebbe riso, ma non potevo rifiutare; era tanto ansiosa, anche lei, di aiutarla in qualche modo! Furono appunto i gattini che ruppero il ghiaccio; perché, ridendo della strana idea di Beth, Laurie dimenticò la sua solita timidezza e fu subito allegro ed amichevole.

– È troppo bello per mangiarsi – disse poi, sorridendo di piacere quando Jo scoprì il piatto e gli mostrò un bel dolce di crema contornato di foglie verdi e di fiori colti dal geranio favorito di Amy.

– Non val la pena di parlarne; solamente tutte volevano rendersi utili. Dica alla sua donna di riporlo e lo mangi domani col tè; è dolce e morbido; lo potrà mandar giù senza che le faccia male alla gola! Come è comoda e bella questa stanza!

– Sì, sarebbe comoda se fosse tenuta in ordine, ma le cameriere sono pigre ed io non so farmi ubbidire. È una cosa che mi secca però!

– Ora gliela metto in ordine io. C'è da far solo due o tre cose: spazzar la cenere dal caminetto – così – e metter a posto questi gingilli – in questo modo – ed i libri messi qui – le bottiglie in quest'altro posto; il sofà meno voltato verso la luce – così – e i guanciali messi a posto. Ecco fatto. Così parlando, Jo aveva messo tutto in ordine ed aveva dato un nuovo aspetto alla stanza. Laurie la guardava con grande rispetto e taceva: quando ella gli fece cenno di venire a sdraiarsi sul sofà, egli vi si lasciò cadere con un sospiro di soddisfazione, dicendo con uno sguardo di gratitudine: – Com'è buona! È proprio quello che mi ci voleva! Ora mi faccia il piacere di accomodarsi in quella poltrona e dirmi che cosa posso fare per divertirla.

– No, sono io che sono venuta a divertire lei! Vuole che legga forte? – disse Jo, guardando con tenerezza una quantità di libri in una piccola biblioteca.

– Oh, no grazie; li ho già letti tutti e, se non le dispiace, preferirei chiacchierare un po' – rispose Laurie.

– Come vuole! Se carico la macchina posso chiacchierare anche fino a domani! Beth dice che so quando principio, ma non posso mai sapere quando finisco.

– Beth è quella bambina bianca e rosea che sta quasi sempre a casa e qualche volta esce con un panierino? – domandò Laurie con interesse.

– Sì, quella è Beth; è la mia preferita ed è tanto buona!

– La signorina tanto carina è Meg e quella ricciuta è Amy, vero?

– Come lo sa?

Laurie arrossì, ma rispose subito con franchezza: – Ecco, sento spesso che si chiamano l'un l'altra e quando son così solo solo non posso far a meno di guardare giù nel giardino; hanno sempre l'aria di divertirsi tanto! Le domando scusa se sono così indiscreto; ma qualche volta dimenticano, la sera, di tirar giù la tenda della finestra nel salottino e quando vi è il lume acceso è un bel quadretto vedere il fuoco e tutte loro con la mamma, riunite intorno al tavolino. Il volto di sua madre è generalmente di faccia a me e sembra così dolce là, tramezzo ai fiori, che non posso fare a meno di guardarla. Io non ho madre, sa! – e Laurie cominciò a soffiare il fuoco per nascondere il tremito delle labbra.

L'espressione di tristezza e di nostalgia di quegli occhi, toccò profondamente Jo. Era stata educata così semplicemente che non aveva nessun'idea sciocca per la testa ed a 15 anni era innocente ed ingenua come una bambina. Laurie era malato e solo: e, sentendo quanto fosse ricca in amore e felicità, ella cercò di dividere questa felicità con lui. Il suo volto bruno aveva un'espressione buona ed amichevole e la sua voce era stata raramente così dolce quando rispose: – Non tireremo mai più quella tenda e le do il permesso di guardare quanto le pare. Ma sarebbe meglio che, invece di guardare dalla finestra, venisse addirittura in casa. Mamma è una vera fata e le farà del bene; Beth potrebbe cantare se io la pregassi, Amy ballerebbe; Meg ed io la faremo scoppiare dal ridere colle nostre ricchezze teatrali e ci divertiremmo insieme. Crede che suo nonno le permetterebbe di venire?

– Forse sì, se la sua mamma glielo domandasse. È molto buono, benché

46

sembri burbero e mi lascia fare tutto quello che voglio; teme solo che io debba rendermi importuno con persone estranee – cominciò Laurie, rischiarandosi sempre più e più.

– Noi non siamo persone estranee, siamo vicini, e non creda di darci noia. Desideriamo conoscerla ed è tanto tempo che ne cerco l'occasione. Non è molto che abitiamo qui, ma conosciamo tutti i nostri vicini, eccetto loro.

– Il nonno vive fra i suoi libri e non si cura di quello che accade fuori. Il signor Brooke, il mio precettore, non vive con noi e così non ho nessuno da accompagnarmi di qua e di là e sto rinchiuso in casa facendo del mio meglio per passare il tempo.

– Questo è male; dovrebbe anzi andare a vedere tutti quelli che l'invitano a casa loro; così conoscerebbe molta gente e farebbe amicizie. Anche se si sente timido vada lo stesso; vedrà che anche la timidezza passa col tempo.

Laurie arrossì di nuovo, ma non fu punto offeso nel sentirsi accusare di timidezza; vi era tanto buon volere in Jo, tanta bontà, che era impossibile prendersi a male i suoi franchi discorsi.

– Le piace andar a scuola? – ricominciò Laurie, cambiando discorso, dopo aver fissato per qualche minuto silenziosamente il fuoco, mentre Jo si guardava intorno con aria soddisfatta.

– Non vado a scuola; sono un uomo d'affari, una ragazza cioè: vado a tener compagnia a mia zia, una cara vecchia brontolona – rispose Jo.

Laurie aprì la bocca per fare un'altra domanda, ma ricordandosi in tempo che non stava bene essere indiscreti, si trattenne, ma rimase un po' confuso. A Jo, che se ne era accorta, piacque questa discrezione, e, non curandosi di ridere un po' alle spalle della povera zia March, gli fece una descrizione comica ed umoristica della vecchierella: del suo canino grasso e grosso, del pappagallo che parlava spagnuolo e del suo paradiso, la libreria. Laurie si divertiva immensamente; e quando Jo raccontò del vecchio signore che era venuto a domandar la mano della zia e che nel mezzo di un elaborato discorso d'occasione era rimasto pietrificato nel vedere la sua parrucca fra le zampe di Poli, il pappagallo, il ragazzo si lasciò cadere indietro sui guanciali, ridendo tanto di cuore che le lacrime gli rigavano le gote ed una cameriera fece capolino dalla porta per vedere che cosa fosse accaduto.

– Oh, questo mi fa proprio bene! Continui, continui, mi faccia il piacere – disse rialzando la testa e mostrando un viso rosso e scintillante dal piacere.

Contenta del suo successo, Jo continuò e gli parlò di tutti i loro divertimenti, delle loro speranze, dei loro timori pel padre e di tutti gli eventi più importanti del loro piccolo mondo.

Poi cominciarono a parlare di libri e Jo trovò con gran piacere che Laurie amava la lettura al pari di lei ed aveva letto anche più di lei.

– Se le piacciono tanto i libri venga a vedere la nostra biblioteca. Il nonno è fuori, perciò non tema di nulla – disse Laurie alzandosi.

– Io non ho paura di nessuno – replicò Jo con un'alzata di spalle.

– Ci credo perfettamente – esclamò il ragazzo, guardandola con ammirazione, benché pensasse tra sé che avrebbe avuto tutte le ragioni di temere un po' il vecchio, se lo avesse visto in una delle sue cattive giornate.

Essendo la temperatura dell'intera casa press'a poco uguale, Laurie condusse Jo attraverso tutte le stanze, lasciando che esaminasse, a suo bell'agio, tutte le cose che colpivano la sua fantasia; arrivarono finalmente alla biblioteca e Jo cominciò a battere le mani ed a saltare, cosa che faceva quando era molto eccitata. La stanza era tappezzata di libri: vi erano statue e pitture, piccole scansìe piene di gingilli e di monete antiche, poltrone comode, tavolini di tutte le forme, e, nel mezzo della parete principale, un gran caminetto antico decorato di maiolica.

– Che ricchezza! – sospirò Jo, lasciandosi cadere in una bella poltrona di velluto, e guardandosi intorno con un'aria di vera soddisfazione. – Teodoro Laurence, voi dovreste essere il ragazzo più felice di questa terra – aggiunse con forza.

– Un povero diavolo non può sempre vivere di libri! – rispose Laurie, scuotendo la testa e sedendosi su di un tavolino di faccia a lei. Prima che potesse dir altro, si udì il suono di un campanello, e Jo si alzò precipitosamente da sedere esclamando: – Mio Dio! sarà suo nonno!

– Ebbene, se è mio nonno? Ha detto che non ha paura di nulla – rispose il ragazzo con malizia.

– Veramente credo che ho un po' di paura: ma non so perché; mammina ha dato il permesso di venire e non credo che la mia venuta le abbia fatto del male – disse Jo, calmandosi un poco, ma tenendo lo sguardo fisso sulla porta.

– Sto meglio anzi e le sono infinitamente riconoscente: temo soltanto di averla fatta stancare, ma i suoi racconti erano così divertenti che non volevo farla smettere – disse Laurie con accento di gratitudine. – Il dottore, signorino – disse la cameriera entrando e facendo un segno a Laurie.

– Le dispiacerebbe se la lasciassi un momento qui? Bisogna che lo veda! – disse Laurie.

– Vada, vada, non si dia pensiero di me; sono contenta come una pasqua qua dentro – rispose Jo. Laurie uscì, e la sua ospite cominciò a divertirsi a modo suo. Stava ritta davanti ad un gran ritratto del nonno di Laurie, quando la porta si aprì di nuovo e, senza voltarsi, Jo disse: – Son sicura, ora, che non avrei paura di lui, perché ha negli occhi un'espressione di grande dolcezza, quantunque la bocca sia severa e sembri avere una volontà ferrea. Non è bello come mio nonno, ma mi piace.

– Grazie signorina – disse una voce burbera, e, voltandosi repentinamente, Jo si trovò, con grande costernazione, faccia a faccia col signor Laurence. La povera Jo non sapeva dove nascondere il volto; arrossì fino alla punta delle orecchie ed il cuore cominciò a batterle violentemente nel pensare a ciò che aveva detto. Per un minuto pensò di fuggire; ma sarebbe stata codardìa e le ragazze l'avrebbero canzonata, perciò decise di star là e di cavarsela come poteva. Un secondo sguardo le disse che gli occhi viventi erano anche più dolci di quelli dipinti ed avevano un'espressione così benevola, che il suo timore disparve in gran parte. La voce burbera era più burbera che mai quando il vecchio disse, ad un tratto, dopo una pausa che sembrò un secolo:

– E così non hai paura di me, eh?

– Non molto signore.

– E non mi credi così bello come tuo nonno?

– Nossignore.

– Ed ho una volontà ferrea secondo te, eh?

– Ho detto che credevo così!

– Ma ti sono simpatico, nonostante tutto ciò?

– Sissignore.

Questa risposta parve soddisfare il vecchio che rise, strinse la mano a Jo e, mettendole una mano sotto il mento, le alzò il capo e, dopo averla esaminata attentamente, disse: – Tu hai lo spirito di tuo nonno, benché tu non ne abbia la faccia. Era davvero un bell'uomo e, quel che è più, un uomo onesto ed io ero orgoglioso di essergli amico.

– Grazie, signore! – e Jo, dopo quel discorso, si sentì completamente rassicurata.

– Che cosa hai fatto a questo mio ragazzo? – fu la seconda domanda.

– Ho soltanto cercato di fare amicizia – e Jo gli raccontò tutto ciò che aveva fatto.

– Credi che abbia bisogno di compagnia?

– Sissignore, mi sembra che stia molto solo e forse qualche persona giovane, della sua età, gli farebbe bene. Noi siamo tutte ragazze, una, saremmo tanto contente se potessimo fare qualche cosa per lui: non abbiamo dimenticato il magnifico regalo di Natale – rispose Jo, con accento di gratitudine.

– Niente, niente, quello fu affare del ragazzo. Come sta quella povera donna?

– Va avanti benino, signore – e Jo incominciò a parlare con grande enfasi ed interesse della povera donna, e gli disse che la mamma le aveva fatto ottenere aiuto anche da altre persone.

– Tal quale suo padre! Voglio venirla a trovare uno di questi giorni, diglielo; ecco la campanella del tè: noi lo prendiamo di buon'ora, per via del ragazzo. Vieni giù e continua ad essere una così buona vicina.

– Se non le dispiace....

– Non te lo chiederei se non ti volessi – ed il signor Laurence offrì il braccio a Jo, con la cortesia di altri tempi.

– Che cosa direbbe Meg se mi vedesse ora? – pensò Jo mentre scendeva le scale e i suoi occhi scintillavano di malizia, immaginandosi di già di essere a casa a raccontare tutta la storia.

– Hey! Che cosa è successo a quel ragazzo? – disse il vecchio, udendo Laurie che scendeva a precipizio le scale, e che si fermò di botto alla vista di Jo a braccio del suo terribile nonno.

– Non sapevo che Ella fosse tornato! – disse Laurie, mentre Jo, gli dava uno sguardo di trionfo.

– Me ne accorgo dal modo con cui ruzzoli le scale! Vieni a prendere il tè e comportati come si deve – e tiratergli un orecchio a guisa di carezza, il signor Laurence continuò la sua strada, mentre Laurie faceva una comica pantomima dietro le sue spalle in modo da mettere a serio repentaglio la gravità di Jo.

Il vecchio non disse che poche parole mentre beveva le sue quattro tazze di tè, ma osservò molto, vide che i due ragazzi chiacchieravano come vecchi amici e non gli sfuggì il cambiamento nel suo nipote. Vi era nel volto del ragazzo un colore insolito, una vivacità nell'espressione e della vera allegria nel suo riso.

– Ha proprio ragione! Il ragazzo sta troppo solo! Ha bisogno di compagnia! Voglio vedere che cosa possono fare per lui queste bambine! – disse fra sé il signor Laurence, mentre guardava ed ascoltava con grande interesse. Jo gli piaceva; i suoi modi franchi e leali lo attiravano, ed essa sembrava capire così bene il carattere di Laurie come se avesse appartenuto al sesso maschile.

Se i Laurence fossero stati, come diceva Jo «gente che stanno in punta di forchetta» non si sarebbe trovata così bene, perché, con simili persone, ella diventava subito timida e silenziosa, ma, trovandoli semplici ed «alla buona» si mostrò quale era veramente e fece buonissima impressione. Dopo il tè ella propose di andarsene, ma Laurie la ritenne dicendole che le voleva far vedere qualche altra cosa e la condusse nella serra. Pareva a Jo di essere in un paese incantato e passeggiava su e giù, beandosi nel profumo dei fiori ed ammirando le belle piante, la luce dolcemente diffusa e l'aria tepida e balsamica. Laurie, intanto, coglieva i più bei fiori e li legava in un magnifico mazzo, dicendo, con quell'espressione lieta che piaceva tanto a Jo: – Mi faccia il piacere di dare questi fiori a sua madre, e dirle che la medicina che mi ha mandato mi è piaciuta tanto, tanto. – Ritornati in casa, trovarono il signor Laurence che si scaldava dinanzi al fuoco nel salone, ma l'attenzione di Jo fu subito attratta da un magnifico piano a coda, aperto.

– Suona? – domandò rivolgendosi a Laurie con un'espressione di gran rispetto.

– Qualche volta! – rispose modestamente Laurie.

– Suoni qualche cosa; mi piacerebbe tanto sentirla, così potrei raccontarlo a Beth.

– Suoni prima lei qualche cosa!

– Io non so neanche mettere le mani sul pianoforte: sono troppo stupida per imparare, ma amo la musica assai, assai.

Laurie non si fece pregare: incominciò a suonare e Jo, lo ascoltava a bocca aperta, col naso nascosto tra le rose e la vaniglia. Il suo rispetto pel «ragazzo Laurence» crebbe a dismisura quando lo ebbe udito, poiché suonava molto bene e non si dava delle arie. Ella avrebbe tanto desiderato che Beth lo sentisse, ma non s'azzardò a dirlo; solamente lo lodò tanto, ch'egli diventò rosso come una melagrana ed il nonno dovette intervenirle, dicendo: – Basta, basta, signorina, troppo zucchero fa male alla salute. Non suona male, no, ma spero che farà altrettanto bene le cose di più grande importanza. Vuoi proprio andar via? Si? Dunque ti sono molto riconoscente per tutto quello che hai fatto e spero che ritornerai presto. I miei complimenti a tua madre: buona notte, Dottor Jo! – Egli le strinse affettuosamente la mano, ma a Jo sembrò che qualche cosa l'avesse annoiato. Volendosene accertare, domandò a Laurie, appena furono nell'ingresso, se avesse detto o fatto qualcosa di male. Laurie scosse la testa: – No, sono stato io! Non gli piace sentirmi suonare.

– Perché?

– Glielo dirò un giorno. Giovanni la verrà ad accompagnare. Mi dispiace di non poterlo fare io stesso.

– Non ce n'è bisogno; non sono una signorina ed in due salti sono a casa. Si riguardi sa?

– Sì, ma lei ritornerà, non è vero?

– Se mi promette di venirci a trovare, appena sarà guarito!

– Glielo prometto.

– Buona notte Laurie.

– Buona notte Jo, buona notte!

Quando Jo ebbe raccontate a casa tutte le sue avventure, venne a tutti il desiderio di fare una visita in massa alla gran casa, perché tutti vi trovavano qualcosa di attraente. La signora March avrebbe voluto parlare di suo padre con quel suo vecchio amico d'infanzia: Meg desiderava di vedere la serra; Beth sospirava pel pianoforte a coda, ed Amy era ansiosa di ammirare i bei quadri, di cui Jo le aveva fatto la descrizione.

– Mammina, perché il signor Laurence non vuole che Laurie suoni? – domandò Jo che era di natura assai curiosa.

– Non ne sono sicura, ma credo che sia perché il padre di Laurie sposò un'artista italiana che suonava meravigliosamente, ma che non piaceva al vecchio molto orgoglioso e superbo. La signora era bella, buona ed istruita, ma egli non ne volle sapere né rivide il figlio dopo il suo matrimonio. Il padre e la madre di Laurie morirono quando egli era un bambino! ed allora il nonno lo prese in casa. Suppongo che il ragazzo, nato in Italia, non sia molto forte ed è perciò che il nonno, per timore di perderlo lo tiene nell'ovatta. Però Laurie assomiglia molto a sua madre, ama la musica, ed il signor Laurence teme forse che voglia diventare un pianista: ma in ogni modo la sua passione per la musica ed il suo modo di suonare gli ricordano la madre ed è per questo che è diventato di cattivo umore.

–Mio Dio! Che cosa romantica – esclamò Meg.

– Che stupidaggine! – disse Jo. Lasci che faccia il pianista, se ne ha voglia, e non lo tormenti col collegio e l'università, che odia!

– Sarà per questo che ha gli occhi così belli e modi così gentili; gli Italiani sono sempre così simpatici! – disse Meg, che era di natura un po' sentimentale.

– Che cosa ne sai tu, dei suoi occhi e dei suoi modi? Non gli hai mai detto due parole! – gridò Jo, che non era affatto sentimentale.

– L'ho visto al ballo, e, da quel che dici, si vede che è un giovane educato. Quel complimento che ti ha fatto sulla medicina che gli ha mandato la mamma era molto carino.

– Suppongo che voleva parlare del dolce che gli ho portato.

– Come sei stupida, Jo: la medicina sei tu, naturalmente!

– Io! – e Jo spalancò gli occhi, come se non le fosse mai venuta in mente una cosa simile.

– Non ho mai visto una ragazza così semplice come te! Non capisci un complimento neppure quando te lo fanno! – disse Meg con l'aria, di una signorina a cui i complimenti non sono cosa nuova.

– I complimenti sono tutte sciocchezze e ti prego di non essere stupida e guastarmi le uova nel paniere colle tue storie: Laurie è un bravo ragazzo e mi piace molto e non voglio che si parli di sentimentalismo o di cose di questo genere. Noi saremo molto buone con lui perché non ha madre ed è così solo, solo, e, mammina, egli può venire a trovarci, non è vero?

– Sì, Jo, il tuo piccolo amico sarà molto bene accetto, e spero che Meg vorrà ricordarsi che i bambini debbono rimanere bambini più a lungo che sia possibile.

– Io non mi considero una bambina e non ho ancora superati i tredici anni: – disse Amy. Che cosa ne dici tu, Beth?

– Stavo pensando al nostro viaggio di Pellegrine, rispose Beth, che non aveva inteso una sola parola della discussione: – Siamo stati abbastanza buone finora, tanto che abbiamo passato il primo cancello: forse la casa laggiù con tutte le sue ricchezze e le belle cose di cui parla Jo sarà, per noi, il palazzo della felicità.

– Bisogna però passare prima dinanzi alla «Fossa dei Leoni», – disse Jo, come se l'idea le piacesse.

CAPITOLO SESTO

Beth trova «Il palazzo della Felicità».

La gran casa fu per i March, davvero «Il palazzo della Felicità», benché ci volesse un po' di tempo per entrarvi e Beth, soprattutto, trovasse molto difficile passare dinanzi alla fossa dei leoni. Il più terribile dei leoni era il signor Laurence, ma, dopo che egli ebbe fatto una visita in casa loro, detto qualcosa di amabile a ciascuna delle ragazze, e ricordati, insieme colla loro mamma i tempi passati, nessuno più ebbe paura di lui, eccetto la timida Beth. L'altro leone era la ricchezza di Laurie e questo faceva sì che i March accettassero di rado i favori che non potevano ricambiare; ma quando videro che Laurie li considerava non come beneficati, ma come benefattori, e non sapeva dimostrare abbastanza la sua gratitudine per l'accoglienza materna della signora March, per la compagnia allegra delle ragazze e per il conforto che trovava in quella modesta casa, esse dimenticarono il loro orgoglio e scambiarono gentilezze e favori senza pensare quali avessero maggior valore.

Molte cose piacevoli accaddero in questo tempo; l'amicizia crebbe come l'erba in primavera, poiché tutte presero ad amare moltissimo Laurie, ed egli privatamente informava il suo tutore che «le March erano addirittura ragazze impagabili». Coll'innocente entusiasmo della gioventù le quattro ragazze accolsero Laurie tra di loro, e lo misero a parte di tutto ciò che avevano e facevano, mentre che egli perfettamente felice nella loro semplice ed innocente compagnia, faceva di tutto per rendersi utile e piacevole. Non aveva mai conosciuto né madre né sorelle e ben presto sentì l'influenza che esercitavano su di lui le ragazze e la loro vita attiva ed animata lo fece arrossire pensando alla vita che egli fino ad allora aveva menata. Egli era stanco di libri, e trovò la nuova compagnia così interessante che il signor Brooke dovette dare dei rapporti molto sfavorevoli sul conto dei suoi studi, giacché non faceva altro che inventare nuovi giuochi e fare delle scappate dai March.

– Non importa, lasci che si prenda un po' di svago, tanto si rimetterà allo studio poi – disse il vecchio – Questa buona signora dice che studia troppo ed ha bisogno di compagnia, di divertimenti, di ginnastica. Lo credo anch'io e temo d'aver tenuto quel ragazzo troppo nella bambagia. Lo lasci fare, basta che sia contento! Non può far nulla di male in quel convento laggiù e la signora March gli fa più bene di qualunque altra persona.

Come si divertivano tutti assieme! Che bei giuochi facevano, che corse

54

nelle slitte sul ghiaccio, che belle serate passavano nella vecchia stanza e qualche volta nel gran palazzo! Meg poteva andare a tutte le ore nella serra e cogliere i più bei fiori; Jo leggeva voracemente e faceva scoppiar dal ridere il signor Laurence colle sue critiche; Amy copiava le pitture e i gessi e Laurie faceva gli onori di casa colla massima cortesia. Ma Beth, benché desiderasse di poter soltanto toccare il bel piano, non ardiva entrare nel «Palazzo della Felicità». Ella vi era andata una volta con Jo, ma il signor Laurence che non conosceva il suo carattere, la guardò con tanta insistenza con quei suoi occhi penetranti e disse – hey – con voce così forte e burbera, che ella fu colta addirittura da spavento e, come disse poi a sua madre, – mi fece tremar tanto che scappai via; e non ci voglio più tornare, sai, neppure per vedere il mio caro pianoforte. – Né preghiere né persuasioni valsero a smoverla dal suo proponimento, finché la cosa venne, non si sa come, alle orecchie del signor Laurence, che si propose di accomodare la faccenda. Durante una delle sue brevi visite, lasciò cadere il discorso sulla musica e parlò dei grandi artisti che aveva sentiti, di bellissimi organi, e raccontò tanti aneddoti interessanti e piacevoli, che Beth, non potendo più resistere alla tentazione di ascoltarlo, uscì dal suo solito cantuccio e si avvicinò poco a poco, quasi affascinata. Giunta dietro alla seggiola del signor Laurence, si arrestò e stette là, muta, coi grandi occhioni spalancati e le guance rosse ed infocate per l'eccitamento.

Il signor Laurence non si voltò neppure verso di lei, ma continuò a parlare delle lezioni di Laurie e dei suoi maestri; e dopo un po' di tempo aggiunse, come se l'idea gli fosse allora allora venuta alla mente: – Quel ragazzo ha tralasciato la sua musica ora e ne sono assai contento perché, al dire il vero, temevo che ci prendesse troppa passione. Ma il piano si guasta, perché nessuno lo suona; qualcuna delle sue ragazze potrebbe venire di tanto in tanto a suonare, tanto per smuovere i tasti, sa, signora?

Beth avanzò di un passo e strinse forte forte le mani, per impedire che si mettessero ad applaudire da sé; questa era davvero una tentazione! e l'idea di suonare su quel magnifico piano le toglieva quasi il respiro. Prima però che la signora March potesse rispondere o ringraziare, il signor Laurence continuò, con un sorriso appena percettibile: – Non c'è bisogno che s'incontrino o parlino con nessuno; possono entrare ed andare direttamente nella sala. Io sono sempre chiuso nel mio studio, nella parte opposta della casa, Laurie è quasi sempre fuori e le persone di servizio non si avvicinano mai alla sala dopo le nove. – Ciò detto, si alzò e proprio nel momento in cui Beth prendendo il coraggio a due mani, stava per parlare, riprese: – Dica questo alle signorine e, se non vogliono venire, facciano pure quello che credono. – A questo discorso una piccola mano fu posata sulla sua e Beth, guardandolo con un viso pieno di gratitudine, disse colla sua timida vocetta: – Oh signore! sì che vogliono venire! sì che vogliono venire!

– Ah, tu sei la pianista? – domandò il signor Laurence, senza alcun «hey» spaventoso, guardandola con infinita dolcezza.

– Sono Beth! Ma amo tanto tanto la musica e verrò, se è proprio sicuro che nessuno mi sentirà, e che non disturberò – aggiunse, temendo di essere impertinente e meravigliandosi di sé stessa.

– Nessuno, te lo assicuro, piccina; la casa è quasi sempre deserta, perciò vieni, suona e strimpella quanto ti pare e piace ed io te ne sarò proprio riconoscente.

– Oh signore, com'è buono! – e Beth arrossì come una rosa sotto lo sguardo del vecchio, ma non fu spaventata e diede invece una stretta alla manona che teneva la sua, non potendo in altro modo testimoniargli la sua riconoscenza. Il signor Laurence le accarezzò dolcemente i capelli e chinandosi la baciò in fronte, dicendo con voce, che quasi nessuno aveva mai udito:

– Avevo una volta una bambina cogli occhi come i tuoi! Dio ti benedica! – Buongiorno, signora – e in gran fretta uscì dalla stanza. Beth sfogò prima la sua gioia colla mamma, poi corse su a dar la notizia alla sua povera famiglia malata, giacché le sorelle non erano a casa. Con che voce allegra cantò quella sera e quanto risero le sorelle quando seppero che aveva svegliata Amy nella notte, per essersi messa a suonarle il piano sulla faccia! Il giorno dopo Beth, accertatasi che il vecchio ed il nipote erano proprio usciti, prendendo tutto il suo coraggio a due mani e dopo esser tornata indietro tre o quattro volte, entrò finalmente nella gran casa e timidamente e silenziosamente si avviò nella sala dove era il suo idolo. Per caso, naturalmente, dei pezzi facili erano posati sul piano; e con mani tremanti, dopo essersi guardata intorno varie volte per vedere se nessuno l'udiva, Beth toccò il pianoforte e cominciò a suonare, dimenticando nella felicità del momento, la sua paura, gli altri e sé stessa.

Suonò finché Anna venne a chiamarla per il pranzo: ma a tavola non aveva appetito e non sapeva far altro che guardare e sorridere, in uno stato di completa beatitudine.

Dopo la prima volta molte altre ancora, quasi tutti i giorni anzi, il piccolo mantello grigio fece la sua comparsa quasi di soppiatto nella casa e la gran sala fu spesso abitata da un piccolo spirito melodico che entrava ed usciva, senza esser veduto. Ma Beth non seppe mai che il signor Laurence -spesso spesso- apriva la porta del suo studio per udire le melodie ch'egli amava, non vide mai Laurie che faceva la guardia nell'anticamera, per non far entrare alcuno dei servitori; non sospettò mai che tutti gli esercizi, i pezzi facili e nuovi che trovava nel portamusica erano posti là apposta per lei; e, quando il signor Laurence le parlava di musica, pensava solamente quanto fosse buono nel dirle cose che l'aiutavamo tanto nei suoni studi. Si divertiva perciò immensamente e trovava, cosa che raramente accade, che il suo sogno si realizzava. Forse perché essa era così riconoscente per questa piccola gioia, una molto più grande l'attendeva già da lungo tempo.

– Mamma, voglio ricamare un paio di pantofole per il signor Laurence. È tanto buono e gentile con me che bisogna che lo ricambi in qualche modo. Me lo permetti? – domandò Beth qualche settimana dopo la famosa visita.

– Sì cara, gli farà piacere ed è il miglior modo di ringraziarlo. Le ragazze ti aiuteranno! ed io ti pagherò la montatura – rispose la signora March, che si affrettava a contentare i desideri di Beth, perché eran sempre così rari.

Dopo serie discussioni con Meg e Jo, il disegno e le sete furono scelte e le pantofole preparate. Un mazzo di viole del pensiero sopra un fondo più scuro furono dichiarate perfette e Beth lavorò alacremente per alcuni giorni, aiutata nelle parti più difficili dalle sorelle. Era svelta ed abile al lavoro e finì le pantofole prima che alcuno si stancasse di vederle. Quando furono pronte, scrisse un semplice bigliettino e, con l'aiuto di Laurie, riuscì a metterle nello studio del nonno una mattina prima che egli si alzasse.

Quando l'eccitamento fu passato, Beth attese pazientemente per vedere ciò che sarebbe accaduto. Scorse quel giorno, passò la metà del successivo ed ella cominciava a temere di avere offeso il suo strano amico, quando, ritornando da una commissione che aveva servito nello stesso tempo di passeggiata per Joanna, la bambola malata, vide tre, anzi quattro teste, che si affacciavano alle finestre; ed al momento in cui essa fu scorta otto mani alziate in aria e quattro voci gridarono con accento di gioia: – Ecco una lettera del signor Laurence. Vieni Beth, vieni presto a leggerla!

– Oh Beth! ti ha mandato....– cominciava Amy, gesticolando con grande energia, ma non poté continuare perché Jo glielo impedì, chiudendo con fracasso la finestra.

Beth corse su per le scale con impazienza febbrile; arrivata su, fu presa quasi a braccia dalle sorelle e trascinata in processione trionfale nel salottino, mentre un coro gridava: – Guarda, guarda, Beth!

– E Beth guardò ed impallidì dalla gioia e dalla sorpresa, poiché là, in mezzo alla stanza, vide un piccolo pianoforte verticale, con una lettera indirizzata alla «Signorina Elisabetta March».

– Per me! – articolò Beth, tenendosi stretta a Jo e credendo quasi di cadere per la gioia e la meraviglia.

– Sì, tutto per te, mia Beth! Non è splendido? È l'uomo più buono di questa terra! La chiave è nella lettera; tieni, aprila presto, siamo tanto curiose di sapere che cosa dice – gridò Jo, abbracciando con forza la sorella e dandole la lettera.

– Leggila tu, Jo; io non posso! Ah! è troppo bello! – e Beth nascose la faccia nel grembiule di Jo, scombussolata addirittura dal bel regalo.

Jo aprì la lettera e cominciò a ridere perché le prime parole che le avevano colpito l'occhio erano queste:

«Alla signorina March».

«Mia cara signorina,»

– Come suona bene! Se qualcuno scrivesse così anche a me! – disse Amy che trovava quel modo antiquato di scrivere molto elegante.«Ho avuto molte paia di pantofole in vita mia, ma non ne ho avute alcune che mi stessero bene come queste – continuò Jo. – Le viole del pensiero sono i miei fiori prediletti e queste mi ricorderanno sempre la gentile donatrice. Mi piace pagare i miei debiti, spero perciò che permetterà al «vecchio signore» di mandarle qualcosa, che una volta apparteneva alla cara nipotina che perdette. Con mille ringraziamenti ed auguri, mi dichiaro suo grato amico e devotissimo servo James Laurence».

– Ah, Beth! puoi andare altera dell'onore che ti fa! Laurie mi ha detto tante volte che il nonno aveva una vera passione per la povera bambina che ha perduta e che teneva con gelosa cura tutto ciò che le apparteneva. Figurati, ti regala il suo piano! Questo deriva dall'aver grandi occhioni celesti ed amare la musica! – disse Jo, cercando di calmare Beth, che tremava e sembrava ancora più eccitata di prima.

– Guarda i bei candelieri e la seta verde e la rosetta nel mezzo e il porta musica e lo sgabello! È tutto completo! – aggiunse Meg, aprendo l'istrumento ed ammirandone le bellezze.

– «Grato amico e devoto servo James Laurence» pensa solamente a questo, Beth, è abbastanza da diventar matti dalla, gioia! Lo racconterò domani a tutte le compagne! Apriranno tanto d'occhi! – disse Amy, a cui aveva fatto grande effetto l'ultima parte della lettera.

– Provalo, Beth, facci sentire il suono del nuovo pianofortino – disse Anna, che prendeva sempre parte alle gioie ed ai dolori della famiglia.

Beth toccò i tasti e tutti furono d'accordo nel dire che era il più bel piano che avessero mai udito. Evidentemente era stato accordato di fresco e rimesso tutto in ordine; ma pure più perfette dell'istrumento stesso erano la faccina che lo guardava e le manine che accarezzavano i tasti bianchi e neri con amore quasi materno.

– Bisognerà che tu vada a ringraziarlo – disse Jo scherzando, che l'idea che la timida Beth andasse veramente non le era neppur venuta alla mente.

– Sì, voglio andare; anzi, voglio andar subito, prima di perdere il coraggio – e, con gran meraviglia di tutte, Beth scese le scale, attraversò i due giardini ed entrò nella casa dei Laurence.

– Che io possa morire se non è la cosa più miracolosa che ho mai visto in vita mia! Il piano le ha fatto girar la testa! non sarebbe mai andata se avesse avuto la testa al posto!

– gridò Anna, guardandola con ammirazione, mentre le ragazze erano rimaste mute dalla grande sorpresa. Sarebbero state anche più sorprese se avessero veduto quel che Beth fece poi. È appena credibile, ma pur è vero! Ella s'incamminò verso lo studio del signor Laurence, picchiò all'uscio e, quando una. voce burbera disse: «Entrate» entrò veramente e, andando dritta verso il vecchio, gli porse la mano, dicendo con un tremito nella voce: – Vengo a ringraziarla per.... – ma non finì: il volto del vecchio era così dolce ed amichevole, ch'ella scordò il suo discorso e, rammentandosi solamente ch'egli aveva perduta la bambina che amava, gli cinse il collo colle due braccina e lo baciò. Se il tetto della casa fosse crollato ad un tratto il signor Laurence non sarebbe stato più meravigliato; ma quell'atto gli piacque, oh gli piacque assai! e fu tanto contento e commosso da quel bacio che tutta la sua rustichezza svanì d'un tratto; e, prendendosi Beth sulle ginocchia, avvicinò la guancina fresca alla sua vecchia e grinzosa, immaginandosi così di avere ancora una volta con sé la sua nipotina.

Da quel momento Beth non ebbe più terrore del vecchio signor Laurence, ma là, seduta sulle sue ginocchia, cominciò a parlargli così confidenzialmente, come se l'avesse conosciuto tutta la sua vita; l'affetto scaccia sempre il timore e la gratitudine abbassa sempre l'orgoglio. Quando essa si avviò a casa, il vecchio l'accompagnò fino al cancello del giardino, le strinse la mano forte forte, si toccò il cappello, poi si rivolse verso casa con quella sua andatura grave e maestosa di vecchio militare.

Quando le ragazze videro questa scenetta furono più stupefatte che mai; Jo cominciò a ballare una tarantella in segno di gioia, Amy, nella sua sorpresa, rischiò quasi di cader giù dalla finestra e Meg esclamò alzando le mani al cielo:

– Parola d'onore, se non casca il mondo questa volta, non cascherà mai più!

CAPITOLO SETTIMO

La valle dell'umiliazione.

– Quel ragazzo è un vero Ciclope, non è vero? – disse Amy un giorno, vedendo Laurie, che passava dalla loro casa a cavallo; ed agitava, in segno di saluto, la sua frusta,

– Come puoi dire una cosa simile quando ha tutt'e due gli occhi e anche bellissimi? – gridò Jo che montava subito in furia se sentiva far qualche osservazione spiacevole sul conto del suo amico.

– Io non ho parlato de' suoi occhi, e non c'è bisogno che t'inquieti così se ammiro il modo con cui monta a cavallo.

– Oh! Santo Dio! Quest'oca qui vuol dire Centauro e lo chiama un Ciclope! – esclamò Jo, scoppiando in una gran risata.

– Potresti anche essere un po' più gentile! È solamente un «lapso linge» come dice il signor Davis – rispose Amy credendo di sopraffare Jo col suo latino. – Vorrei avere io un po' di quel denaro che Laurie spende pel cavallo – aggiunse, quasi parlando a sé stessa, ma sperando che le sorelle la udissero.

– Perché? – domandò Meg con un sorriso, poiché Jo rideva tanto per questo secondo marrone di Amy da non poter neanche parlare.

– Ne ho tanto bisogno, sono in debito di non so quanto! E fino al mese venturo non tocca a me di avere il denaro dei vecchi giornali!

– Sei in debito, Amy! Che cosa dici! – esclamò Meg seriamente.

– Dico che sono in debito di almeno una dozzina di caramelle, e non posso pagarle perché non ho denari e sai che mamma non vuole che li faccia mettere in conto alla bottega.

– Dimmi un po', sono di moda le caramelle ora? Prima erano le palline di gomma – e Meg cercò di non ridere nel vedere l'aria d'importanza di Amy.

– Vedi, le ragazze le comprano sempre, e, a meno di esser creduta avara, bisogna che anch'io faccia lo stesso. Tutte portano a scuola le caramelle e non fanno altro che succhiarle durante la lezione; si fanno cambi, per esempio una caramella per un lapis, per una bambolina di carta, per un anellino di margherite, o per qualcosa di simile. Se una ragazza ha simpatia per un'altra, le offre una caramella: se ha antipatia gliela mette sotto il naso e poi se la mangia. Si va per turno ed ormai io ho avuto tante di quelle caramelle dalle altre che sarebbe una vergogna se non ne offrissi qualcuna anch'io; sono debiti d'onore, sai!

– Quanto ti ci vorrebbe per comprar tante caramelle da potere redimere il tuo onore? – domandò Meg tirando fuori il borsellino.

– Una lira stravanzerebbe; rimarrebbe anche qualche centesimo per comperarne un paio anche per te. Non ti piacciono?

– Non molto; ti cedo la mia parte; eccoti una lira e fattela durare più che puoi, sai, perché non ho altro da darti.

– Oh grazie! Dev'essere molto comodo avere il denaro per le proprie spese! Farò una cosa in grande! E sarà una festa per me, perché da una settimana non ne ho assaggiata una. Sai, non ne ho volute accettare più, perché, siccome non ero sicura di poterle rendere, non volevo andare elemosinando!

Il giorno dopo Amy arrivò un po' tardi a scuola, ma non poté far a meno di mostrare con grande orgoglio, prima di nasconderlo nel banco, un bel pacchetto di caramelle fresche fresche. Alcuni momenti dopo per l'intera classe era circolata la notizia che Amy March aveva nel banco 24 sugose caramelle (ne aveva mangiata una per strada) ed intendeva distribuirle. Udito ciò, le attenzioni delle amiche divennero veramente commoventi. Katy Brown la invitò immediatamente alla prossima festa in casa sua, Maria Kingsley volle per forza farle tenere l'orologio fino al tempo della ricreazione e Giannina Snow, una signorina molto sarcastica, che spesso aveva canzonato certe persone troppo avare per comperare caramelle per le compagne, ma che le accettavano dagli altri senza abbassarsi, si offrì di aiutarla a risolvere certi quesiti difficili. Ma Amy non aveva dimenticato le parole della signorina Snow, e mandò perciò subito un telegramma alla ragazza con queste parole: «Puoi pur esser gentile ora, ma delle mie caramelle non sentirai neppur l'odore».

Caso volle che un alto personaggio visitasse la scuola quella mattina, e che le carte geografiche di Amy ricevessero elogi ben meritati: questo onore fatto alla sua nemica accrebbe l'odio della signorina Snow e fece aumentare di molto l'orgoglio della signorina March, che prese l'aria di un pavone che fa la ruota. Ma ahimè! Ahimè! L'orgoglio vien meno dinanzi ad una caduta e la vendicativa Snow fece volgere ben presto le sorti in modo disastroso! L'alto personaggio non aveva ancora voltato le spalle dopo aver fatto i soliti complimenti d'uso, che Giannina, col pretesto di comunicargli qualcosa d'importante, informò il signor Davis che Amy March aveva un pacco di caramelle nel banco. Ora il signor Davis aveva spesso dichiarato che le caramelle erano oggetto di contrabbando ed aveva solennemente promesso un'esemplare punizione alla prima che avesse infranto la regola.

Questo poi era un momento sfavorevolissimo per denunziare Amy e la signorina Snow lo sapeva. Il signor Davis aveva evidentemente preso il caffè troppo forte quella mattina: tirava un vento di levante che gli aveva aumentati i dolori della nevralgia e le sue alunne, rispondendo male, lo avevano fatto scomparire dinanzi all'alto personaggio; egli era perciò, per dirla con termine scolaresco, se non elegante almeno espressivo, nero come un calabrone ed arrabbiato come un cane. La parola «caramelle» fu come la scintilla che dà fuoco all'incendio; la sua faccia gialla divenne rossa per il dispetto e batté la mano sul banco con tale energia che Giannina spaventata con un salto tornò al suo posto.

– Signorine, attenzione!

All'ordine detto con voce stentorea, il cicaleccio terminò come per incanto e cinquanta paia di occhi blue, neri, grigi e marroni, si volsero verso il terribile volto.

– Signorina March, venga alla cattedra.

Amy si alzò subito cercando di parere indifferente, ma un tremito segreto la colse pensando alle caramelle.

– Porti anche le caramelle che ha nel banco – fu l'inaspettato ordine, che l'arrestò prima che avesse avuto il tempo di uscire dal suo posto.

– Non le prendere tutte, mormorò una vicina, una ragazza di gran presenza di spirito.

Amy frettolosamente ne rovesciò una dozzina nel banco e poi andò a posare le altre sulla cattedra del signor Davis, pensando che un cuore umano non poteva fare a meno di raddolcirsi al profumo squisito che mandavano le caramelle: ma sfortunatamente il signor Davis detestava quell'odore ed il disgusto che provò raddoppiò la sua ira.

– Sono tutte qui?

– Non tutte – mormorò Amy.

– Porti qui immediatamente il resto.

Con uno sguardo disperato verso le compagne, ella obbedì.

– È sicura che non ne siano rimaste altre?

– Non dico mai bugie, signore.

– Me ne accorgo. Ora prenda queste porcherie e due per due le getti fuori dalla finestra.

Un sospiro così lungo, che mosse quasi l'aria, sfuggì alle povere ragazze quando l'ultima speranza fu loro tolta, e si videro strappato dalle labbra il nettare che avevano così ansiosamente aspettato. Rossa dalla vergogna e dalla rabbia, Amy andò in su ed in giù per ben dodici volte e le grida di gioia che provenivano dalla strada completavano la sua disperazione e quella delle sue compagne, poiché esse sapevano che ciò che esse avevano pregustato con tanta impazienza, cadeva in mano dei ragazzini di strada, loro nemici mortali. Questo poi era troppo! Tutte gettavano al signor

Davis delle occhiate furibonde e supplichevoli ed una, più ghiotta di caramelle delle altre, scoppiò in singhiozzi.

Quando Amy ritornò dal suo ultimo viaggio, il signor Davis diede un fenomenale «Hem» e disse con il suo più solenne atteggiamento oratorio:

– Signorine, vi ricordate che cosa dissi una settimana fa? Mi dispiace che ciò sia accaduto, ma siccome non permetto mai che si infrangano le mie regole, così applicherò la punizione che ho promesso. Signorina March, faccia il piacere di porgere la mano.

Amy sussultò e mise ambedue le mani dietro la schiena, lanciando un'occhiata supplichevole, che implorava meglio per lei di qualunque parola. – Essa era una delle favorite del «vecchio Davis», come naturalmente era chiamato ed è mia opinione che egli avrebbe forse mancato alla sua parola se una delle signorine non si fosse presa la pena di fare udire un leggero fischio. Questo sibilo, abbastanza leggero, ma pure sensibile, finì col fare perdere completamente quel po' di pazienza che rimaneva all'irato professore e segnò la condanna della colpevole.

– La mano, signorina March! – fu la sola risposta che ricevette lo sguardo di Amy e, troppo orgogliosa per piangere e raccomandarsi, essa strinse i denti, gettò in segno di sfida il capo all'indietro e ricevé, senza aprir bocca, alcune vergate sulla piccola palma della mano. Non furono molte né forti queste vergate, ma ciò non le faceva differenza alcuna. Per la prima volta in vita sua era stata battuta e l'umiliazione non poteva essere maggiore se egli l'avesse gettata con tutta la forza per terra.

– Ora ella starà in piedi in mezzo, alla stanza fino all'ora di ricreazione – disse il signor Davis, risoluto, dal momento che aveva cominciato, di andare sino in fondo.

Questo poi era il colmo: sarebbe stato già ben doloroso di ritornare al posto e vedere le facce compassionevoli delle amiche e quelle soddisfatte delle nemiche; ma stare lì davanti a tutta la classe in modo che tutte potessero vederla dopo quella terribile umiliazione, le pareva talmente superiore alle sue forze, che per un momento credette di dover cedere e sfogare il suo dolore nel pianto. Ma un sentimento di amara ingiustizia patita ed il pensiero di Giannina Snow l'aiutarono a trattenersi e, mettendosi nel posto d'ignominia, essa fissò cogli occhi la gola del camino al disopra di quello che ora le pareva un mare di teste, e rimase là immobile e pallida tanto che le ragazze trovarono assai difficile di studiare con quella figurina triste e commovente dinanzi ai loro occhi.

Durante i quindici minuti successivi l'orgogliosa fanciulla soffrì una vergogna ed un dolore che non dimenticò mai. Per un'altra sarebbe stata una cosa ridicola e triviale, ma per lei fu terribilmente duro, perché nei suoi dodici anni di vita era stata guidata soltanto coll'affetto ed una cosa simile non le era mai successa. Il dolore della mano e il dolore morale però diventavano secondari quando pensava:

– Dovrò raccontarlo a casa e chi sa come saranno dispiacenti!

Quei quindici minuti le parvero un'ora; ma venne finalmente il termine e la parola «ricreazione» non le giunse mai così grata all'orecchio, come in quel giorno.

– Può andare signorina March – disse il signor Davis con aria un po' turbata. Non si scordò mai lo sguardo di rimprovero che gli gettò Amy, quando, senza dire una sola parola, uscì nel corridoio, prese la sua roba e lasciò la scuola, giurando a sé stessa che non vi avrebbe mai più messo piede. Era molto abbattuta quando arrivò a casa e, ritornate le sorelle maggiori, fu subito tenuto consiglio di guerra. La signora March non disse nulla ma aveva l'aspetto inquieto e confortò la povera bambina colle più affettuose parole; Meg bagnò la povera mano con glicerina e lacrime; Beth s'avvide questa volta che neppure i suoi cari gattini potevano darle consolazione e Jo con grande ira propose che il signor Davis fosse immediatamente arrestato, mentre Anna lo minacciava col pugno e pestava le patate nel mortaio come se sotto al pestello vi fosse stato il terribile professore.

Nessuno in scuola fece osservazioni sulla scomparsa di Amy all'infuori delle sue compagne; ma le signorine si avvidero subito che il signor Davis era molto benevolo nel dopo pranzo ed anche un po' nervoso. Pochi minuti prima della chiusura della scuola, Jo entrò nella classe e con volto serio e minaccioso andò dritta alla cattedra e consegnò al maestro una lettera di sua madre, poi, riunita la roba di Amy, uscì senz'altro, badando bene però dai pulirsi le scarpe perché neppure un atomo della polvere di quella scuola le restasse sui piedi.

– Sì, non anderai più alla scuola, ma voglio che tu studi tutti i giorni con Beth per un paio d'ore – disse la signora March quella sera. – Disapprovo le punizioni corporali, specialmente quando si tratta di bambine. Non mi piace neppure il metodo del signor Davis e le ragazze con cui ti associavi non ti facevano certamente del bene, perciò, prima di mandarti ad un'altra scuola, domanderò consiglio a tuo padre.

– Oh! ci ho gusto! Vorrei che tutte le ragazze lo lasciassero, così dovrebbe chiudere quella vecchia bicocca di scuola! È proprio un peccato pensare a quelle splendide caramelle buttate via! – sospirò Amy con l'aria di una martire.

– Sono anzi contentissima che tu non le abbia potute mangiare, perché hai infrante le regole e meritavi un gastigo per la tua disobbedienza – fu la severa risposta che fece rimaner male la signorina, che non si aspettava rimproveri di sorta.

– Vuoi dire che sei contenta ch'io sia stata così umiliata davanti alla classe? – gridò Amy.

– Io certamente non avrei scelto quel metodo di punizione – replico sua madre – ma forse ti avrà fatto più effetto che un altro modo meno severo. Cominci a crederti troppo importante, bambina mia, ad avere troppa opinione di te stessa ed è tempo che tu ti corregga di questi difetti. Tu hai qualche piccolo merito e qualche virtù, ma non c'è bisogno che tu li metta sempre in evidenza, poiché la troppa opinione di sé stesso rende le persone ridicole e noiose. Non c'è pericolo che il vero ingegno e la vera bontà rimangano per molto tempo nascoste ma anche se questo accadesse la coscienza di possedere queste qualità e di impiegarle pel bene del prossimo, dovrebbe dare sufficiente soddisfazione, e, te lo ripeto, la più bella dote di una fanciulla è la modestia.

– È proprio vero! – gridò Laurie, che, in un angolo della stanza giuocava a scacchi con Jo: – Conobbi una volta una bambina che aveva un vero talento per la musica, e non lo sapeva; non s'immaginava mai che belle cosine componeva quando era sola, e, se glielo avessero detto, non ci avrebbe creduto.

– Come desidererei conoscere questa bambina: forse potrebbe aiutare me che sono così stupida – sospirò Beth, che gli stava accanto e l'ascoltava con interesse.

– La conosci e ti aiuta più di qualunque altra persona al mondo – rispose Laurie, guardandola con tale espressione birichina che Beth, diventò ad un tratto rossa come una ciliegia e nascose il volto sul guanciale, sopraffatta addirittura da una simile scoperta.

Jo lasciò che Laurie vincesse la partita per ripagarlo del complimento fatto alla sua Beth, e Beth, quella sera, non volle a nessun costo suonare come al solito, tanto che Laurie dovette prendere il suo posto e fare del suo meglio, cantando divinamente alcune vecchie melodie. Quando egli se ne fu andato via, Amy, che era stata pensierosa tutta la sera, disse ad un tratto, come colpita da una nuova idea: – Laurie è un ragazzo colto?

– Sì, ha avuto un'educazione eccellente ed ha grande talento: farà certamente qualcosa di buono se non si guasta! – rispose la madre.

– Ed egli non ha una grande opinione di sé? – domandò Amy.

– Affatto: ed è per questo che è così simpatico e noi gli vogliamo tutti tanto bene.

– Ah! Capisco! È una bella cosa essere istruiti e ben educati, ma non bisogna farsene un vanto ed esserne alteri! – soggiunse Amy pensierosa.

– Una persona istruita ed educata si riconosce subito dal suo modo di fare e di parlare, perciò non c'è bisogno di farne pompa – disse la signora March.

– Come non starebbe bene cacciarsi addosso tutti in una volta i propri vestiti, i nastri, i cappelli, ed i gioielli, per mostrare che si posseggono! – aggiunse Jo e la predica finì in una risata.

CAPITOLO OTTAVO

Jo incontra Apollo.

– Ragazze, dove andate? – domandò Amy, entrando nella stanza di Meg e Jo un sabato dopo pranzo e vedendo che, con grande segretezza, esse si preparavano ad uscire, il che aveva naturalmente eccitato la sua curiosità.

– Non t'impicciare dei fatti degli altri; va' via; le bambine non devono esser curiose, rispose Jo subito.

Se ci è una cosa che mortifica un bambino si è quella di sentirsi dire che è piccolo e che non è degno di ascoltare i discorsi dei grandi; ad Amy poi, che si considerava una gran donna, questo discorso di Jo diede sui nervi, e decise perciò subito di voler sapere ad ogni costo ove andavano le sue sorelle. Volgendosi dunque a Meg, che non le ricusava quasi mai nulla, disse con voce supplichevole:

– Via, dimmelo! Potresti fare venire anche me, poiché Beth giuoca colle bambole ed io sono sola sola e non so che cosa fare!

– Non possiamo, cara, perché non sei stata invitata – cominciò Meg, – Jo l'interruppe con un impaziente – Sta' zitta Meg, se no è finita. Tu non puoi andare Amy, perciò non essere una bambina e non piangere, perché ciò non serve a nulla.

– Andate con Laurie, lo so; ieri sera stavate parlandovi all'orecchio e ridevate e, quando sono venuta io avete smesso. Andate con lui non è vero?

– Sì andiamo con lui, ma ora sta' zitta e non ci seccare.

Amy stette zitta ma adoperò gli occhi e vide che Meg si metteva di nascosto un ventaglio in tasca.

– Ho capito, ho capito, andate al teatro ad udire «I sette castelli»– gridò ed aggiunse poi risolutamente: – e voglio andarci anch'io, poiché la mamma me ne ha dato il permesso, essa ha detto che potevo vederli anch'io; ho i miei danari e posso pagare anch'io da me. Siete proprio cattive di non avermelo detto in tempo!

– Dai retta a me, Amy e sii buona, disse Meg cercando di calmarla – mamma desidera che tu non vada questa settimana perché i tuoi occhi non sono ancora guariti e l'illuminazione ti potrebbe fare male. Quest'altra settimana potrai andare con Anna e Beth.

– No, non voglio, mi piace più andare con voialtri e Laurie. Oh Meg! lasciami venire con voi, è tanto tempo che sto chiusa in casa a causa di

67

questo raffreddore ed ho proprio bisogno di un pò di divertimento! Sarò buona buona e non ti darò noia – pregò Amy con uno sguardo patetico.

– Se la si conducesse con noi, Jo? Forse la mamma non avrebbe difficoltà se si coprisse bene bene – cominciò Meg.

– Se va Amy non vado io; Laurie sarà dispiacente e poi sarebbe una gran scortesia, dopo che egli ha invitato te e me solamente di condurre anche Amy. Se fossi in lei non vorrei andarmi a ficcare dove non sono invitata – disse Jo molto di malumore, perché si voleva divertire e le seccava di condurre con sé una bambina noiosa ed irrequieta.

Il suo modo brusco ed il suo tono imperioso fecero stizzire Amy, la quale cominciò a mettersi le scarpe, dicendo:

– Ed io verrò; Meg mi ha detto che posso venire e, se pago da me, Laurie non ci ha nulla a che fare.

– Tu non puoi stare con noi, perché i nostri sono posti riservati; naturalmente non puoi stare sola e per conseguenza Laurie dovrà cederti il suo posto e questo ci guasterà tutto il divertimento, oppure egli dovrà comprarti un altro posto e questo non sta bene. Non muoverai un passo fuori di casa e perciò puoi startene dove sei, – brontolò Jo più arrabbiata che mai, per. essersi, nella fretta, bucato un dito.

Seduta in terra con una scarpa infilata e l'altra in mano, Amy cominciò a piangere e Meg si dette a consolarla, quando, ad un tratto, si udì Laurie che chiamava e le due ragazze corsero giù, lasciando la sorella che piangeva come una vite tagliata, perché a tempo e luogo essa dimenticava di essere una signorina e piangeva come una bimba.

Nel momento in cui stavano per incamminarsi, Amy si spenzolò dalla ringhiera e gridò: – Te ne pentirai, Jo March, ti assicuro che te ne pentirai!

– Un cavolo – rispose Jo, chiudendo la porta con un gran colpo.

Si divertirono immensamente perché «I sette castelli del lago Diamante» non potevano avere un migliore esito, ma nonostante i piccoli diavolini rossi, le belle fate ed i ricchi principi e le principesse, il divertimento di Jo non era completo: i capelli biondi della regina delle fate le ricordavano Amy e negli intermezzi essa si lambiccava il cervello domandandosi che cosa avrebbe fatto la sorella per farla «pentire». Jo ed Amy avevano molto spesso delle piccole scaramucce; tutt'e due di carattere molto vivace si accendevano par la minima cosa. Amy tormentava Jo e Jo irritava Amy, perciò ogni tanto avvenivano delle tempeste, delle quali poi tutte e due si vergognavano. Benché maggiore, Jo sapeva dominar meno la sua collera e qualche volta combatteva delle aspre battaglie per frenare un po' quello spirito focoso, che la faceva cadere sempre in qualche brutto impiccio; ma le sue arrabbiature duravano sempre poco, e, dopo avere confessato il suo fallo, ella si pentiva sinceramente e cercava di migliorare.

Quando Meg e Jo tornarono a casa trovarono Amy che leggeva tranquillamente nel salotto. Appena le vide assunse un'aria di offesa e non alzò gli occhi dal libro, né disse una sola parola; forse, col tempo, la curiosità l'avrebbe vinta sulla stizza se Beth non fosse stata presente e non avesse assediate le sorelle di domande.

Andata su in camera per riporre il suo cappello nuovo, il primo pensiero di Jo fu di guardare sulla scrivania, poiché nell'ultima scaramuccia, Amy per sfogare la sua collera, aveva messo a soqquadro tutto il cassetto. Ogni cosa però era al suo posto, per cui, dato uno sguardo ai suoi vari sacchi, alle scatole ed allo stanzino, Jo si persuase che Amy l'aveva perdonata e si era dimenticata di ogni cosa.

Jo si sbagliava però, perché il giorno dopo fece una scoperta che provocò una vera esplosione. Meg, Beth ed Amy se ne stavano verso sera sedute nel salottino, quando Jo spalancò con gran furia la porta ed entrò come una bomba nella stanza, gridando con voce molto alta e concitata:

– Chi ha preso il mio racconto?

Meg e Beth risposero subito: – Io no, – e la guardarono sorprese, ma Amy cominciò a tormentare il fuoco e non rispose. Jo la vide diventar rossa e si rivolse subito a lei e:

– Amy, l'hai preso tu!

– No, non l'ho.

– Sai allora dov'è!

– No, non lo so.

– È una bugia, – gridò Jo prendendola per le spalle e guardandola con un'espressione così feroce da spaventare una bambina molto più coraggiosa di Amy.

– Non è una bugia; non l'ho, non so dove sia e non m'importa nulla di saperlo.

– Tu sai qualche cosa del libretto e farai bene a dirmelo, se no te lo farò dire per forza – gridò Jo eccitandosi sempre più e scuotendola leggermente.

– Grida quanto ti pare ma non avrai mai più la tua stupida novella, – gridò Amy, eccitandosi a sua volta.

– Perché?

– L'ho bruciata!

– Il mio libro, quello ai cui ho lavorato tanto e che speravo di finire prima che tornasse papà! Lo hai proprio bruciato? – disse Jo diventando pallidissima, mentre che i suoi occhi gettavano fiamme e le mani stringevano con forza le spalle di Amy.

– Sì, l'ho proprio bruciato! Te l'ho detto che te l'avrei fatta pagare cara, perché sei stata così scompiacente ieri e l'ho fatto, perciò....

Ma non continuò più oltre, perché Jo, cieca dalla rabbia, cominciò a scuoterla con tanta violenza, da farle battere i denti, mentre gridava in un accesso di rabbia e di dolore:

– Brutta cattivaccia, indegna! Non potrò riscriverlo mai più e non te lo perdonerò mai per tutta la vita!

Meg volò in aiuto di Amy e Beth corse a pacificare Jo, ma questa era fuori di sé e, dato un ultimo scapaccione ad Amy, fuggì dalla stanza e si rinchiuse nella soffitta a terminare da sola la battaglia.

Giù la tempesta si calmò ben presto, perché tornò a casa la signora March e fece capire ad Amy quanto grande fosse il suo torto. Jo aveva un debole per quel libretto, che era considerato dalla famiglia una grande promessa per l'avvenire. Erano soltanto una mezza dozzina di novelle, ma Jo le aveva scritte con grande cura, vi aveva lavorato diligentemente in modo da prepararle per la stampa, nel caso che le fosse riuscito farle pubblicare. Essa le aveva appunto ricopiate, bruciando la brutta copia, per cui l'ira di Amy aveva distrutto ad un tratto il lavoro di anni interi. Ad altri una simile perdita poteva apparire piccola, ma per Jo era una disgrazia irreparabile. Beth pianse come avrebbe fatto per la perdita di uno dei suoi cari gattini ed anche Meg rifiutò di difendere la sua favorita. La signora March era molto addolorata ed inquieta ed Amy sentiva che nessuno l'avrebbe più amata come prima, se non domandava scusa dell'atto, del quale, ora più di tutti, si doleva.

Quando suonò la campana del tè, Jo fece la sua comparsa, ma era così scura in volto, che ci volle tutto il coraggio di Amy per dire umilmente: «Perdonami Jo, mi dispiace tanto, tanto».

– Non ti perdonerò mai – fu la sola risposta di Jo, che da quel momento fece come se Amy non esistesse.

Nessuno parlò della grande disgrazia, neanche la mamma, perché sapevano per esperienza, che quando Jo era di qùell'umore, le parole erano gettate al vento ed il meglio era di lasciarla stare fino a che un piccolo incidente, una parola o la stessa sua natura generosa l'avesse raddolcita e le facesse dimenticare il torto ricevuto. Quella sera non passò così bene come le altre, e, benché cucissero come al solito e benché la mamma leggesse loro i libri che ella sapeva che le divertivano, pure qualche cosa mancava e la pace e la tranquillità della famiglia erano turbate.

Quando Jo andò ad augurare la buona notte alla mamma, questa le disse a bassa voce: – Non lasciare mai calare il sole senza il perdono, cara;

perdonatevi a vicenda, aiutatevi e se fate male cercate di fare meglio il giorno dopo.

Sarebbe stato un sollievo per Jo appoggiare la testa sul seno della madre e piangere fino a che il dispiacere ed il risentimento fossero passati, ma le lacrime erano, secondo lei, sfoghi da donnicciuole, e poi l'offesa ricevuta era stata così grande che non si sentiva ancora in grado di poter perdonare. Batté perciò fortemente le ciglia per ricacciare le lacrime e disse rudemente, perché Amy si era fermata ad ascoltare:

– È una cosa abominevole e non merita il mio perdono – e ciò detto uscì a passo cadenzato dalla stanza e se ne andò a letto. senza che, quella sera, avesse luogo il solito geniale cicaleccio.

Amy fu molto offesa nel vedere respinte a quel modo le sue proposte di pace, cominciò a pentirsi di essersi tanto abbassata, a sentirsi ancora più offesa di Jo ed a far vanto della propria virtù, superiore a quella della sorella, e ciò in modo tale da fare esasperare chiunque. La faccia di Jo continuò a minacciare tempesta e in quel giorno tutto andò a rovescio. Faceva un freddo terribile; la zia March aveva avuto un attacco di nervi, Meg era pensierosa, Beth voleva ad ogni costo avere un'aria dolente e Amy faceva continuamente delle osservazioni su certe persone che facevano sempre i progetti di essere virtuose e non lo erano, neppure quando gli altri davano loro l'esempio.

– Sono tutti così antipatici, di cattivo umore, che voglio domandare a Laurie se vuol venire un po' a pattinare. Egli è sempre così allegro e così buono che mi farà passare i nervi, – disse Jo tra sé, e, senza dire né ahi né bai, uscì. Amy udì il rumore dei pattini, guardò fuori dalla finestra ed esclamò:

– Ecco, aveva promesso di condurmi con sé la prossima volta e questo è uno degli ultimi geli che avremo. Ma è inutile domandare a quell'orso.

– Non dire così, sei stata molto cattiva ed è una cosa ben dura il perdonare la perdita del suo prezioso libretto: ma forse ora, se trovi un buon momento essa lo farebbe, – difese Meg. Vai da loro e non dir nulla fino a che non vedi che Jo è diventata di buon umore, poi al momento opportuno baciala e dille qualche buona parola e vedrai che tutto si accomoderà.

– Farò come vuoi, – disse Amy, poiché questo consiglio le faceva comodo e dopo essersi vestita in tutta fretta, corse dietro agli altri, che in quel momento sparivano al di là della collina.

Il fiume non era lontano, ma ambedue erano già pronti quando Amy giunse al posta. Jo la vide e voltò le spalle, ma Laurie non la scorse, perché egli stava provando il ghiaccio, che, colla temperatura mite dei giorni passati, non era troppo sicuro.

71

– Prima di cominciare, andrò fino alla voltata del fiume per vedere se il ghiaccio è solido – disse Laurie, mentre correva sul ghiaccio col mantello ed il cappello guarnito di pelo come un russo.

Jo udiva dietro di sé Amy che respirava forte, che si soffiava sulle dita e batteva i piedi, mentre che essa si legava i pattini, ma non si volse ed andò lentamente scivolando sul ghiaccio, facendo continui zig-zag, quasi rallegrandosi delle difficoltà che Amy incontrava. – Essa aveva coltivato il suo risentimento e questo era andato sempre crescendo come fanno generalmente i cattivi pensieri, quando non si scacciano subito.

Laurie, ritornato a questo punto dalla sua escursione, gridò: – Tieniti vicina alla riva; il ghiaccio non è sicuro in mezzo al fiume.

Amy cercava in quel momento di alzarsi, per cui non sentì una sola parola, e Jo, che aveva udito, guardò indietro per vedere che cosa facesse sua sorella, ma il demone interno le sussurrò all'orecchio – Non importa, essa ci badi da sé.

Laurie era scomparso dietro la curva del fiume; Jo stava per voltare ed Amy, molto più addietro, si avventurava sul ghiaccio che era nel mezzo e che appariva più liscio. – Per un istante Jo si arrestò con un senso strano che le faceva battere il cuore; poi prese la risoluzione di continuare la sua strada, ma una forza ignota la tenne inchiodata al suolo e la fece voltare in tempo per vedere Amy che era scomparsa fra i frantumi di ghiaccio e gli schizzi di acqua, con un grido terribile che penetrò fin nelle midolla delle ossa di Jo. Tentò di chiamare Laurie, ma non trovò la voce, cercò di correre innanzi ma le sue gambe avevano perduto ogni forza e per un momento non fece altro che rimanere lì ferma al suo posto, guardando con espressione di terrore il cappuccio blue al disopra dell'acqua nera nera. Ma qualche cosa di scuro le passò dinanzi agli occhi e la voce di Laurie gridò: – Porta una di quelle assi, presto, presto. Come fece non seppe mai; per alcuni istanti lavorò come una persona in sogno, obbedendo ciecamente agli ordini di Laurie, che, perfettamente padrone di sé, teneva Amy per le braccia, con la testa al di sopra dell'acqua. Jo riuscì finalmente a trascinare uno dei pali della palizzata, che era lì vicino, ed assieme a Laurie, prendendo ciascuno Amy per un braccio, la trassero a salvamento, più impaurita che altro.

– Ora poi bisogna portarla a casa in tutta fretta; avvolgila bene nei nostri mantelli, mentre che io mi tolgo questi noiosissimi pattini – gridò Laurie, ricoprendo Amy col suo soprabito e cercando di slacciarsi le fibbie delle cigne, che non volevano venir via.

Essi riuscirono finalmente con grandissima fatica a condurre la povera Amy, grondante acqua, tremante e piangente, fino a casa, dove, dinanzi ad un bel fuoco, dopo un po' di eccitamento, si addormentò profondamente. Durante tutto questo tempo, Jo aveva appena aperto bocca, ed era corsa qua e là col volto bianco e spaurito, col vestito strappato, il mantello gettato sulle spalle, le mani tutte sgraffi e sangue.

Quando Amy si fu tranquillamente addormentata, e la casa riprese un aspetto un po' più ordinato, la signora March, che era seduta vicino al lettino, chiamò a sé Jo e cominciò a medicarle le ferite riportate.

– È salva non è vero? – domandò Jo sottovoce, guardando con rimorso la testolina bionda, che poteva essere scomparsa per sempre sotto l'infido ghiaccio.

– Sì è salva, cara; non si è fatta alcun male, e neanche si raffredderà, almeno lo credo, perché siete stati molto accorti coprendola bene e conducendola subito a casa.

– È stato Laurie, io non ho fatto nulla. Mamma, se fosse morta sarebbe stata colpa mia! e Jo si lasciò cadere vicino al letto e, tra i singhiozzi, narrò alla mamma tutto ciò che era accaduto, con molti rimproveri per la sua durezza e con parole di gratitudine per essere stata salvata dal terribile castigo che poteva colpirla.

– È il mio orribile carattere! cerco di migliorarlo e quando credo di esservi riuscita, scappa fuori peggio di prima. Oh mamma! Che cosa posso fare, che cosa posso fare? – esclamò la povera Jo con accento disperato.

– Prega e fatti forte, cara, e non stancarti mai nella lotta e non credere che sia impossibile di vincere i propri difetti – disse la signora March, stringendo la testa scapigliata della fanciulla contro il suo seno e baciando le guance bagnate con tanta tenerezza, che le lacrime di Jo raddoppiarono.

– Tu non puoi capire! Non sai quanto io sia cattiva! Quando monto sulle furie sarei capace di qualunque cosa! Divento così feroce che potrei anche fare del male e goderne! Temo di fare un giorno qualche cosa di veramente terribile e rovinarmi la vita e fare sì che tutti mi prendano in odio. Oh, mamma aiutami, aiutami tu!

– Lo farò cara, lo farò, per quanto mi è possibile! Non piangere tanto, Jo, ma ricordati di questo giorno e giura a te stessa che non ne sorgerà mai un altro simile. Jo, cara, noi tutti abbiamo delle tentazioni, qualche volta molto più grandi delle tue e spesso una intiera vita non è sufficiente per vincerle. Tu credi che il tuo carattere sia il peggiore che vi sia sulla terra, ma non sai che anche il mio era abbastanza cattivo.

– Il tuo mamma? Ma tu non ti inquieti mai! – esclamò Jo, dimenticando nella sua meraviglia anche il proprio rimorso.

– Ho cercato per quarant'anni di combatterlo e non sono arrivata che a frenarlo. Mi inquieto quasi ogni giorno, Jo, ma ho imparato a non farlo vedere e spero, col tempo, di arrivare a non sentirlo neppure, anche se mi dovesse costare ancora quaranta anni di fatiche.

L'espressione paziente ed umile di quel volto che tanto amava, furono per Jo una cura più salutare che non il più severo castigo o la più aspra parola. Si sentì subito confortata dalla simpatia e dalla confidenza dimostratale. Il sapere che la madre aveva un difetto come il suo e che essa cercava di vincerlo, le fu di aiuto per vincere sé stessa e rafforzò la sua risoluzione di riuscire ad ogni costo e ciò benché la prospettiva di quarant'anni di pazienza e di attesa sembrasse un po' lunga ad una fanciulla di quindici anni.

– Mamma sei inquieta quando stringi le labbra oppure esci dalla stanza, per esempio, quando la zia March o qualcheduno altro ti annoia? – domandò Jo, sentendosi ancora più strettamente legata alla mamma.

– Sì, ho imparato a trattenere le parole che vorrebbero sfuggire dal labbro e, quando sento che ciò sarebbe impossibile, esco un momento dalla stanza per rimettermi e per pensare quanto sono debole e cattiva, – rispose la signora March, con un sorriso ed un sospiro, mentre accarezzava e legava i capelli disordinati di Jo.

– Ma come hai imparato a trattenerti? Non capisco, perché le parole amare mi escono dalla bocca prima che io lo sappia e più dico e peggio vorrei dire, finché l'urtare i sentimenti degli altri e dire delle cose orribili diventa un piacere per me. Dimmi come fai, mammina cara.

– La mia buona mamma mi aiutava.

– Come tu fai con noi, – continuò Jo con un bacio.

– Ma la perdetti quando avevo poco più di te e per anni e anni ho dovuto combattere da me sola, perché ero troppo orgogliosa per confessare ad altri la mia debolezza. Furono tempi molto tristi e duri quelli, Jo, e versai lacrime amare sulle mie sconfitte e, nonostante tutti i miei sforzi, mi pareva di rimanere sempre allo stesso punto. Venne poi tuo padre e fui per un tempo così felice, che mi pareva la cosa più facile quella di essere paziente e buona. Ma dopo qualche anno, quando ebbi quattro figliuoline e venne la povertà, ricominciai le mie battaglie: io non sono paziente, Jo, e ti puoi immaginare se soffrivo quando voi mancavate di ogni cosa.

– Povera mamma! Ma chi ti aiutò allora?

– Tuo padre, Jo. Egli non perde mai la pazienza, egli non dubita mai, non si lamenta mai, egli spera sempre, lavora ed aspetta con tanta pazienza e tanto buon volere che è una vergogna di essere men che buoni dinanzi a lui. Egli mi aiutava e confortava e mi diceva sempre di mettere in pratica tutte le virtù che desideravo avessero le mie figliuole, e ciò per dar loro il buon esempio. Era più facile lottare per voi che per me stessa:

un vostro sguardo spaventato o sorpreso era per me la maggiore delle punizioni e l'amore, il rispetto e la confidenza delle mie figliuole erano per me la più grande ricompensa della vita.

– Oh mamma! Se, a forza di buona volontà, potrò arrivare ad avere una piccola parte della bontà che hai tu, potrò essere ben contenta; – esclamò Jo, molto commossa.

– Spero anzi che sarai molto migliore, cara, ma tu devi stare sempre in guardia contro il tuo «nemico interno», come lo chiama il babbo, perché, se non lo tieni a freno, esso potrebbe sciuparti la vita per sempre. Hai avuta oggi una lezione, ricordatela e cerca con tutte le tue forze di combattere e domare questo tuo spirito ribelle prima che esso ti conduca a cose più terribili di quella accaduta e di cui avresti a pentirti poi amaramente.

– Proverò, mammina, cercherò in ogni modo; ma tu aiutami, ricordami queste cose e cerca di rattenermi quando sono sul punto di inquietarmi. Qualche volta papà metteva un dito sulle labbra e ti guardava dolcemente, ma con aria seria e tu stringevi sempre le labbra e uscivi dalla stanza: ti ammoniva con quello sguardo? – domandò Jo a voce bassa.

– Sì, gli domandai aiuto ed egli non si scordò mai di darmelo: molto spesso con uno di quegli sguardi o con quell'atto mi ha salvato da ore di rimorso.

Jo vide che a questo punto gli occhi di sua madre si riempivano di lacrime e, temendo di avere toccato un tasto troppo doloroso, abbracciò stretta sua madre ed una fervida preghiera giunse al cielo senza che ella pronunziasse parola.

Amy, in quel momento, si mosse e sospirò tra il sonno e, come se volesse cominciare subito a vincere il suo difetto, Jo alzò gli occhi verso di lei con una espressione tutta nuova.

– Lasciai che il sole tramontasse senza il perdono, mamma, ed oggi, se non fosse stato Laurie, sarei forse arrivata troppo tardi. Come potei essere così cattiva? – disse Jo a mezza voce, chinandosi sulla sorella ed accarezzando dolcemente i capelli ancora bagnati sparsi sul guanciale.

Come se avesse udito, Amy aprì gli occhi ed allungò le braccia con un sorriso che andò diritto al cuore di Jo. Non dissero una parola, ma si abbracciarono strette strette, nonostante le coperte e tutto fu dimenticato in un bacio amoroso.

CAPITOLO NONO

Meg va alla «fiera della vanità».

– È stata una cosa veramente fortunata che quei ragazzi abbiano avuto la rosolia per l'appunto in questo tempo, – disse Meg – un bel giorno di aprile, mentre che, coll'aiuto delle sorelle, stava facendo il baule.

– È proprio gentile Anna Moffat di essersi ricordata della sua promessa. Quindici giorni di divertimento dovrebbero bastarti per vent'anni – replicò Jo, che, piegando le camicie colle sue lunghe braccia, assomigliava alle ali di un mulino a vento.

– E il tempo è bello, sono così contenta, – aggiunse Beth, che sceglieva dalla sua scatola i più bei nastri per prestarli a Meg.

– Quanto pagherei di venire anch'io e divertirmi ed avere tutte queste belle cose – disse Amy, colla bocca piena di spilli, che artisticamente accomodava sul cuscinetto.

– Sarei molto contenta se veniste tutte, ma siccome ciò non è possibile, terrò a mente tutte le avventure per potervele poi raccontare. Siete state così buone, mi avete prestato tante cose e mi avete aiutato in tanti modi, che è il meno che io possa fare, – disse Meg guardando con ammirazione il suo semplicissimo corredo, che ai loro occhi pareva quasi perfetto.

– Che cosa ti ha dato la mamma dalla sua scatola di tesori? domandò Amy, che non era stata presente all'apertura di una certa scatola di cedro, dove la signora March teneva ancora alcuni resti del passato splendore, per regalarli a suo tempo alle ragazze.

– Un paio di calze di seta, un bel ventaglino ed una magnifica fusciacca celeste. Io volevo quel vestito di seta viola, ma non c'è tempo di accomodarlo, e perciò bisogna che mi contenti del mio vecchio di tarlatana: poi mamma ha quel bel finimento di perle, ma essa ha detto che per una ragazza il più bell'ornamento sono i fiori freschi, e Laurie ha promesso di mandarmene quanti ne voglio, – replicò Meg. – Ora aspetta, lascia che pensi un po': ho il mio vestito grigio nuovo da passeggio, – Beth fammi il piacere arricciami quella penna sul cappello – ho poi il mio vestito chiaro per la domenica e per il balletto – è un po' pesante per la primavera, ma bisogna che serva. Oh se avessi quello di seta violetta!

– Non importa, hai quello di tarlatana per il ballo grande e stai sempre così bene quando sei in bianco, – disse Amy, che andava in brodo di giuggiole quando si trattava di vestiti e di cose ricche e ricercate.

– Non è scollato e non è lungo abbastanza di dietro ma dovrà ben servire. Il mio vestito blu da casa sta tanto bene, rivoltato e guarnito come è di fresco, che mi pare di averne uno nuovo; la mia giacchetta di seta non è tagliata all'ultima moda ed il mio cappello non è così elegante come quello di Sallie; non ho detto niente, ma il mio ombrello è stato una compra molto infelice. Dissi a mamma di comprarmene uno nero con un manico bianco, ma essa se ne è dimenticata e me ne ha comprato uno verde con un manico giallognolo. È forte e buono, dunque non dovrei lamentarmi, ma so che me ne vergognerò paragonandolo a quello di Anna, – sospirò Meg, guardando poco favorevolmente il piccolo ombrello.

– Cambialo – disse Jo.

– No, non voglio essere così sciocca o dare dispiacere a mammina, quando essa si è presa tante brighe per comprarmi tutta questa roba. La mia è un'idea stupida e non voglio lasciarmi vincere. Le mie calze di seta e due paia di guanti sono la mia consolazione. Sei molto buona, Jo, a volermi prestare i tuoi; mi pare di essere una regina con due paia di guanti muovi ed i miei vecchi lavati per tutti i giorni – disse Meg, dando una guardatina alla sua scatola di guanti.

Il giorno dopo, con una bellissima giornata, Meg partì per andare a divertirsi una quindicina di giorni. La signora March aveva acconsentito molto mal volentieri a questa visita, perché temeva che, dopo il divertimento, Margherita sarebbe tornata a casa più scontenta che mai; ma la figlia aveva pregato tanto e Sallie aveva tanto promesso di sorvegliarla e un po' di divertimento le pareva una ricompensa così meritata dopo il grave lavoro invernale, che la mamma si lasciò smuovere dalle preghiere e la figlia andò a gustare le prime ebbrezze di vita elegante e mondana. I Moffat erano gente molto alla moda, e la semplice Meg si trovò un poco spostata in quella splendida casa e fra tutte quelle persone eleganti; ma nonostante la vita frivola che menavano erano gente alla buona e Meg si assuefece ben presto all'ambiente nuovo. Forse ella pensava talvolta che essi non erano né istruiti, né molto intelligenti, e che nessuna doratura poteva ricoprire la rozza materia da cui erano usciti, ma pure era cosa assai piacevole andare in carrozza tutti i giorni, portare sempre i vestiti più belli e non far altro che divertirsi. Una tale vita le andava proprio a genio e presto cominciò ad imitare le maniere e la conversazione di quelle che l'attorniavano: cominciò a servirsi delle frasi eleganti, ed arricciarsi i capelli, a stringersi la vita ed a parlare di mode e di vestiario come le altre. Una grave spina erano per lei gli ornamenti ricercati e gli abiti splendidi di Anna Moffat e molte volte pensava con rammarico e con un'ombra di disprezzo alla vecchia casa e al suo lavoro, che le sembrava ora più duro che mai. Questi pensieri la spinsero a considerarsi molto infelice e sfortunata, nonostante i suoi guanti nuovi e le calze di seta. Fortunatamente non aveva però molto tempo per rammaricarsi sulla sua misera sorte, perché le tre ragazze facevano di tutto per passare allegramente le loro giornate. Andavano nelle botteghe, a passeggio, a cavallo e facevano visite tutto il giorno e passavano le serate o al teatro o all'opera o in casa in compagnia delle numerose amiche di Anna, che conosceva l'arte di farle divertire. Le sorelle maggiori erano ragazze bellissime, ed una di esse era fidanzata, cosa che pareva assai importante secondo la testolina romantica di Meg. Il signor Moffat era un uomo sulla cinquantina, un buontempone grosso e grasso sempre di buon umore, che aveva conosciuto il signor March: la signora Moffat, anch'essa grossa e grassa, aveva preso, come le figlie, una vera passione per Meg. Tutti la carezzavano e le volevano bene e «Margheritina», come la chiamavano, correva il pericolo di essere assai guastata.

Quando venne la sera del «Balletto» Meg si accorse che il suo vestito chiaro non poteva servire perché le altre ragazze, si mettevano dei vestiti chiari leggeri, perciò tirò fuori il suo abito vecchio di tarlatana che, al confronto di quello fresco e vaporoso di Sallie, le parve più brutto e più misero che mai. Meg vide le altre ragazze che la guardavano e si guardavano poi tra di loro e le sue guance incominciarono ad imporporarsi poiché, con tutta la sua dolcezza, essa era molto orgogliosa. Nessuno disse una parola, ma Sallie si offrì di pettinarla, Anna le volle legare la fusciacca e Bella, la sorella fidanzata, lodò le sue belle braccia bianche, ma in tutte queste gentilezze Meg non scorgeva altro che compatimento per le sue misere condizioni, e si sentiva una gran voglia di piangere, mentre, sola in un cantuccio, osservava le altre che ridevano, cicalavano e si affaccendavano qua e là come tante farfalline. Il sentimento di invidia si faceva sempre più intenso ed insieme a questo ingigantiva un amaro senso d'ingiustizia, quando una cameriera portò nella camera una scatola di fiori. Prima che la donna potesse parlare, Anna l'aveva già aperta ed aveva esposto agli occhi di tutti una quantità di magnifiche rose, di felci e di altri fiori.

– Saranno certamente per Bella: Giorgio gliene manda sempre, ma questi sono proprio stupendi! – disse Anna chinandosi per aspirarne il profumo.

– Sono per la signorina March – disse la cameriera; sono insieme a questo biglietto – soggiunse poi porgendo a Meg una letterina.

Che bellezza! Chi te li manda? Non sapevamo che avessi un ammiratore! – esclamarono le ragazze attorniando Meg e guardandola con curiosità e sorpresa.

– La letterina è della mamma ed i fiori di Laurie; – disse Meg, contenta che Laurie non l'avesse dimenticata.

– Oh davvero! – disse Anna con uno sguardo birichino, mentre Meg metteva la cartolina in tasca come un talismano contro l'invidia, la vanità e!'orgoglio: le poche parole le avevano fatto bene ed i fiori l'avevano rallegrata. Quasi contenta di nuovo, dopo aver messo da parte alcune rose e felci per sé, Meg fece dei bei mazzolini per le sue amiche e li offrì loro con tanta grazia che Clara, la maggiore delle sorelle, disse che era proprio un angelo di bontà e le altre la ringraziarono con vero entusiasmo. Questo atto gentile finì per dissipare ogni traccia del suo malumore, e quando tutte le altre andarono a farsi vedere dalla signora Moffat, Meg vide riflessa nello specchio, mentre si appuntava nei bei capelli le rose e si allacciava il vestito che non le pareva tanto tanto brutto ora, il volto di una fanciulla contenta con occhi scintillanti dal piacere. Si divertì immensamente quella sera, perché ballò senza tregua; tutti furono molto gentili e ricevé tre complimenti. Anna la pregò di cantare e qualcuno disse che aveva una bellissima voce: il Maggiore Lincoln domandò chi fosse «la fresca giovinetta con quegli occhi splendidi» ed il signor Moffat volle ballare più d una volta con lei perché essa «aveva molta elasticità e leggerezza e non si trascinava come le altre». Si divertì perciò moltissimo fino al momento in cui udì qualche parola che la disturbò e le guastò tutto il piacere. Stava seduta nella serra ed aspettava che il suo cavaliere le portasse un gelato, quando udì una voce che domandava al di là della pianta da cui era nascosta: – Quanti anni ha?

– Sedici o diciassette, direi – rispose un'altra voce.

– Sarebbe una splendida cosa per una di quelle ragazze, non le pare? Sallie dice che il vecchio le ama proprio come figlie.

– La signora March avrà teso le sue reti e saprà giuocare bene le sue carte. Evidentemente però la ragazza non ne sa nulla per ora – disse la signora Moffat.

– Essa ha detto quella bugia della lettera di sua madre, in modo da non sembrare del tutto innocente, ed è diventata rossa come un papavero quando sono venuti i fiori! Poveretta! Se fosse vestita come si deve, sarebbe così carina! Credi che si offenderebbe se le offrissi un vestito per giovedì? – domandò un'altra voce.

– È molto orgogliosa, ma forse accetterebbe perché quell'orribile vestito di tarlatana è l'unico che possiede. Potrebbe strapparlo stasera e questa sarebbe una buona scusa per offrirgliene un altro più decente.

– Possiamo tentare: intanto, per farle piacere, manderò un invito a quel Laurence e poi rideremo.

A questo punto il compagno di Meg apparve e la trovò molto rossa ed agitata. Era veramente orgogliosa ed il suo orgoglio l'aiutò questa volta a nascondere la sua mortificazione, la sua rabbia ed il suo disgusto per quello che aveva udito. Innocente e giovane qual era, non aveva però potuto fare a meno di capire quello che intendevano le sue amiche: cercò di dimenticarsene ma non vi riuscì. Le parole: «La signora March ha teso le sue reti» e «la bugia della lettera» e «l'orribile vestito di tarlatana» le ricorrevano sempre alla mente e vi fu un momento in cui avrebbe pagato qualunque cosa per potere correre a casa, raccontare tutto alla mamma e chiederle consiglio; ma ciò era impossibile, fece quindi del suo meglio per apparire allegra ed essendo alquanto eccitata, vi riuscì così bene che nessuno si accorse dello sforzo che stava facendo. Fu contenta però quando, a serata finita, ella poté starsene quieta e tranquilla nel suo letto e ripensare alle cose passate, ma tanto pensò e tanto s'agitò che la testa incominciò a dolerle e le guance furono varie volte inondate di lagrime.

La povera Meg dormì poco quella notte ed al mattino si svegliò con occhi stanchi, un po' irritata verso le sue amiche ed assai più verso sé stessa, per non avere il coraggio di parlare francamente e spiegare le relazioni che correvano con Laurie. Quella mattina tutte le ragazze non fecero altro che perdere tempo ed era già tardi nel pomeriggio quando esse si accinsero a lavorare un poco. Però qualcosa nel contegno delle sue amiche colpì subito Meg: le parve che la trattassero con più rispetto di prima: che prendessero più interesse a ciò che diceva e la guardassero con più curiosità del solito. Tutto ciò la meravigliava e le piaceva, benché non potesse capirne la ragione, finché la signorina Bella, alzato il capo dal foglio sul quale stava scrivendo, disse, con aria sentimentale: – Margheritina, cara, ho mandato un invito al tuo amico il signor Laurence per giovedì sera. Vorremmo conoscerlo ed è una dovuta cortesia verso di te. – Meg arrossì ma una voglia birichina di stuzzicare le ragazze le fece rispondere: – Sei molto gentile Bella, ma temo che non verrà.

– Perché no, chérie? – domandò Bella.

– È troppo vecchio.

– Mia cara figliuola, ma che cosa dici! Quanti anni ha, si può sapere? – gridò la signorina Clara.

– Quasi settanta, credo – rispose Meg, chinando il capo sul lavoro per nascondere un risolino ironico.

– Ah, birichina! Intendevamo parlare naturalmente del giovane – esclamò la signorina Bella, ridendo.

– Non vi sono giovani; Laurie non è che un ragazzino – e Meg rise anch'essa nel vedere lo sguardo di disillusione che si scambiarono le sorelle al sentire la descrizione del supposto innamorato.

– Press'a poco della tua età però – disse Nannina.

– Ha l'età di mia sorella Jo; io compisco diciassette anni in agosto – disse Meg, alzando orgogliosamente il capo.

– Il signorino però è molto gentile. Ti manda quei bei fiori! – osservò Anna con aria da saccente.

– Sì, li manda spessissimo; la loro casa è piena di fiori ed egli sa che a noi piacciono molto. Mia madre ed il signor Laurence sono vecchi amici ed è ben naturale che ci sia intimità tra noi ragazzi – e Meg sperava che questo discorso avrebbe chiusa la discussione.

– Si vede bene che non è ancora andata in società – disse la signorina Clara, volgendosi a Bella e scuotendo il capo.

– Innocenza addirittura pastorale – rispose l'altra con un'alzata di spalle.

– Vado a far qualche spesa per le mie ragazze, nessuna di voi ha bisogno di nulla? – disse la signora Moffat, entrando nella stanza con un gran fruscio di seta.

– No, grazie signora – rispose Sallie – ho il mio vestito nuovo di seta per giovedì e non ho bisogno di altro.

– Neppur io, grazie.... – cominciava Meg, ma si fermò a mezzo, perché le venne in mente che avrebbe avuto bisogno di diverse cosette e che non poteva averle.

– Che cosa ti metterai? – domandò Sallie.

– Il mio vecchio vestito di tarlatana, se lo potrò accomodare in modo presentabile. Ieri sera lo strappai tutto – disse Meg, cercando di parlare con naturalezza, ma sentendo che diventava rossa.

– Perché non mandi a casa a prenderne un altro? disse Sallie che non era una grande osservatrice.

– Non ne ho altri! – e Meg fece un terribile sforzo nel dir questo, ma Sallie non lo vide ed esclamò con amabile sorpresa.

– Quello solo! Curioso che.... – Ma non finì la frase poiché Bella scosse la testa e l'interruppe dicendo con bontà: – Non è affatto curioso; che bisogno c'è di aver tanti vestiti quando non è stata ancora presentata in società? E poi non ci sarebbe bisogno di mandare a casa tua, anche se tu ne avessi una dozzina, Meg, perché io ho un vestito di seta celeste molto carino, che mi è diventato troppo stretto, e che non posso portare, per fare un piacere a me te lo metterai, non è vero?

– Sei molto buona Bella, ma davvero non mi vergogno affatto del mio vecchio vestitino; per una bambina come me sta benissimo, - disse Meg.

– No! Fammi il piacere: lascia fare a me: lascia che ti vesti io! mi ci diverto tanto e scommetto che sarai una vera bellezzina!

Meg non poté rifiutare un'offerta fattale con tanta bontà, ed il desiderio di vedere nello stesso tempo se veramente sarebbe stata «una bellezzina» vestita con gusto, la spinse ad accettare ed a dimenticare tutte le amarezze passate.

Il giovedì sera Bella si chiuse in camera con la cameriera e, fra tutte e due, trasformarono Meg in una gran signora. Le arricciarono ed incresparono i capelli, le misero sulle braccia e sul collo della polvere odorosa, le toccarono le labbra con un po' di corallina per farle più rosse ed Ortensia avrebbe aggiunto «un'idea di rossetto» sulle guance, se Meg non si fosse ribellata. La vestirono di un abito di seta celeste così stretto che poteva respirare appena e così scollato che la modesta Meg arrossì, quando si vide riflessa nello specchio. Una collana di filigrana in argento, dei braccialetti, degli spilli ed anche degli orecchini che Ortensia legò con un cordoncino di seta color carne affinché fosse invisibile terminarono l'acconciatura: un mazzo di rose tè sul petto ed un'alta ruche consolarono Meg della scollatura un po' troppo ardita ed un paio di scarpette celesti, un fazzolettino di pizzo, un ventaglio di penne ed un mazzo di fiori in mano soddisfecero ai più intimi desideri del suo cuore.

– Mademoiselle est charmante, très jolie, non è vero? – gridò Ortensia, con affettata ammirazione.

– Vieni a farti vedere ora – disse la signorina Bella conducendola nella stanza ove erano radunate le amiche, e, mentre Meg scendeva le scale dietro a lei con lo strascico che faceva ai suoi orecchi il fruscio tanto desiderato, gli orecchini che dondolavano, i riccioli per le spalle ed il cuore che le batteva forte forte, pensava che il vero divertimento era allora allora incominciato perché lo specchio le aveva detto che era veramente una «bellezzina». Le sue amiche, appena la videro ripeterono con enfasi la frase e per un momento fu come la cornacchia della favola che si pavoneggia delle piume non sue, mentre le altre ragazze chiacchieravano intorno a lei come un branco di gazze.

– Ho quasi timore d'andar giù! Mi sento così stretta, così mezza vestita! – disse Meg a Sallie quando suonò il campanello e la signora Moffat mandò a dire alle signorine di scendere subito in salotto.

– No, non sembri più la stessa, ma stai molto bene! Mi eclissi addirittura, mia cara! Bella ha molto gusto e ti ha dato l'aria di una vera parigina. Non pensare tanto a quei fiori, lascia che pendano giù e bada bene di non inciampare nella coda – rispose Sallie cercando di non invidiare troppo la bellezza di Meg, che sorpassava la sua.

Con questi avvertimenti bene impressi nella memoria, Meg arrivò senza alcun incidente in fondo alle scale e fece la sua entrata trionfale nel salotto, ove i signori Moffat ed i primi arrivati erano già riuniti. Ben presto si accorse che per una certa classe di persone, il vestiario fai molto: alcune signorine che non si erano curate di lei la sera prima, ora le mostrarono grandi attenzioni e si spacciarono per sue intime amiche:

alcuni giovani chiesero di esserle presentati ed alcune vecchie che passavano il loro tempo a criticare domandarono con molto interesse chi fosse quella bella signorina. Meg udì che la signora Moffat rispondeva ad una di esse: – Margherita March: il padre è colonnello nell'esercito, era una delle migliori famiglie, ma hanno avuto dei rovesci di fortuna, sa.... sono amici intimi dei Laurence, ed il mio Ned va matto per lei. – Dio mio! – osservò la vecchia alzando l'occhialino per dare una seconda squadrata a Meg, che fece di tutto par parere indifferente, ma che era stata molto meravigliata ed un po' offesa nel sentire le bugie della signora Moffat. Meg, quella sera, recitò la parte di gran signora e se la cavò abbastanza bene, quantunque il vestito la stringesse tanto da darle un dolore alla vita, la coda le desse molta noia, gli orecchini la tenessero in continua agitazione. Stava negligentemente facendosi vento e sorrideva agli scherzi di un giovane che cercava di fare dello spirito, quando, ad un tratto, smise di ridere ed arrossì vivamente poiché, proprio di faccia a lei, vide Laurie. Egli stava fissandola con occhi pieni di meraviglia e le parve anche di disapprovazione: e, benché egli le sorridesse e s'inchinasse, pure lo sguardo di quegli occhi le fece venire il desiderio di avere indosso il suo vecchio vestito. Per completare la sua confusione vide Bella fare un segno ad Anna ed ambedue guardare prima lei e poi Laurie, che, quella sera, con suo gran piacere, aveva l'aria ancor più giovane e più timida del consueto. – Stupide che sono a volermi mettere queste idee per la testa! – ed alzandosi Meg traversò la stanza ed andò a stringere la mano al suo amico.

– Sono tanto contenta, che tu sia venuto; temevo che saresti rimasto a casa – diss'ella parlando con grande dignità.

– È Jo che mi ha mandato: voleva che venissi a vedere come stavi ed io ho ubbidito – rispose Laurie senza guardarla, ma sorridendo un pochino nel sentire il tono materno della voce di Meg.

– Che cosa le dirai? – domandò Meg, curiosa di sentire la sua opinione, ma sentendosi, per la prima volta in soggezione dinanzi a lui.

– Le dirò che non t'ho riconosciuta e che sei così cambiata che mi fai quasi paura! – disse egli abbottonandosi un guanto.

– Come sei sciocco! Le ragazze mi hanno vestita così per divertimento! Chi sa come sarebbe meravigliata Jo se mi vedesse!– disse Meg, volendo per forza sapere la sua opinione.

– Sì: lo credo! – disse Laurie seriamente.

– Perché? Non ti piaccio vestita così? – domandò Meg.

– No davvero! – rispose Laurie.

– Perché?

Lo sguardo che Laurie gettò sulla testina ricciuta, sulle spalle nude e sul vestito guarnito fantasticamente, svergognò Meg più ancora delle parole che non racchiudevano un atomo della sua solita gentilezza: – Non mi piacciono i fronzoli e le caricature! – Questo però era proprio troppo e Meg stizzita gli voltò le spalle, dicendo:

– Sei il ragazzo più impertinente che io abbia mai conosciuto. – Rossa ed indignata, Meg si avvicinò ad una finestra ed appoggiò la guancia, che era divenuta di bragia, ad uno dei vetri, ma, mentre era lì mezza nascosta, vide il Maggiore Lincoln che passava e che avvicinatosi a sua madre diceva: – Mi hanno sciupato quella bambina: volevo che tu la vedessi, ma stasera non è altro che una bambola.

– Oh Dio! – sospirò Meg. – Come sarei più contenta se non mi fossi messa questo vestito! Almeno non avrei scandalizzato gli altri, né mi sarei sentita così male io stessa!

Appoggiò la fronte sul vetro, si nascose dietro una delle cortine, non accorgendosi neppure che il suo ballo favorito era incominciato, quando si sentì toccare un braccio e vide Laurie che, con faccia contrita e con il suo migliore inchino, le tendeva la mano e le diceva;: – Perdonami se sono stato così poco gentile e vieni a ballare, Meg.

– Temo che sarebbe troppo spiacevole per te – rispose Meg, volendo far mostra di essere ancora corrucciata e non riuscendovi affatto.

– Ma che, ti pare! Lo desidero tanto! Vieni, vedrai come sarò buono: non mi piace il tuo vestito, ma tu sei addirittura.... splendida! – e Laurie fece un cenno come per dire che le parole non potevano esprimere la sua ammirazione. Meg sorrise e riconciliata, mormorò: – Sta' attento di non inciampare nella mia coda, mi dà una noia terribile e sono stata proprio stupida a metterla!

– Appuntatela al collo: ti farà comodo! – disse Laurie guardando le scarpine celesti che evidentemente approvava.

– Laurie, mi vuoi fare un piacere? – cominciò Meg, quando, alla fine del ballo Laurie, in piedi dinanzi a lei, le faceva vento col ventaglio.

– Lo credo! – disse Laurie con vivacità.

– Fammi il piacere: non dir nulla a casa del mio abito. Non capiranno lo scherzo e mamma ne sarà dispiacente. – Allora perché l'hai fatto? – dissero gli occhi di Laurie in modo così evidente che Meg si affrettò ad aggiungere:

– Glielo dirò io quando arriverò a casa e confesserò a mammina come sono stata sciocca: ma preferirei dirglielo da me! Tacerai, non è vero?

– Ti do la mia parola che starò zitto: ma se mi fanno delle domande che cosa risponderò?

– Di' loro che stavo bene e che mi divertivo molto.

– Dirò ben volentieri la prima parte, ma, e la seconda? Non credo che tu ti diverta eccessivamente! – e Laurie la guardò così intensamente da farle rispondere sottovoce: – No, non in questo momento! Non credermi troppo cattiva: l'ho fatto per divertirmi un po', ma vedo che ho fatto male e ne sono già pentita.

– Ecco Ned Moffat! Che cosa vuole? – domandò Laurie aggrottando le nere sopracciglia, come se non considerasse cosa gradita l'arrivo del giovane padrone di casa.

– Mi ha impegnata per tre balli e suppongo che verrà a reclamarli. Che seccatura! – disse Meg con un'aria languida che divertì immensamente Laurie.

Egli non le parlò più fino all'ora della cena, ma quando la vide che beveva dello champagne con Ned ed un suo amico, i quali, secondo l'idea di Laurie, si comportavano male, si avvicinò a lei perché sentiva di aver un diritto quasi fraterno di vegliare sulle ragazze March e di difenderle in caso di bisogno.

– Avrai un'emicrania terribile domani se bevi molta di quella roba là, Meg; io non lo farei se fossi in te e poi sai che a tua madre non piace – le disse sottovoce, appoggiandosi alla seggiola, mentre Ned le empiva il bicchiere e l'amico si chinava per raccoglierle il ventaglio.

– Non sono Meg stasera, sono una «bambola» che non fa altro che sciocchezze. Domani riporrò i miei fronzoli e le mie caricature e diverrò buona come un angelo – rispose con un sorriso affettato.

– Spero che domani verrà presto allora – mormorò Laurie allontanandosi malcontento del cambiamento che vedeva in lei.

Meg ballò, rise, fece il chiasso e cercò d'imitare quello che facevano le altre ragazze sue amiche; dopo cena tentò il boston, inciampando tutti i momenti e facendo quasi cadere il ballerino con la sua lunga coda e comportandosi così male che Laurie, scandalizzato, voleva farle una buona ramanzina. Ma non gli si presentò l'occasione poiché Meg non si avvicinò a lui fino al momento in cui egli stava prendendo congedo.

– Ricordati – diss'ella; cercando di sorridere e non riuscendovi poiché «la terribile emicrania» era già incominciata.

– Silence à la mort! – replicò Laurie con un gesto melodrammatico.

Questo cenno e le parole di Laurie eccitarono la curiosità di Anna; ma Meg era troppo stanca per poter chiacchierare e se ne andò diritta a letto, pensando che tutto era stato una mascherata a cui non si era divertita quanto s'era immaginata. Si sentì male tutto il giorno di poi ed il sabato se ne tornò a casa stanca di divertimenti e sentendo che per il momento ne aveva avuto abbastanza di vita frivola e di società.

– Si ha un bel dire che la società è divertente, ma è più bello starsene qui tranquillamente senza etichette e complimenti «Casa mia, casa mia, per piccina che tu sia, tu mi sembri una badia» ed è proprio vero! – disse Meg, guardandosi intorno con un'aria di soddisfazione, mentre la domenica sera se ne stava seduta colla mamma e con Jo nel salottino.

– Sono contenta di sentirti parlare così; temevo che in paragone coi tuoi sontuosi appartamenti la nostra modesta casa ti sarebbe parsa più brutta e meschina che mai – replicò sua madre che quel giorno le aveva rivolte parecchie occhiate inquiete ed indagatrici: gli occhi di una madre fanno presto a scorgere qualunque cambiamento nel volto dei figli. Meg aveva raccontato con grande vivacità ed allegria tutte le sue avventure ed aveva ripetuto molte volte che si era immensamente divertita; ma pareva che qualcosa le pesasse sull'animo e quando le bambine più piccole furono andate a letto si avvicinò al fuoco e stette immobile e pensosa.

Alle nove, allorché Jo propose di ritirarsi, Meg si alzò dalla sua seggiola, ed avvicinando il panchetto di Beth alla mamma, appoggiò le braccia sulle sue ginocchia dicendo coraggiosamente:

– Mammina, debbo confessarti qualcosa.

– Mi pareva che tu avessi qualcosa sulla coscienza: che cosa è cara?

– Devo andar via? – domandò Jo con discrezione.

– No certamente: non ti dico sempre ogni cosa? Mi vergognavo di parlare davanti alle bambine, ma ora voglio raccontarti tutte le orribili cose che ho fatto dai Moffat.

– Siamo preparate – disse la signora March sorridendo, mia con un po' di inquietudine nella voce.

– Ti ho detto che ho portato un vestito non mio, ma non ti ho detto che mi hanno coperta di cipria, mi hanno stretta la vita, mi hanno arricciato i capelli, mi hanno insomma ridotta una vera caricatura! Laurie ha pensato che non ero decente; non me l'ha detto, ma me ne sono accorta; e fra le altre cose un signore mi ha chiamata una «bambola». Sono stata molto stupida, ma mi piaceva sentirmi lodare, sentirmi dire che ero una bellezza ed una quantità di simili sciocchezze.

– E questo è tutto? – domandò Jo, mentre la signora March guardava silenziosamente il bel visino della fanciulla e non trovava il coraggio di rimproverarle le sue piccole debolezze.

– No, non è tutto: ho bevuto dello champagne, ho fatto del chiasso ed ho cercato di far tutto ciò che facevano le altre ragazze e mi sono condotta in modo addirittura.... indecente – disse Meg.

– C'è ancora qualche cosa, non è vero Meg? – e la signora March accarezzò la soffice guancia, che subitamente diventò di bragia.

– Sì, è molto stupido, lo so, ma voglio raccontartela, perché mi dispiace

che la gente ripeta certe fandonie sul conto nostro e sul conto di Laurie. –
E continuò a narrare tutto quello che aveva udito dire dai Moffat, e,
mentre parlava, Jo vide che sua madre comprimeva forte le labbra come
fosse scontenta che certe idee fossero state messe nell'innocente testina di
Meg.

– È la cosa più stupida, che abbia udita in vita mia – gridò Jo indignata
– Perché non sei sbucata fuori e gliene hai cantate due lì per lì?

– Non potevo, ero tanto confusa! Dapprima non ho potuto far a meno
di sentire, ma poi quei discorsi mi avevano così indignata che mi son
dimenticata che non avrei dovuto star lì ad origliare.

– Lascia che veda Anna Moffat e le insegnerò io a dir cose tanto
ridicole! Come se mammina «tendesse delle reti» e fosse buona con
Laurie perché è ricco e forse potrà più tardi sposare una di noi! Sai come
riderà quando glielo racconterò! – e Jo rise di cuore.

– Se tu lo dici a Laurie non te la perdonerò mai più! Non deve dirlo,
vero mammina? – disse Meg molto turbata.

– No, è sempre meglio non ripetere certe fandonie e dimenticarle il più
presto possibile – disse la signora March seriamente. – Mi dispiace molto
di averti permesso di andare con persone che conoscevo così poco;
saranno gentili, non lo nego, ma mondane e piene di queste idee volgari.
Mi dispiace specialmente perché non so quanto male ti possa aver fatto
questa visita, Meg.

– Non stare in pena; non voglio che mi faccia male; ti assicuro che non
sarò né sentimentale né scontenta, mamma; sono una ragazza molto
sciocca e quindi mi farò guidare da te finché non avrò abbastanza
giudizio per conto mio; ma è pur piacevole essere ammirati e lodati e non
posso dire che mi dispiaccia – disse Meg, quasi vergognandosi di questa
confessione.

– Questo è naturalissimo e non è affatto dannoso, quando questo
piacere non diventa una passione e non conduce al male. Mia Meg,
bisogna che tu impari a conoscere ed apprezzare le lodi che hanno
qualche valore, e che tu sappia eccitare l'ammirazione delle persone
buone, oltre che colla bellezza, anche colla modestia.

Margherita non rispose, ma restò pensierosa, mentre Jo, colle mani
dietro alla schiena, interessata ed anche un po' perplessa, stava
ascoltando attentamente. Era una cosa del tutto nuova il veder Meg
arrossire e parlare di ammirazione, innamorati e simili cose; ed a Jo
pareva che in questi quindici giorni Meg fosse diventata una vera
signorina e che a poco a poco si stesse allontanando da lei, per entrare in
quel mondo ove non poteva seguirla.

– Mammina, hai tu dei «piani» come dice la signora Moffat? –

domandò Meg arrossendo.

– Sì cara, ne ho molti; ogni madre ne ha, ma i miei piani differiscono assai da quelli della signora Moffat, credo:

– Io desidererei soltanto che le mie figliuole fossero belle, istruite e buone; che fossero ammirate, amate, rispettate, che passassero una bella gioventù e che si maritassero bene, menando una vita attiva, felice, scevra da dispiaceri e da dolori. Essere amate e scelte da un uomo buono ed onesto è la cosa più bella, la più dolce a cui possa aspirare una donna e spero che le mie figlie potranno gioire di questa felicità. È naturale che tu pensi a questa cosa, Meg, ed è giusto che tu la debba attendere, ma intanto il tuo compito è di prepararti a questa nuova vita, così che quando verrà il momento tu ti senta in grado di meritarla e tu possa esser pronta a compiere i tuoi nuovi doveri. Mie care ragazze, io ho le mie idee per voi, ma non voglio che facciate come fanno molte ragazze, che sposiate cioè un uomo ricco solamente perché è ricco, perché ha delle belle case, che non potranno mai procurarvi una vera casa familiare perché non vi è vera famiglia ove manca l'affetto. L'oro è una cosa preziosa, sì, e quando è usato bene è una cosa nobile, ma non voglio che crediate che sia il primo ed unico fine verso il quale dovete tendere. Preferirei vedervi la moglie di un povero uomo, ma amata, rispettata e felice, piuttosto che regina in un regno senz'amore e senza pace.

– Bella dice che le ragazze povere non hanno mai buone occasioni, se non si mettono un po' in vista – sospirò Meg.

– Allora rimarremo vecchie zitelle – disse Jo con forza.

– Hai ragione, Jo; è molto meglio essere zitelle contente che mogli infelici o ragazze che tendono le reti per accalappiare un marito qualsiasi – disse la signora March con voce ferma. – Non ti preoccupare, Meg; la povertà non è mai stata di ostacolo ad un amore sincero. Alcune delle migliori e più felici donne che io conosca erano povere nella loro gioventù, ma erano così buone, così brave, che non sono rimaste ragazze. Lascia che il tempo provveda; aiuta ora a render bella la tua casa presente, per essere in grado di avere poi una casa tua, se ti viene offerta, e far divenire anche quella un nido di felicità. Ricordatevi di questo, ragazze: vostra madre è sempre pronta ad essere la vostra confidente, vostro padre il vostro amico, ed ambedue speriamo e preghiamo che le nostre ragazze, maritate o no, saranno sempre il nostro conforto e il nostro orgoglio.

– Lo saremo, mammina, lo saremo! – gridarono ambedue di tutto cuore, mentre le auguravano la buona notte.

CAPITOLO DECIMO

Il Circolo Pickwick e l'Ufficio Postale.

Come arrivò la primavera, nuovi divertimenti presero piede ed i giorni allungandosi donavano lunghi pomeriggi dedicati al lavoro ed ai giochi di ogni sorta. Il giardino andava curato ed a ciascuna sorella era affidato un quarto del piccolo appezzamento del quale facevano ciò che volevano.

Anna era solita dire: - Saprei dire a chi appartiene ognuno di questi giardinetti anche se mi trovasi in Cina. - Ed era vero perché i gusti delle ragazze erano tanto diversi come i loro caratteri.

Meg nel suo giardino coltivava rose, eliotropi, mirtilli ed un piccolo arancio

Quello di Jo cambiava da un anno all'altro perché ella tentava sempre nuovi esperimenti: quest'anno doveva essere una piantagione di girasoli, ed i semi di queste belle e fiere piante dovevano nutrire Loreto ed i polli della zia. Beth teneva nel suo giardino fiori profumati: pisello odoroso, la reseda, la consolida reale, il garofano, la melissa, la viola del pensiero, l'artemisia, il centocchi per gli uccellini e l'erba gatta per i mici. Amy aveva nel suo un pergolato, piuttosto piccolo e infestato dai millepiedi, ma molto grazioso a vedersi, con caprifogli e convolvoli che sporgevano le loro trombe, le loro campanule variopinte in ogni direzione, formando graziose ghirlande; eppoi grandi gigli candidi, felci delicate e tutte le piante più vivaci e pittoresche che potessero crescerci. Il giardinaggio, le passeggiate, le gite in barca sul fiume, le spedizioni alla ricerca di fiori selvatici, riempivano le giornate soleggiate, mentre i pomeriggi di pioggia trascorrevano in qualche passatempo domestico, alcuni vecchi, altri nuovi, tutti più o meno originali. Questi era il Circolo Pickwick, dato che le società segrete erano di moda, era ritenuto doveroso averne una, e poiché tutte le ragazze adoravano Dickens, si erano date il nome di Circolo Pickwick. Questo durava con qualche piccola interruzione ormai da un anno, e gli incontri avvenivano ogni sabato sera nella grande soffitta, ed in tale occasione la cerimonia era la seguente: tre sedie venivano poste in fila davanti ad un tavolo, sul quale era posta una lampada con quattro distintivi bianchi, con soprascritto un grosso "C.P.", ciascuna scritta era di colore diverso ed il foglio della settimana, chiamato il "Periodico Pickwick", al quale collaboravano tutte. Mentre Jo appassionata di carta e calamaio ne era l'editore.

Alle sette in punto i quattro membri salivano i locali del circolo, indossavano i distintivi e prendevano posto con grande solennità. Meg, poiché era la più anziana, era Samuel Pickwick; Jo, la letterata, era Augustus Snodgrass; Beth che era rosea e paffuta era Tracy Tupman, ed Amy che voleva sempre fare cose che non era in grado di fare era Nathaniel Winkle. Pickwick, il presidente, leggeva il foglio che era colmo di racconti originali, poesie, notizie locali, inserzioni divertenti e consigli, nei quali le ragazze benevolmente rammentavano l'un l'altra i loro difetti e le loro manchevolezze. In una occasione, il signor Pickwick, dopo aver indossato un paio di occhiali senza lenti, aver battuto sul tavolo, essersi schiarito la voce ed aver rivolto una sguardo severe al signor Snodgrass, che sedeva in equilibrio sulle gambe posteriori della sua sedia per richiamarlo ad un atteggiamento più composto, iniziò a leggere:

"Il Periodico Pickwick"

20 maggio 18__

_____

L'angolo del poeta.

Ode per l'anniversario

_____

Siamo nuovamente qui, questa sera per celebrare, con in nostri distintivi ed il nostro rito solenne, il nostro 52° anniversario nelle sale del circolo Pickwick. Siamo qui tutti in perfetta salute, nessun del nostro gruppo ci ha lasciati, di nuovo possiamo guardare i visi conosciuti, e di nuovo possiam stringere le mani amiche. Il nostro Pickwick è sempre al suo posto, a lui va il nostro rispettoso saluto, mentre con gli occhiali sul naso legge il nostro stracolmo settimanale. Sebbene sia un poco raffreddato è per noi un piacere sentirlo parlare, perché se anche la sua voce è roca e cavernosa, le sue parole sono sagge. Dall'alto del suo metro e novanta, il vecchio Snodgrass guarda con grazia elefantina, e sorride raggiante alla compagnia, col suo viso scuro e cordiale, nei suoi occhi brilla la fiamma del poeta che invano combatte contro l'avverso destino, osservate l'ambizione sulla sua fronte e sul naso una macchia d'inchiostro. Segue poi il nostro Tupman, così roseo così paffuto e dolce che soffoca dalle risate alle battute di spirito e rischia di cadere dalla sedia. Anche il nostro piccolo e cerimonioso Winkle, con tutti i capelli in ordine, un modello di eleganza, anche se detesta lavarsi il viso. L'anno è passato e noi siamo sempre uniti, per scherzare, ridere e leggere, e seguiamo il sentiero della letteratura che conduce dritto alla gloria. Possa il nostro periodico prosperare a lungo! Il nostro circolo restare unito, e gli anni che verranno siano prodighi di bene per l'utile e lieto Circolo Pickwick." A. Snodgrass.

Il matrimonio in maschera
(racconto veneziano)

———

Una gondola dopo l'altra approdava ai gradini di marmo e lasciava il suo grazioso carico che andava ad unirsi alla folla splendente che gremiva le maestose sale del palazzo del conte Adelon. Cavalieri e dame, folletti e paggi, monaci e fioraie, tutti si mischiavano nelle danze, dolci voci e affascinanti melodie riempivano l'aria e così tra allegria e musica, il ballo mascherato proseguiva. - Vostra altezza ha visto Lady Viola questa sera? - Domandò un galante trovatore alla Regina delle Fate, che fluttuava per le sale reggendosi al suo braccio, - Sì, ma non è carina anche se è così triste, e anche il suo abito è ben scelto, visto che tra una settimana sposerà il conte Antonio, che Ella odia con tutte le sue forze. In fede mia lo invidio, eccolo venire da lassù vestito come uno sposo, fatta eccezione per la maschera nera, quando la toglierà potremo vedere come saluterà la bella vergine, il cui cuore non ha saputo vincere, per quanto il suo severo padre gliene abbia concesso la mano. - Rispose il trovatore: - Si mormora che ella ami il giovane artista inglese che segue ogni suo passo, ed è disprezzato dal Conte.- Disse la signora, appena si unirono nella danza. La festa era al suo culmine quando comparve un prete, che conducendo la giovane coppia in un'alcova circondata da una tenda di velluto porpora, invitò ad inginocchiarsi. Immediatamente il silenzio cadde sulla folla festante, e non un suono, nemmeno lo scorrere delle fontane o lo stormire dei rami degli aranci dormienti sotto i raggi della luna, ruppero il silenzio quando il Conte Adelon parlò così: - Signori e Signore, vogliate perdonare lo stratagemma con il quale vi ho riuniti qui, per essere testimoni del matrimonio di mia figlia. Padre, attendiamo i suoi uffici. Tutti gli occhi si volsero verso la coppia ed un mormorio di stupore cose nella folla, perché né lo sposo né la sposa si erano levati la maschera, curiosità e meraviglia pervasero i cuori, ma il rispetto costrinse tutti al silenzio, finché il rito non fu finito. Poi gli spettatori impazienti si riunirono intorno al Conte, chiedendo spiegazioni. - Sarei lieto di dirvelo se lo sapessi, ma so solo che questo era il desiderio della mia timida figlia Viola, e che io gliel'ho accordato, adesso ragazzi miei, concludiamo questo gioco, toglietevi la maschera e ricevete la mia benedizione. - Ma nessuno dei due si inginocchiò, perché il giovane sposo rispose con un tono che sorprese gli ascoltatori mentre la maschera cadeva scoprendo il nobile viso di Ferdinando Devereux, l'artista innamorato. Appoggiata al suo petto, dove ora brillava la stella di un conte inglese, stava la graziosa Viola, radiosa di gioia e bellezza.- Signore, mi avete sdegnosamente bandito da vostra figlia, quando avrei potuto vantare un nome ed una fortuna pari a quelli del Conte Antonio: posso fare di più! Poiché perfino la vostra ambizione non può rifiutare il di Devereux e De Vere se questo offre il suo antico nome, e le sue immense ricchezze in cambio dell'amata mano di questa amabile donna, adesso mia moglie! -

Il conte rimase restò immobile come fosse diventato di pietra e voltandosi alla folla sbigottita Ferdinando aggiunse con un sorriso di trionfo: - A voi, miei amabili amici, posso solo augurare che il vostro amore possa prosperare come il mio, e che possiate tutti conquistare una bella sposa, come io ho fatto con questo matrimonio in maschera.- Samuel Pickwick.

Perché il Circolo Pickwick è come la torre di Babele? E' pieno di soci sregolati.

La storia di una zucca

Una volta un contadino piantò un piccolo seme nel suo giardino, e dopo un po' germogliò, crebbe e diede luogo a molte zucche. Un giorno di ottobre, quando erano mature, ne colse una e la portò al mercato. Un commerciante la comprò e la portò nel suo negozio. Quella stessa mattina una giovane ragazza vestita con un cappello marrone ed una veste blu, con un viso rotondo ed il naso camuso, andò a comprarla per sua madre. Arrivò a casa, la bollì in una grossa pentola, servendone poi una parte con sale e burro per pranzo. Ella poi aggiunse alla parte che restava una pinta di latte, due uova, quattro cucchiai di zucchero, noce moscata e alcuni crackers, la mise in una scodella che mise in forno, finché fu ben cotta ed il giorno dopo fu mangiata da una famiglia di nome March. T. Tupman.

————

Al Signor Pickwick, Signore:

- mi rivolgo a voi riguardo ad un peccato Il peccatore in oggetto è un uomo chiamato Winkle e disturba il circolo continuando a ridere A volte non scrive il suo pezzo in questo bel giornale io spero che gli perdonerete la sua cattiveria e che gli permetterete di inviare una favola francese perché non sa inviare niente di testa sua, poiché ha tanti compiti da fare e non ha cervello

In avvenire cercherò di trovare il tempo e preparare del lavoro che sia comme la fo che vuol dire "come si deve" Ho fretta perché è quasi l'ora di scuola.

Vostro con rispetto, N. Winkle.

[Ciò di cui sopra è un riconoscimento lodevole di passati cattivi comportamenti. Se il vostro giovane amico studiasse la punteggiatura, farebbe una cosa buona.]

————

Un triste accidente

————

Lo scorso venerdì fummo sorpresi da un colpo violento nella nostra cantina seguito da un grido di spavento. Ci affrettammo in cantina e scoprimmo il nostro amato presidente prostrato sul pavimento poiché era inciampato e caduto mentre prendeva della legna per scopi domestici. Un vero spettacolo di rovina si presentò ai nostri occhi, perché nella sua caduta il signor Pickwick aveva immerso la testa e le spalle in una vasca d'acqua, aveva rovesciato un bricco di sapone liquido, e si era strappato malamente i vestiti. Nell'uscire da questa penosa situazione si scoprì che non aveva subito seri danni, a parte qualche sbucciatura, e siamo felici di aggiungere che egli adesso sta bene. Ed.

––––––––––

Pubblico lutto

Abbiamo il penoso compito di segnalare l'improvvisa e misteriosa scomparsa della nostra cara amica signora Palla di neve-Zampa di velluto.

Questa graziosa e amata gatta era la prediletta di un grande cerchio di calorosi amici. Poiché la sua bellezza attirava tutti gli sguardi, grazia e virtù la rendevano cara ad ogni cuore, la sua perdita è sentita profondamente da ogni comunità. Quando fu vista l'ultima volta era seduta al cancello, guardando il carrello del macellaio e si teme che qualche malvagio tentato dalle sue grazie l'abbia rapita. Sono passate settimane ma non è stata scoperta alcuna traccia di lei, abbandoniamo ogni speranza, leghiamo un fiocco nero al suo cesto, mettiamo da parte la sua scodella, e piangiamola come se fosse morta per sempre.

––––––––––

Un simpatizzante ci invia la seguente gemma:

"Un lamento"
per Palla di neve - Zampa di velluto

––––––––––

Piangiamo la perdita della nostra cucciola e singhiozziamo per il suo triste fato, poiché mai più ella siederà presso il fuoco, né giocherà vicino al vecchio cancello verde.

La piccola tomba dove giace il suo piccolo, è vicino al castagno, ma sulla sua tomba non possiamo piangere perché non sappiamo dove ella è.

Il suo letto vuoto, la sua palla ferma, non la vedremo mai più, nessun passo lieve, fusa affettuose sono udite alla porta del salotto.

Un'altra gatta rincorre i suoi topi, una gatta dal viso sporco, ma non dà loro la caccia come la nostra amata. Né gioca con la sua grazia leggera.

Le sue zampe si posano là dove Palla di neve era solita giocare, ella è utile e fa del suo meglio, ma non è bella da vedere, e non possiamo darle il tuo caro posto, né amarla come amiamo te.

A.S.

Annunci

Miss Oranthy Bluggage, la nostra famosa lettrice terrà la conferenza su "La donna ed il suo ruolo", a Pickwick Hall, il prossimo sabato sera dopo il solito intrattenimento.

L'incontro settimanale sarà tenuto nella cucina, per insegnare alle giovani signore come cucinare, lo presiederà Anna Brown, e tutti sono invitati a partecipare.

La Società della paletta della spazzatura si incontrerà il prossimo mercoledì e sfilerà in parata al piano superiore della sede della Società. Tutti i membri saranno in uniforme, con le scope in spalla alle 9:00 precise.

Miss Beth esibirà il suo nuovo assortimento di confezioni per bambole la prossima settimana. Sono giunti gli ultimi arrivi della moda parigina, si è quindi in rispettosa attesa degli ordini della clientela.

Un nuovo spettacolo sarà rappresentato al teatro Barnville, entro poche settimane, che sorpasserà qualsiasi cosa sia mai stata vista sui palcoscenici americani, il titolo di questo dramma appassionante è: "Lo schiavo greco, o Costantino il vendicatore."

Consigli

Se S.P. Non utilizzasse tanto sapone per lavarsi le mani non arriverebbe così tardi alla colazione.

A.S. Viene pregato di non fischiare in strada.

T.T. Per favore non dimentichi il tovagliolo di Amy.

N.W. Non deve stizzirsi se il suo vestito non ha nove pieghe.

––––––––––

Rapporto settimanale

Meg - buona.
Jo - cattiva.
Beth - molto buona.
Amy - così così.

––––––––––

Dopo che il Presidente ebbe finita la lettura del giornale, che voglio rassicurare i miei lettori, è una copia fedele dell'originale, scritto dalle ragazze, seguì uno scroscio di applausi, e poi il Signor Snodgrass si alzò per fare una proposta: -Signor Presidente e Signori, - cominciò assumendo un tono ed un atteggiamento da parlamentare, - desidero proporre l'ammissione di un nuovo membro, una persona che lo merita largamente, che ne sarebbe immensamente grato e che innalzerebbe oltre ogni dire lo spirito del club, il valore letterario del giornale e che per giunta è anche cortese e brillante. Propongo il Signor Teodoro Laurence come membro onorario del C.P.. Forza accettiamolo!-

L'improvviso cambio di tono di Jo fece ridere le ragazze, ma tutte erano un po' dubbiose, e nessuna disse una parola mentre Snodgrass si rimetteva a sedere. - Lo metteremo ai voti!- Disse il Presidente, - chi è in favore di questa mozione, per favore lo manifesti dicendo sì.- Una sonora risposta da Snodgrass, seguita a sorpresa di tutti da un timido "sì" di Beth. -Chi è contrario dica "no" - . Meg ed Amy erano contrarie ed il Signor Winkle si alzò per dire, con grande eleganza: - non desideriamo ragazzi, sanno solo scherzare e far disordine! Questo è un club femminile e vogliamo che sia appropriato e riservato. Temo che riderebbe del nostro giornale e dopo ci prenderebbe in giro.- Osservò Pickwick tirandosi il ricciolo che aveva sulla fronte, come faceva sempre quando era in preda ad un dubbio. Si alzò su Snodgrass e parlò seriamente: -

Signore, vi do la mia parola di gentiluomo, Lord Laurie non farà niente del genere. A lui piace scrivere, innalzerà il tono del giornale e ci impedirà di diventare troppo sentimentali, non credete? Possiamo fare così poco per lui e così tanto per noi. Penso che il minimo che possiamo fare è offrirgli un posto qui e dargli il benvenuto.

Questa sottile allusione ai benefici di Laurie, fece alzare Tupman con l'aria di chi ha preso una decisione: - Sì dovremo accettarlo, anche se ne abbiamo un po' di timore!-

- Io dico che può venire, e anche suo nonno, se vuole.- Questa energia proveniente da Beth elettrizzò il circolo, e Jo lasciò il suo posto per stringerle la mano con approvazione: -adesso votiamo di nuovo allora, ognuno si ricordi che è il nostro Laurie e dica Sì.- Esclamò Snodgrass eccitato.

- Sì,sì, sì ! - Risposero tre voci all'unisono.

- Bene, che Dio vi benedica! Adesso, poiché non c'è niente come afferrare l'attimo, come osserva Winkle, permettetemi di presentarvi il nuovo membro!- E con viva sorpresa del resto del club, Jo spalancò la porta dello sgabuzzino, e mostrò Laurie che sedeva su un sacco di cenci, arrossato in volto e che tratteneva a stento una risata.

- Disgraziata! Traditrice! Jo come hai potuto! - Urlarono le tre ragazze mentre Snodgrass conduceva trionfante il suo amico innanzi a loro e prendendo una sedia ed un distintivo lo insediava.

- La furbizia di questi due bricconi è stupefacente! - Cominciò Mr. Pickwick cercando di apparire terribilmente gelido e riuscendo solo a produrre un sorriso. Ma il nuovo membro fu all'altezza della situazione, e alzandosi salutando con riconoscenza la presidenza, disse nel modo più cortese: - Signor Presidente, e Signore, chiedo scusa, Gentiluomini, permettete di presentarmi Sam Weller, il servo più umile di questo club.-

- Bene! Bene! - Esclamò Jo battendo sul tavolo, col manico di un vecchio scaldino.

- Il mio fedele amico e nobile protettore,- continuò Laurie con un ampio gesto della mano, che mi ha introdotto in un modo così subdolo, non deve essere incolpato dello stratagemma di stasera, io l'ho progettato e lei ha accondisceso solo dopo molte insistenze.-

- Dai, non prendere la colpa tutta su di te, sai che ti avevo proposto di nasconderti nell'armadio! - Scoppiò Snodgrass che si stava divertendo molto.

- Non badate a ciò che dice, sono io il delinquente che ha fatto tutto, Signore.- Disse il nuovo membro con un cenno alla Sam Weller, rivolto verso Pickwick, - ma sul mio onore non lo farò mai più, e d'ora in avanti dedicherò me stesso al bene di questo circolo immortale.- Udite, udite! -

Gridava Jo battendo il coperchio dello scaldino, come se fosse un cembalo, - Continuate!- Aggiunsero Winkle e Tupman, mentre il Presidente si inchinava benevolmente.

– Voglio solo dire che come piccolo pegno di gratitudine per l'onore concessomi, ed allo scopo di promuovere relazioni amichevoli tra nazioni confinanti, ho messo un ufficio postale in un angolo del giardino, una costruzione bella e spaziosa con chiavistelli alle porte e tutto l'occorrente per la corrispondenza dei membri, anche femminili, se mi è concessa questa parola. E' il vecchio capanno degli attrezzi ma ci ho fatto mettere una porta e aprire una finestra sul tetto. Potrà contenere ogni genere di cose, e farci risparmiare tempo prezioso: lettere, manoscritti, libri e pacchi possono essere depositati lì, poiché ogni nazione ha una chiave, e mi immagino che andrà tutto meravigliosamente, permettetemi di donarvi la chiave del club. - Con molti ringraziamenti Laurie ritornò a sedere.

Grandi applausi mentre Mr. Weller depositava la piccola chiave sulla tavola e si sedeva. Il coperchio dello scaldino sbatté ancora rumorosamente, e ci volle del tempo prima che tornasse l'ordine, seguì una piccola discussione dove tutti si rivelarono con sorpresa al loro meglio, così fu un incontro insolitamente vivace, e non si aggiornò che ad ora tarda, con tre urrà strillati per il nuovo membro. Nessuno si pentì mai della missione di Sam Weller poiché nessun club poté avere mai un membro più devoto, gioviale e beneducato di lui, certamente egli aggiunse spirito agli incontri ed innalzò il tono del giornale. I suoi discorsi facevano morire dal ridere l'uditorio ed i suoi contributi erano eccellenti, essendo patriottici, classici, comici e drammatici ma mai sentimentali. Jo li considera degni di Bacon, Milton, o Shakespeare e le servirono da esempio per i propri, con un buon risultato, ella credeva. L'ufficio postale fu una piccola, importante istituzione, e fiorì in modo eccellente, perché passavano di lì cose di tutti i generi, proprio come da un vero ufficio postale: tragedie e cravatte, poesie e sottaceti, semi di giardino e lunghe lettere, musica e biscotti di pan pepato, gomme, inviti, biscotti, marionette. Il vecchio gentiluomo amava questo gioco e partecipò anch'egli inviando strani involti, messaggi misteriosi e buffi telegrammi, ed il suo giardiniere che era un ammiratore di Anna, se ne servì per inviarle una lettera d'amore attraverso Jo. Come risero tutti quando il segreto venne fuori, senza mai immaginare quante lettere d'amore quel piccolo ufficio postale avrebbe visto passare negli anni a venire!

CAPITOLO UNDICESIMO

Esperimenti.

– Il primo di giugno! Sono finalmente libera! I King partono domani pel mare! Tre mesi di vacanza! Come sarò felice!!! – esclamò Meg dopo pranzo, entrando in casa e trovando Jo distesa sul sofà in uno stato d'insolito sfinimento; Beth che si levava le scarpe polverose ed Amy che faceva la limonata per rinfrescare tutta la compagnia.

– La zia March se n'è andata oggi; pel quale mirabile evento gioisci, o mio cuore! – gridò Jo.

– Sono stata sulle spine perché temevo che mi chiedesse di accompagnarla e, se me lo domandava, sarei stata costretta ad accettare un invito così gentile; ma Plumfield è una specie di cimitero e preferisco esser rimasta a casa! Abbiamo avuto un gran da fare prima di poterla bene imballare nella sua carrozza ed io tremavo ogni volta che mi dirigeva la parola, perché per farla partir più presto aiutavo tutto e tutti e mi rendevo talmente utile che temevo che all'ultimo momento sarebbe stata incapace di fare il sacrificio di separarsi da me. Tremai fino all'ora in cui fu in legno ed ebbi un ultimo terribile spavento al momento in cui partiva poiché mise il capo fuori dello sportello dicendo – Giusep-pina, non vuoi...? – Non sentii altro perché mi detti vigliaccamente alla fuga e non smisi di correre finché non ebbi voltata la cantonata ove mi sentivo al sicuro.

– Povera Jo! Quando è entrata in casa sembrava che avesse dietro di sé una mandria di orsi! – disse Beth abbracciando con tenerezza materna i piedi di sua sorella.

– La zia March è un tapiro, non è vero? – osservò Amy assaggiando la sua limonata.

– Vuoi dir vampiro! Ma non importa! Con questo caldo non si può essere tanto esatti nel parlare – mormorò Jo.

– Che cosa farai durante le vacanze? – domandò Amy, cambiando subito discorso.

– Io starò a letto fino a tardi, non farò nulla tutto il santo giorno – rispose Meg dai recessi della poltrona a dondolo. – Mi sono dovuta alzar presto tutto l'inverno; ho dovuto lavorare come un cane per gli altri ed è giusto che faccia adesso il comodo mio per rimettermi delle fatiche passate.

– Hum! – disse Jo – tutto ciò non fa per me; io ho già messo da parte un mucchio di libri e passerò le mie giornate seduta sul mio vecchio amico, il ramo di melo, a leggere oppure facendo qualche altra cosa che mi piace.

– Sai che cosa faremo noi, Beth? Metteremo da parte le lezioni e faremo il chiasso tutto il giorno per riposarci un po' come fanno Meg e Jo – propose Amy.

– Sì, se mammina acconsente. Io voglio imparare delle nuove canzoncine e poi tutte le mie povere invalide hanno bisogno di vestiti da estate. Debbo rivestirle ed accomodarle tutte da capo a piedi.

– Possiamo farlo, mammina? – domandò Meg volgendosi verso la signora March, che cuciva nell'angolo chiamato dalle ragazze «il cantuccio della mammina».

– Potete farne la prova per una settimana e vedere come ciò vi piace. Credo che, arrivate a sabato sera, troverete che il divertirsi tutto il giorno e non lavorare mai è peggio forse che lavorar sempre e non divertirsi mai.

– Oh, no, mammina! Vedrai come staremo bene! – disse Meg con compiacenza.

– Ed io propongo un brindisi: Divertimenti sempre e sgobbare mai! – gridò Jo alzandosi col bicchiere della limonata in mano.

Tutti bevvero ridendo e cominciarono l'esperimento quello stesso giorno, restando colle mani in mano tutto il dopopranzo.

La mattina dipoi Meg non fece la sua comparsa che alle dieci; ma la colazione non le parve buona come al solito e la stanza sembrava disordinata e triste, poiché Jo non aveva empito i vasi di fiori, Beth non aveva spolverato ed i libri di Amy erano sparsi qua e là. Nulla era in ordine eccetto il «cantuccio della mammina» ed ivi si rifugiò Meg per «riposarsi e leggere» ma in verità per sbadigliare, pensando ai colori ed alle fatture dei bei vestiti nuovi che si sarebbe comprata col suo salario. Jo passò la mattinata a remare sul fiume con Laurie ed il dopopranzo arrampicata sul ramo del melo, a leggere ed a commuoversi sulle sorti degli eroi del romanzo «Il gran mondo».

Beth cominciò col vuotare l'armadio delle sue bambole, ma, stancatasi prima di aver finito, lasciò tutto sottosopra ed andò a suonare il pianoforte, contenta e felice di non dover lavare i piatti.

Amy andò prima ad annaffiare i suoi fiori, indossò il suo più bell'abitino bianco, si accomodò i riccioli biondi e si mise a disegnare sotto il pergolato, sperando che qualcuno, vedendola, avrebbe domandato il nome della giovane artista. Alla fine, non avendo attratto che l'attenzione di un ragno impertinente che guardò con interesse il suo lavoro, andò a fare una passeggiata, fu sorpresa da uno scroscio di acqua che la bagnò tutta da capo a piedi e tornò a casa gocciolante da tutte le parti.

Mentre prendevano il tè, ognuna di loro diede il resoconto della sua giornata e tutte furono d'accordo nel dire che si erano divertite assai, ma che il tempo era parso loro un po' lungo.

Meg, che nel dopopranzo ora andata a comprarsi un «bellissimo abito celeste», aveva scoperto, dopo averlo già tagliato, che esso non si poteva lavare e questo l'aveva messa di cattivo umore.

La povera Jo aveva tutto il naso scorticato dal sole e per di più un terribile mal di testa per aver letto troppo nel dopopranzo.

Beth era arrabbiata perché il suo armadio era tutto in disordine ed essa non aveva potuto imparare tutte in una volta tre o quattro canzoni nuove, ed Amy si lamentava del danno fatto al suo vestito, perché, dovendo Katie Brown dare una festicciola proprio il giorno dopo, non sapeva ora più che cosa mettersi. Ma queste erano tutte cose da nulla e le ragazze assicurarono la mamma che questa nuova vita era di loro piena soddisfazione. Ella sorrise, non rispose e, coll'aiuto di Anna, si mise a fare il lavoro che le ragazze avevano negletto, rendendo in tal modo la casa pulita, ordinata, così com'era di solito. Ma ben presto le ragazze si accorsero, con grandissima meraviglia, che questo esperimento diventava ogni giorno più noioso. I giorni si facevano sempre più lunghi; il tempo si faceva ognor più variabile e con esso gli umori; a tutte pareva di avere un terreno instabile sotto ai piedi e tutte, per passare il tempo, si dedicavano ad ogni sorta di monellerie e di nuove invenzioni. Meg tirò fuori un po' di cucito, ma questo le venne subito a noia ed essa si mise a tagliare e ridurre tutti i suoi vestiti, sforzandosi di renderli di moda come quelli della Moffat.

Jo lesse finché gli occhi le diventarono rossi e lacrimosi dalla stanchezza ed i libri le diventarono insopportabili: ma, non sapendo come impiegare il tempo, divenne talmente di cattivo umore che anche il buon Laurie ebbe una gran lite con lei, cosa che le dispiacque tanto che cominciò a desiderare di esser partita colla zia March.

Beth si trovava in migliori condizioni delle altre perché si scordava ogni tanto che ci doveva essere «divertimento senza lavoro» e ritornava alle vecchie abitudini, ma qualche cosa nell'aria la disturbava e parecchie volte perdette la sua solita tranquillità, tanto che un giorno arrivò al punto di scuotere con tutta la forza la sua povera Joanna, dicendole che era un vero «mostro».

Ad Amy, poi, questo nuovo metodo riusciva anche più gravoso che a Meg ed a Jo, perché ella possedeva poche risorse e, quando le sorelle lasciavano che si divertisse sola, s'accorgeva che la sua personcina altamente aristocratica ed istruita era un gran carico.

Nessuna delle ragazze volle convenire che era stanca della prova, ma il venerdì sera ciascuna di loro disse in gran segretezza a sé stessa che era assai contenta che la settimana fosse già quasi terminata. Sperando di dar loro una lezione ancora più salutare, la signora March, che aveva molto spirito, decise di dare all'esperimento una fine appropriata; essa diede perciò un giorno di libertà ad Anna per dare agio alle ragazze di godersi interamente le conseguenze del loro nuovo sistema.

Quando si alzarono il sabato mattina, trovarono che il fuoco non era stato acceso in cucina, che la colazione non era stata preparata e che la mamma era scomparsa.

– Misericordia! Che cosa è successo? – gridò Jo, guardandosi intorno con gran meraviglia.

Meg corse su e fece ben presto la sua comparsa con aria un po' confusa e vergognosa.

– La mamma sta bene, è solamente molto stanca e vuoi stare tutto il giorno in camera sua a riposarsi; dice che noi ce la possiamo cavare come potremo. È molto strano che la mamma faccia una cosa simile e non sembra la stessa persona stamani, ma essa dice che durante questa settimana essa ha faticato molto di più del solito, e noi non abbiamo perciò diritto di brontolare e dobbiamo far da noi.

– Ah, è una cosa semplicissima e mi piace molto, tanto più che desidero tanto di aver qualcosa da fare.... cioè qualche nuovo divertimento – aggiunse Jo, correggendosi subito.

Infatti fu per tutte loro un gran piacere di avere di nuovo qualche cosa da fare, e si misero all'opera con grande ardore. Nella dispensa trovarono varie cose da mangiare, perciò, mentre Beth ed Amy apparecchiavano la tavola, Meg e Jo prepararono la colazione, meravigliandosi che le persone di servizio potessero lamentarsi tanto della grande fatica.

– Porterò su qualcosa alla mamma, benché essa abbia detto che non vuol nulla e che ci pensa da sé, disse Meg che era per quel giorno assunta agli onori di capo di casa. Senza por tempo in mezzo, prepararono un vassoio con la colazione per la mamma e Jo lo portò sui coi complimenti della cuoca. Il tè era amaro, la frittata bruciata ed i biscotti cattivi; ma la signora March accettò con riconoscenza e rise di gran cuore quando Jo fu uscita.

– Povere piccine, non credo che si divertiranno, ma questa piccola lezione non può che far loro del bene! – disse tra sé, togliendo dall'armadino alcune vivande, di cui aveva fatto provvista e facendo scomparire la cattiva colazione – un piccolo sotterfugio di cui le furono tutte molto grate.

Ma giù le cose non andarono così per le lisce: le critiche furono amare, tanto da rendere più grande che mai il dispiacere della cuoca per la cattiva riuscita della sua colazione.

– Non importa, non ci badare; io cucinerò il pranzo e farò da cuoca; tu fai da padrona, tieni le manine pulite, ricevi le visite e dai gli ordini – disse Jo che in fatto di cucina ne sapeva anche meno di Meg.

Ma l'offerta fu accettata di gran cuore e Margherita si ritirò nel salottino, che mise rapidamente in ordine; diede cioè un calcio ai panchetti per metterli sotto al sofà e chiuse gli sportelli per risparmiarsi la fatica di spolverare. Jo intanto, coll'amichevole desiderio di rappattumarsi con Laurie, scrisse ed impostò nella cassetta postale che avevano impiantato nel muro divisorio tra i due giardini, un bigliettino per invitarlo a pranzo.

– Faresti meglio a vedere quello che vuoi per pranzo prima di invitare gente – disse Meg, quando seppe dell'invito.

– Oh, c'è quel!'arrosto freddo e delle patate in abbondanza; comprerò degli asparagi ed un'aragosta per «ghiottornia» come dice Anna, e della lattuga per insalata; non so come si condisca, ma il libro di cucina mi aiuterà. Farò poi il tuo famoso dolce e comprerò delle fragole per frutta e finiremo col caffè giacché vogliamo essere eleganti.

– Non provare tante cose alla volta, Jo, perché non sai far molto; io del pranzo me ne lavo le mani e, giacché hai invitato Laurie sulla tua responsabilità, puoi pur tenertelo e fargli compagnia.

– Non ti domando altro che ricevere gli invitati quando io non ci sono e di aiutarmi a fare il dolce! Spero che non ti dispiacerà darmi dei consigli se faccio dei marroni.– disse Jo un po' offesa.

– Sì, ma anche io ne so ben poco e potrò aiutarti poco e poi, prima di comprare tutta questa roba, domanderai alla mamma se permette, suppongo – rispose Meg.

– Naturalmente! Non sono mica una stupida, sai! – e Jo se ne andò un po' arrabbiata della poca fiducia che Meg aveva dimostrato per la sua arte culinaria.

– Prendete tutto quello che volete e non venite a tormentarmi; io vado a pranzo fuori e non voglio impicciarmi oggi delle cose di casa – disse la signora March, allorché Jo venne a domandare il consenso. Parve a Jo, nel vedere che sua madre, contro ogni sua abitudine, si dondolava tranquillamente sulla poltrona e leggeva a quell'ora, che qualche fenomeno soprannaturale dovesse accadere; un'eclissi, un terremoto, o l'eruzione di un vulcano le sarebbero sembrati forse meno strani.

– Tutto va a rovescio stamani!– disse fra sé scendendo le scale

– C'è Beth che piange di là, segno certo che qualcosa di grave è successo. Se Amy mi secca, le do un paio di scapaccioni!

Molto sconvolta ed inquieta anche lei, Jo corse nel salottino dove trovò Beth che piangeva la morte del suo canarino, il povero Pip, il quale giaceva nella sua gabbia con le zampette stese, come se implorasse il cibo che gli era mancato.

– È tutta colpa mia! Io l'ho ucciso! L'ho dimenticato! Non c'è un granello di panico, né una goccia d'acqua nella gabbia. Oh, Pip, oh, Pip! come sono stata crudele con te! – gridò Beth, prendendo in mano il povero canarino e cercando di riscaldarlo.

Jo osservò attentamente gli occhietti socchiusi, palpò il cuore e sentendolo freddo e muto, scosse mestamente la testa ed offrì a Beth la sua scatola di domino come bara.

– Mettilo nel forno, forse si riscalderà e risusciterà – disse Amy per consolazione.

– No, è morto di fame e non voglio che sia anche cotto, ora che è morto! Gli voglio fare una bara e voglio sotterrarlo per benino e non voglio mai più un uccello, mai più, povero Pip, perché non lo merito, sono troppo crudele e cattiva! – mormorò Beth, seduta in terra tenendo stretta fra le mani la sua povera vittima.

– Faremo i funerali questo dopopranzo, e tutti lo accompagneremo. Non piangere, Beth, è veramente un peccato, ma questa, settimana ogni cosa è andata male ed il povero Pip ne ha avuto la peggio. Fagli il velo mortuario e mettilo nella mia scatola e dopo pranzo gli faremo un bel funerale – disse Jo, cominciando a temere di aver accettata un'impresa quasi quasi al disopra delle sue forze.

Lasciando alle altre la cura di consolare Beth, si avviò verso la cucina, che trovò in uno stato deplorevole. Con un gran grembiule incominciò il suo lavoro ed aveva già preparato tutti i piatti da lavare quando, con sua gran sorpresa, s'accorse che il fuoco era spento.

– Una bella prospettiva – brontolò Jo, aprendo con un gran picchio il fornello e rimestando con forza la cenere. Quando finalmente l'ebbe riacceso pensò di andare a far la spesa, mentre l'acqua si scaldava. La camminata le rinfrancò lo spirito e, colla certezza di aver fatto dei buonissimi affari, se ne tornò a casa con una aragosta molto giovane, un mazzo di asparagi duri come legno e due scatole di fragole acide. Arrivata a casa, trovò che il forno si era scaldato quasi troppo e che tutto era pronto. Anna aveva lasciato della pasta a lievitare, Meg l'aveva lavorata, l'aveva messa sul davanti del camino per farla ancora lievitare e l'aveva dimenticata. Essa se ne stava tranquillamente nel salottino a ricever la visita di Sallie Gardiner, quando la porta si aprì con fracasso ed una figura scapigliata, polverosa, infuocata, rossa, fece la sua comparsa ed una voce domandò: – Oh Meg, il pane non è abbastanza lievitato, quando...?

– Sallie cominciò a ridere; ma Meg accennò di sì col capo e rialzò le sopracciglia quanto poté, il che fece sparire immediatamente l'apparizione e Jo se ne tornò in cucina a mettere subito il suo povero pane acido nel forno. La signora March intanto era uscita, dopo aver dato un'occhiatina qua e là per vedere come andavano le cose ed aver consolato con qualche parola Beth che ora cuciva un telo per involgere il suo povero morticino, giacente nella scatola del domino.

Le ragazze provarono come un senso di solitudine quando il cappellino grigio sparve dietro alla cantonata, ma quale non fu la loro disperazione quando, pochi minuti dopo, la signorina Crocker fece il suo ingresso nella casa, dicendo che voleva restare a pranzo. Questa signora era una vecchia zitellona, piccola, gialla, con un naso adunco e due occhietti impertinenti, che vedevano tutto. Era per di più una gran chiacchierona, per cui le ragazze non la potevano vedere, ma la rispettavano perché era vecchia e povera ed aveva pochi amici. Meg le diede subito una poltrona e cercò d'intrattenerla mentre ella faceva delle domande e criticava tutto e tutti, raccontando la cronaca delle persone di conoscenza.

È impossibile raccontare le inquietudini che ebbe Jo quella mattina, né gli esperimenti, le prove, le fatiche che dovette sopportare. Temendo di far ancora peggio, se domandava consigli ad altri, fece da sola come poté e venne ben presto alla conclusione che l'energia ed il buon volere non bastano per formare una brava cuoca. Fece bollire gli asparagi per un'ora e fu assai mortificata nel vedere che le punte si staccavano pel troppo cuocere ed i gambi erano più duri che mai. Il pane si bruciò tutto; in quanto all'insalata le dava tanto pensiero il condirla che dimenticò ogni altra cosa. L'aragosta era per lei un mistero e dopo averla battuta, tormentata e stuzzicata con coltelli, martelli e cucchiai, riuscì a cavarne tanta poca polpa da poterla nascondere fra due foglie di lattuga. Dovette togliere le patate dal fuoco per non fare diventare freddi gli asparagi, e rimasero perciò mezze crude; il dolce riuscì duro e le fragole, dopo essere state pulite, non sembravano così mature e buone come lo erano dapprima.

– Peggio per loro! Mangeranno l'arrosto freddo e del pane col burro se hanno fame! È disgustoso star qui tutta la mattina a faticare come un cane e non riuscire a far nulla! – disse Jo tra sé, mentre suonava il campanello del pranzo mezz'ora più tardi del consueto e si avvicinava rossa, stanca e di malumore, al tavolino ove era stato preparato con pompa il pranzo, per Laurie, avvezzo ad ogni sorta di ricercatezze e per Miss Crocker, i cui occhi avrebbero scoperto ogni magagna e la cui lingua lunga lunga ne avrebbe fatto la favola nel paese.

La povera Jo sarebbe volentieri scomparsa sotto la tavola vedendo che tutti i suoi piatti venivano assaggiati l'uno dopo l'altro e poi lasciati, mentre Amy se la rideva, Meg diventava sempre più oscura, la signorina Crocker faceva dei versacci e Laurie, per salvare la situazione, parlava e rideva a più non posso. Il cavallo di battaglia di Jo erano però le fragole, poiché le aveva bene inzuccherate e le aveva messe in una fruttiera di cristallo piena di crema. Le sue guance infocate si rinfrescarono un poco e diede un sospirone di contentezza nel vedere i bei piattini di vetro che giravano, mentre tutti guardavano con occhio benigno le graziose isolette rosse, nuotanti in un mare di crema. La signorina Crocker le assaggiò prima di tutti, fece un'orribile smorfia e bevve rapidamente un sorso d'acqua. Jo, che aveva rifiutato per il timore che non ce ne fossero abbastanza (poiché erano molto diminuite dopo la scelta), diede un'occhiata a Laurie, ma questi continuava a mangiare stoicamente benché tenesse gli occhi fissi sul piatto ed avesse una leggera contrazione sulle labbra. Amy, a cui piacevano le cose delicate, ne prese un cucchiaio pieno, incominciò a tossire, nascose la faccia nel tovagliolo e si alzò precipitosamente da tavola.

– Oh! che cosa c'è? – domandò Jo tremando.

– Sale invece di zucchero, e la crema è acida! – replicò Meg con un gesto tragico.

Jo diede un gemito e si lasciò ricadere sulla seggiola; si ricordava di aver preso in fretta un ultimo cucchiaio di zucchero (credeva di zucchero) da una delle scatole poste sulla tavola di cucina e di averlo gettato sulle fragole, e si era dimenticata di mettere la crema nel refrigeratore! Arrossì fino alla radice dei capelli e stava sul punto di scoppiare in pianto, quando incontrò gli occhi di Laurie che non potevano fare a meno di ridere: la colpì ad un tratto il lato comico della situazione e.... invece di piangere, rise fino a che le lacrime le rigarono le gote. Tutti gli altri risero, anche la «brontolona», come chiamavano le ragazze la vecchia signorina e così lo sfortunato pranzo, composto di pane e burro, carne fredda ed olive, terminò fra mezzo a scoppi di risa e l'allegria generale.

– Non ho abbastanza forza per sparecchiare ora, perciò faremo il funerale – disse Jo, allorché si alzarono da tavola e Miss Cracker si preparava ad andare a raccontare la ridicola storiella nella casa di altre conoscenze.

Diventarono tutti seri per riguardo a Beth; Laurie scavò la fossa sotto le felci del pergolato; il povero Pip vi fu deposto con molte lacrime dalla sua padroncina e venne coperto di borraccina, poi una corona di violette fu posata sul sasso, su cui era scritto questo epitaffio, composto da Jo mentre si stava scervellando per il pranzo:

«Qui giace Pip March - morto il 7 giugno- - molto amato, amaramente rimpianto, non mai dimenticato».

Finita la cerimonia, Beth si ritirò in camera, sopraffatta dall'emozione e dall'angustia; ma anche lì non poté trovare riposo; i letti non erano stati rifatti, perciò trovò consolazione al suo dolore nel battere i cuscini e nel mettere tutto in ordine. Meg aiutò Jo a sparecchiare ed a portar via i resti della festa, cosa per la quale impiegarono metà del dopopranzo e che le lasciò così stanche da far loro prendere la risoluzione di contentarsi per la cena di tè e pane e burro. Laurie condusse Amy a fare una scarrozzata, una vera carità da parte sua, poiché la crema acida pareva aver inacidito anche il suo umore. La signora March se ne tornò a casa e trovò le tre ragazze maggiori che lavoravano con tutte le loro forze; uno sguardo alla dispensa le diede un'idea del successo di una delle fasi dell'esperimento.

Prima che le povere massaie si fossero riposate delle fatiche, varie persone vennero a far loro visita e vi fu un vero pandemonio per prepararsi; esse dovettero fare il tè, andar fuori per alcune commissioni, metter due punti ad alcune cose che avevano bisogno di esser accomodate ma che erano state lasciate per]'ultimo istante.

Venne finalmente la sera e una alla volta si riunirono nel giardino, ove le rose di giugno fiorivano meravigliosamente ed una alla volta sospirarono sedendosi come se fossero molto stanche ed annoiate.

– Che giornata orribile è stata questa! – cominciò Jo parlando come al solito per la prima.

– È stata più corta del solito, ma così brutta! – disse Meg.

– Non sembra la stessa casa! – aggiunse Amy.

– Non può esserlo, senza; mammina e senza Pip – sospirò Beth, volgendo gli occhi pieni di lacrime alla gabbia vuota.

– Ecco la mamma, cara, e se vuoi ti comprerò un altro uccellino domani.

Così parlando, la signora March si avvicinò alle ragazze e prese il suo solito posto fra loro coll'aria di una persona stanca ed annoiata del suo giorno di riposo.

– Siete dunque contente del vostro esperimento, ragazze, e volete che vi dia ancora una settimana di divertimento? – domandò mentre Beth le si avvicinava e tutte le altre volgevano verso di lei i volti già rischiarati, come fiori che si volgono verso il sole.

– Io no – disse Jo decisamente.

– E noi neppure – aggiunsero le altre.

– Siete dunque d'accordo con me nel dire che è meglio aver qualche dovere e vivere un poco per gli altri?

– Non far nulla e divertirmi tutto il giorno non fa per me – osservò Jo, scuotendo la testa. Ne sono già stanca e domani mattina voglio incominciare subito a lavorare.

– Se tu imparassi a cucinare un poco? È una cosa utile che nessuna donna dovrebbe ignorare – disse la signora March, ridendo al ricordo del pranzo di Jo poiché aveva incontrato la signorina Crocker e ne aveva già avuti da lei i ragguagli.

– Mammina, tu sei andata via e ci hai lasciate far da noi per vedere come ce la caveremmo, non è vero? – disse Meg che in quel giorno aveva avuto diverse volte dei sospetti.

– Sì, volevo che imparaste che la vera vita comoda consiste nel far con cura il proprio dovere. Quando Anna e io facevamo quel che di solito fate voialtre, ve la siete passata abbastanza bene, benché non creda che vi siate molto divertite, né che foste del miglior umore; poi ho pensato, per darvi una piccola lezione, di farvi vedere che cosa accade quando ciascuno pensa solamente a sé stesso, senza curarsi degli altri. Non credete che sia molto più piacevole l'aiutarsi a vicenda, l'avere doveri giornalieri che fanno godere tanto più le ore libere, e il sopportare con pazienza quello che ci può essere di noioso per rendere la casa bella e piacevole per noi tutti?

– Sì, sì, mamma, è vero! – gridarono in coro le ragazze.

– Allora vi consiglio, ragazze mie, di riprendere i vostri piccoli pesi, perché anche se qualche volta vi sembrano gravi, vi fanno del bene e divengono più facili e leggeri a mano a mano che ci si abitua a portarli.

– Vedrai, mammina, vedrai, lavoreremo come formiche! -- disse Jo – Io, come lavoro delle vacanze, imparerò a cucinare ed il prossimo pranzo che darò sarà un vero successone!

– Io, mammina, cucirò le camicie per papa, invece di lasciartele cucire a te, – disse Meg.

– Io voglio ricominciare le mie solite lezioni e non perder tanto tempo colla musica e colle bambole – disse Beth; ed Amy, seguendo il suo esempio, prese eroicamente la sua risoluzione ed aggiunse: – Ed io voglio studiare la mia grammatica ed imparare a far gli occhielli.

– Benissimo, sono contenta del mio esperimento e credo che non dovrò più ripeterlo; ma ora non andate all'altro estremo e non vi affaticate troppo. Fate il vostro orario giornaliero in modo che la vostra giornata sia utile ed allo stesso tempo dilettevole e datemi la prova che capite il valore del tempo, impiegandolo utilmente. In questo modo troverete che la gioventù sarà bella, la vecchiaia porterà con sé pochi rimpianti e la vita intera sarà un vero successo, nonostante la povertà.

– Ce ne ricorderemo, mamma.

E se ne ricordarono.

CAPITOLO DODICESIMO

Il campo Laurence.

Beth era la distributrice della posta, poiché, stando a casa più di tutti, poteva attendere regolarmente al suo incarico; infatti apriva tutti i giorni con gran piacere la porticina della cassetta e distribuiva tutto quello che vi trovava.

In una calda giornata di luglio ella entrò in casa colle mani piene ed andò di stanza in stanza distribuendo lettere, pacchi, carte, come un vero fattorino postale.

– Ecco il tuo mazzo di fiori, mamma: Laurie non se ne dimentica mai – disse, mettendo il mazzo di fiori freschi nel vaso posto nel «cantuccio della mamma».

– Alla signorina Meg March una lettera ed un guanto – continuò Beth, dando la lettera ed il guanto a Meg, seduta vicino alla madre, che cuciva dei polsini.

– Ma se ne ho lasciato un paio in casa di Laurie! Qui ce n'è uno solo! – disse Meg, osservando attentamente il guanto grigio di cotone – Sei sicura di non averne lasciato cadere uno in giardino?

– No, ne son sicura, perché nella cassetta non ce n'era che uno.

– Che rabbia! Mi secca tanto di avere dei guanti scompagnati! Forse però lo troveranno. Ecco la traduzione di quella canzone tedesca che mi piaceva tanto. Secondo me l'ha scritta il signor Brooke perché questa non è calligrafia di Laurie.

La signora March diede uno sguardo a Meg che, quella mattina, era proprio graziosa nel suo vestito di cotone celeste, con i ricciolini che le svolazzavano sulla fronte, mentre che con aria seria se ne stava cucendo dinanzi al tavolinetto da lavoro, pieno di rocchetti e di stoffe. La guardò, ma Meg, ignara di ciò che passasse nella mente di sua madre, continuava a cucire, a cantare e, mentre le sue dita attendevano all'ago, la sua mente si beava d'immagini pure ed innocenti, come le fresche viole del pensiero che aveva appuntate alla cintura. La signora March sorrise e si tranquillò subito.

– Due lettere per il Dottor Jo, un libro ed un cappellone che copriva tutto l'ufficio! – disse Beth entrando nello studio dove Jo stava scrivendo.

– Che ragazzaccio è quel Laurie! L'altro giorno dissi che desideravo venissero in moda i cappelli grandi perché il sole mi bruciava la faccia. Mi ha risposto: Mettiti il cappellone se ti fa comodo, e non ti curare della moda! – Io dissi che l'avrei certamente portato se l'avessi avuto, ed egli mi ha mandato questo: lo voglio mettere subito per mostrargli che non m'importa nulla della moda – ed appoggiando il cappello sul busto di Platone, Jo si accinse a leggere le sue lettere. Una di sua madre le fece venire le lacrime agli occhi e la rese addirittura felice. Diceva così:

Mia cara,

Ti scrivo un rigo per dirti che con grandissimo piacere vedo ed ammiro gli sforzi che fai per combattere il tuo difetto principale. Tu non parli mai dei tuoi tentativi, dei tuoi successi od insuccessi e credi forse che nessuno li veda all'infuori del tuo Amico celeste a cui tu domandi tutti i giorni aiuto e forza. Io però li ho visti, e credo fermamente nella sincerità della tua risoluzione, perché comincio già a vederne i frutti. Continua, mia cara, le tue battaglie e ricordati che nessuno ti capirà tanto e ti amerà con tanto affetto come la tua

mamma.

– Come mi fa bene! Questo vale un tesoro, più di qualunque altra lode. Oh mammina! Hai ragione nel dire che faccio sforzi per migliorare, e continuerò sempre e non mi stancherò mai ora che ho te per aiuto! – ed appoggiata la testa sulle braccia, Jo bagnò il suo romanzo di lacrime di gioia. Essa aveva veramente creduto che nessuno avesse visto ed apprezzato i suoi sforzi per divenire migliore e questa scoperta inaspettata, proveniente dalla persona che stimava più di tutti ad mondo, era doppiamente incoraggiante. Sentendosi perciò ancora più forte del solito, ella si appuntò la letterina sotto la giacchetta come salvaguardia e scudo contro nuovi attacchi ed aprì la seconda lettera, pronta ad affrontare qualsiasi notizia buona o cattiva che fosse. Con la sua scrittura larga e rotonda così scriveva Laurie:

Cara Jo,

Ho! Ho!

Alcuni ragazzi e ragazze inglesi vengono domani a vedermi e, come è naturale, tengo a farli divertire. Se il tempo è bello desidero piantare le mie tende a Pratolungo e trasportare la carovana lassù, in barca: giuocheremo al croquet, faremo colazione, accenderemo fuochi di gioia, faremo insomma tutto quel che si può immaginare di meglio per divertirci. Sono gente abbastanza simpatica e credo che ci troveremo bene insieme. Brooke verrà per tenere in ordine i ragazzi e Caterina Vaughn farà da chaperonne alle ragazze. Voglio che veniate tutte, non posso permettere a nessun costo che Beth manchi: nessuno la disturberà, me ne incarico io.

Non pensare alle vettovaglie: penso io a tutto – soltanto vieni, per carità! Sii un buon ragazzo!

In grandissima fretta tuo

Laurie.

– Oh che bellezza! – gridò Jo scendendo le scale a precipizio per annunziare la gran notizia a Meg – Naturalmente ci darai il permesso eh, mammina? E saremo anche di aiuto a Laurie, perché io so remare, Meg può aiutare a preparare la colazione e le bimbe possono rendersi utili in qualche altro modo.

– Spero che i Vaughn non saranno gente da dovere stare in etichetta! Li conosci tu, Jo? – domandò Meg.

– No: so soltanto che sono quattro. C'è Caterina, che è maggiore a te; Federico e Francesco, i gemelli, sono presso a poco della mia età e poi vi è una bambina, Grazia, che potrà avere nove o dieci anni. Laurie li ha conosciuti in Francia ed i ragazzi gli sono piaciuti: ma, dal modo con cui parlava di Caterina, ho capito che non deve avere una grande ammirazione per lei.

– Oh! Sono tanto contenta che il mio vestito di cotone sia pulito e stirato; è tanto carino! – osservò Meg con gran compiacenza: – Tu Jo, hai un abito decente da metterti?

– Il mio vestito grigio e rosso mi basta; io remerò e farò il diavolo a quattro, perciò non voglio mettermi della roba che abbia paura di sciupare. Tu verrai, Beth, non è vero?

– Se nessuno dei ragazzi mi parlerà!

– Ci sto attenta io!

– Non voglio fare uno sgarbo a Laurie e non ho paura del signor Brooke, è tanto buono! Ma non voglio né suonare, né cantare, né altro. Aiuterò se c'è bisogno e non darò noia a nessuno, e tu mi prenderai sotto la tua protezione, Jo, non è vero? Allora verrò anch'io.

– Tu sei proprio la mia bimba: cerca di vincere questa tua timidezza e vedrai che te ne troverai bene: combattere i propri difetti non è cosa facile ed io lo so purtroppo: ma una parola d'incoraggiamento fa così bene! Grazie, mammina! – e Jo impresse un bacio affettuoso sulla guancia scarna della signora March.

– Io ho avuto dalla posta una scatola di cioccolatine e quel quadretto che volevo copiare – disse Amy.

– Ed io ho ricevuto un biglietto in cui il signor Laurence mi prega di andare a suonare stasera da lui prima che si accendano i lumi – disse Beth, la cui amicizia col signor Laurence progrediva a gonfie vele.

– Andiamo, ragazze, non stiamo qui a chiacchierare, ma lavoriamo doppiamente oggi per poterci divertire domani con la coscienza tranquilla – disse Jo, prendendo in mano, invece della sua penna, una granata.

La mattina dopo all'alba si cominciò a notare nelle due case un insolito via vai ed un affaccendarsi affrettato. Beth, che si era vestita prima di tutte, dava alle sorelle, dalla finestra dove si era posta in vedetta, il resoconto di quello che accadeva nella casa accanto e ogni tanto le rallegrava con telegrammi importanti

– Ecco l'uomo con la tenda! Vedo il signor Barker che porta su un gran paniere con la colazione. Il signor Laurence sta consultando la banderuola: se venisse anche lui come sarei contenta! Ecco Laurie! Che bel ragazzo! Misericordia! Una carrozza piena di gente! Una signora alta, una bambina e due orribili ragazzi! Uno è zoppo! Poveretto! Ha una gruccia. Laurie non l'ha mica detto! Spicciatevi ragazze, è tardi! Guarda, guarda c'è Ned Moffat! Non è lui Meg? Quello che un giorno ti salutò mentre facevamo delle spese?

– È proprio lui! Curioso che sia venuto! Credevo che fosse andato in montagna! Ecco Sallie! Sono tanto contenta che sia ritornata a tempo per venire anche lei! Sto bene Jo? – disse Meg tutta eccitata.

– Una vera magnificenza: tirati su il vestito e mettiti il cappello diritto: sembra che tu voglia fare la sentimentale, se lo porti così da un lato, senza contare che ti volerebbe via al primo soffio di vento! Siete pronte? Via, andiamo!

– Oh Jo! non ti metti mica quell'orribile cappello? È troppo brutto! Non voglio assolutamente che tu ti renda ridicola in questo modo! – protestò Meg allorché vide che Jo si legava sotto il mento con un nastro rosso il cappellone che Laurie le aveva mandato il giorno innanzi.

– Sì! Certo che me lo metto! E magnifico, così leggero: para il sole ed è bello grande. Non m'importa niente se è ridicolo, anzi farà ridere anche gli altri. – Così dicendo Jo andò difilato alla porta ed uscì di casa seguita dalle altre: una piccola schiera di sorelle con facce allegre e contente e vestite dei loro abiti migliori. Laurie corse ad incontrarle e, con grande cordialità, le presentò ai suoi amici. Il luogo di ricevimento era il prato dinanzi alla casa e per alcuni minuti l'allegra brigata si fermò a chiacchierare ed a ridere. Meg fu contenta nel vedere che la signorina Caterina, benché della rispettabile età di venti anni, fosse vestita con una semplicità che le signorine americane avrebbero fatto bene ad imitare, ed il suo amor proprio fu assai lusingato quando il signor Ned l'assicurò che era venuto unicamente per vedere lei. Jo capì subito perché Laurie non aveva gran simpatia per Caterina; perché quella signorina aveva una certa aria che pareva dicesse: Sono chi sono! non mi toccate! e che contrastava assai con le maniere franche delle altre ragazze. Beth cominciò a fare un esame dettagliato dei due ragazzi e venne alla conclusione che non solo il ragazzo zoppo non era «orribile», ma dolce e debole e promise quindi a sé stessa di esser buona e gentile con lui. Amy trovò che Grazia era una signorina molto ben educata ed allegra; e, dopo essersi guardate per vari minuti senza parlare, diventarono ad un tratto grandi amiche. Dopo aver spedito innanzi la tenda, il «croquet» e la colazione, la compagnia s'imbarcò rapidamente, lasciando sulla spiaggia il signor Laurence, che agitava il cappello in segno di addio. Laurie e Jo remavano in una delle barche, signor Brooke e Ned nell'altra, mentre che Federico, un diavolo di ragazzo, manovrando una piccola barchetta che aveva trovata sulla riva, faceva di tutto per capovolgere le altre due. Il cappello di Jo meritò un unanime voto di plauso: servì a rompere il ghiaccio poiché provocò da principio uno scoppio di risa; faceva poi da ventaglio per l'intera compagnia, agitandosi mentre essa remava ed avrebbe servito da ombrello per tutti, come diceva Jo, se per caso il tempo si fosse messo alla pioggia. Caterina stava, osservando con un'aria un po' meravigliata il contegno di Jo, specialmente quando la udì esclamare al momento in cui aveva perduto un remo: – Cristoforo Colombo! – e quando udì Laurie che le diceva, avendole nel passare pestato i piedi: – Mio caro amico, ti ho fatto male? – Ma dopo averla guardata attentamente col suo occhialino, Caterina venne alla conclusione che era un po' buffa, ma allegra ed intelligente e le sorrise da lontano con grande benignità.

Meg si trovava nell'altra barca, in una magnifica posizione, faccia a faccia coi due rematori, che ammiravano tutti e due la prospettiva e che manovravano i loro remi con non comune sapienza e maestria. Il signor Brooke era un giovane serio, con grandi occhi castagni ed una voce piacevole. Meg ammirava i suoi modi signorili e garbati e lo considerava come una specie di enciclopedia ambulante. Egli non le parlava mai molto, ma la guardava spessissimo e Meg era sicura che non la vedeva di mal occhio. Ned, iscritto com'era in collegio, metteva su tutte le arie dei giovani imberbi che vogliono annoverarsi fra gli uomini fatti; non era molto istruito, ma buono ed allegro, insomma una persona piacevolissima per una scampagnata. Sallie Gardiner divideva la sua attenzione tra il vestito nuovo di piquet che non voleva insudiciare e la conversazione di Federico che teneva Beth sulle spine.

La traversata non durò gran tempo ma, quando giunsero a Pratolungo, un bel prato verde con tre enormi querce nel mezzo ed una striscia di terra ben levigata per giuocare al «croquet», trovarono che la tenda era già stata impiantata ed i cerchi pel «croquet» messi già a posto.

– Benvenuti al Campo Laurence – gridò il giovane ospite, mentre aiutava le signore a scendere dalle barche e queste si guardavano intorno con esclamazioni di gioia e di meraviglia.

– Brooke è il comandante in capo, io il commissario generale, gli altri signori sono gli ufficiali: voi, signore, siete la compagnia! La tenda è in particolar modo per voi, e quella prima quercia sarà il vostro salotto; questa seconda la stanza comune e la terza la cucina da campo. Ora, vogliamo fare una partita a «croquet» prima che faccia troppo caldo? Penseremo poi al pranzo. Francesco, Beth, Amy e Grazia si sedettero all'ombra di uno degli alberi, guardando gli altri otto che giuocavano. Il signor Brooke scelse per compagni Meg, Caterina e Federico; Laurie prese Sallie, Jo e Ned. Gli inglesi giuocavano bene, ma gli americani ancora meglio e disputavano loro il terreno a palmo a palmo, come se li spingesse lo spirito del '76. Jo e Federico ebbero parecchie piccole baruffe ed una volta furono sul punto d'inquietarsi davvero. Jo aveva passato l'ultimo cerchio ed aveva sbagliato il colpo, cosa che l'aveva alquanto seccata. Federico era quasi allo stesso punto e giuocava prima di lei: egli fece il suo tiro, la palla urtò contro il cerchio e si fermò un centimetro troppo indietro; nessuno era vicino, e, cogliendo la buona occasione, Federico dette col piede una piccola spinta alla palla in modo da mandarla un centimetro più avanti e farle passare il cerchio.

– Sono passato! Ora, signorina Jo, l'accomodo io, e vincerò la partita, – disse il signorino, preparandosi a tirare un altro colpo.

– Nossignore! Lei ha spinto la palla, l'ho visto io! Sta a me ora! – disse Jo con forza.

– Sul mio onore non l'ho mossa; può essere ruzzolata un tantino; ma è permesso: si tiri da parte, mi faccia il piacere, e mi lasci giuocare.

– In America non è uso di ingannare, ma mi accorgo che lei, da questo lato, non è americano! – disse Jo furiosa.

– Tutti sanno che gli Americani sono molto più furbi ed ingannatori! A lei! – rispose Federico crochettando la palla di Jo e mandandola a ruzzolare il più lontano possibile.

Jo mosse le labbra per rispondere un'insolenza, ma si ritenne in tempo, arrossì fino alla radice dei capelli e stette lì un minuto, battendo uno dei cerchi con tutta la forza del suo martello, mentre Federico toccava il bastone di fondo e dichiarava con grande contentezza di aver vinto. Jo andò in cerca della sua palla, stette un bel pezzo tra le piante a cercarla, ma quando ritornò era quieta e tranquilla ed attese con pazienza il suo turno. Dovete fare parecchi tiri prima di riconquistare il posto perduto e quando vi arrivò, gli avversari avevano quasi vinto perché non rimaneva in giuoco che la palla di Caterina, che era la penultima ed era proprio vicina al bastone.

– Per Bacco! Siamo fritti! Addio Caterina! La signorina Jo mi deve una rivincita; siamo bell'e andati! – gridò Federico con grande eccitamento mentre tutti si avvicinavano per vedere la fine.

– Gli Americani hanno il dono di essere generosi con i loro avversari – disse Jo, con uno sguardo che fece arrossire Federico specialmente quando li vincono, – aggiunse e, lasciando intatta la palla di Caterina, vinse il giuoco con un magnifico colpo. Laurie gettò il cappello in aria, poi, ricordandosi che non stava troppo bene esultare sulla sconfitta dei suoi ospiti, si fermò a mezzo e si chinò per dire a Jo: – Brava Jo! Lui ha truffato! L'ho visto anch'io, ma non glielo possiamo dire, e non credo che ricomincerà una seconda volta!

Meg la chiamò in disparte col pretesto di appuntarle una treccia che minacciava di sciogliersi e le disse: – Egli era abbastanza provocante da far perdere la pazienza ad un santo, ma tu ti sei saputa frenare, Jo, e ne sono tanto contenta!

– Non mi lodare, Meg, perché sarei pronta a dargli un paio di scapaccioni anche adesso! Se non me ne fossi andata tra gli alberi laggiù per calmare la mia rabbia, non so che cosa sarei stata capace di dirgli! Non sono ancora calma, perciò spero che starà ad una certa distanza! – rispose Jo mordendosi le labbra e guardando Federico dal disotto del suo cappellone.

– È ora di colazione – disse il signor Brooke guardando l'orologio – Commissario generale, volete avere la bontà di accendere il fuoco e di portare l'acqua, mentre la signorina Sallie, la signorina March ed io prepariamo la tavola? Chi sa fare il caffè?

– Jo – disse Meg, contenta di potere raccomandare la sorella, e Jo, sentendo che le sue lezioni di arte culinaria le avrebbero fatto onore quel giorno, andò a compiere il suo ufficio, mentre le bambine accatastavano un mucchio di legna secca ed i ragazzi accendevano il fuoco e portavano l'acqua da una sorgente vicina. La signorina Caterina faceva uno schizzo e Francesco parlava a Beth, che stava fabbricando dei piatti con dei giunchi flessibili. Il comandante in capo ed i suoi aiutanti ebbero ben presto preparata la tavola che invitava a mangiare, ricca come era di cibi e di bevande ed ornata di bei rami verdi. Quando Jo annunziò che il caffè era pronto, tutti sedettero a mensa con grandissima fame, perché la gioventù va soggetta ben idi rado a dispepsie, ed il moto e l'aria mettono appetito. Fu una colazione veramente allegra. Tutti erano di buon umore e frequenti scoppi di risa disturbarono la digestione di un venerabile cavallo che pascolava a distanza.

– C'è del sale, se lo preferisci – disse Laurie offrendo a Jo un piatto di fragole.

– Grazie, preferisco ragni – rispose ella – ripescando due piccoli incauti che avevano trovato la morte nella crema di Jo – Come puoi ricordarmi quell'orribile pranzo, quando il tuo è sotto tutti i rapporti così buono? – soggiunse mentre ambedue, essendo a corto di stoviglie, ridevano e mangiavano dal medesimo piatto.

– Ci credi che mi sono immensamente divertito quel giorno? Non me ne scorderò per un pezzo! E questo non è merito mio: io non ho fatto nulla; sei tu e Meg e Brooke che avete preparato ogni cosa ed io ve ne sono infinitamente grato. Che cosa faremo quando avremo finito di mangiare? – domandò Laurie, vedendo che col finire della colazione la più grande attrattiva era terminata.

– Facciamo dei giuochi di società finché non farà più fresco. Io ho portato il giuoco dei «Poeti» e suppongo che la signorina Caterina ne conoscerà dei nuovi. Vai a domandarglielo, è tua ospite e dovresti stare con lei ed intrattenerla un poco di più,

– E tu che cosa sei? Non sei mia ospite? Credevo che si sarebbe unita a Brooke, ma egli non fa che parlare a Meg, e Caterina se ne sta lì osservando con quel suo ridicolo occhialino! Vado! Vado! Non starmi a fare da mentore per la creanza, Jo, perché non ne hai davvero il diritto.

– Conoscete il giuoco della «Verità»? – disse Sallie.

– Lo spero bene – rispose Meg seriamente.

– Il giuoco, dico.

– Che cos'è?

– Si fa la conta, ed il primo che esce deve rispondere con verità alle domande, che gli vengono rivolte. È molto divertente.

– Proviamolo – disse Jo a cui piacevano gli esperimenti.

La signorina Caterina, il signor Brooke, Meg e Ned non vollero unirsi a questo giuoco, ma Federico, Sallie, Laurie e Jo buttarono giù le dita e fecero la conta: toccò per primo a Laurie

– Chi sono i tuoi eroi? – domandò Jo.

– Mio nonno e Napoleone.

– Qual è la signorina più bella?

– Margherita.

– Quale ti piace di più?

– Jo, naturalmente.

– Che stupide domande! – disse Jo con un'alzata di spalle, mentre gli altri ridevano del modo naturale con cui Laurie aveva risposto.

– Proviamo ancora. «Verità» non è un brutto giuoco – disse Federico.

– Dovrebbe essere molto adatto per lei! – replicò Jo a bassa voce.

Jo fu la seconda a cui toccò di fare il giuoco.

– Qual è il suo più gran difetto? – domandò Federico per vedere se a lei mancasse quella stessa virtù che mancava a lui.

– Un carattere furioso.

– Che cosa desideri più di tutto? – domandò Laurie.

– Un paio di stringhe per le scarpe – rispose Jo, indovinando ed eludendo il fine per cui era stata fatta questa domanda

– Non è la verità; devi dire proprio quel che desideri più di tutto.

– Il genio; non ti piacerebbe potermelo dare, Laurie? – e sorrise con malizia nel vedere il volto deluso di Laurie.

– Quali sono secondo lei le più grandi virtù di un uomo?

– Il coraggio e l'onestà.

– Ora tocca a me – disse Federico.

– Diciamogliene due – disse Jo a Laurie, che assentì col capo e domandò subito:

– Non hai ingannato al croquet?

– Un pochino sì.

– Non consideri la nazione inglese perfetta sotto tutti i rapporti?

– Mi vergognerei di me stesso se non lo credessi.

– È un vero Ercole! Ora signorina Sallie a lei. Prima di tutto mi permetta di domandarle se non è un po' civetta – disse Laurie mentre Jo sorrideva a Federico in segno di pace.

– Ragazzo impertinente! Si sa che non lo sono! – rispose Sallie con un'aria che diceva perfettamente il contrario.

– Che cosa odia più di tutto?– domandò Fred.

– I ragni ed il budino di riso.

– Che cosa le piace più di tutto?– chiese Jo.

– I guanti francesi ed il ballo.

– Sentite, mi pare che questo giuoco sia assai stupido; facciamo il giuoco degli autori per rinfrescarci la mente – propose Jo.

Ned, Francesco e le bambine si unirono a loro per far questo giuoco ed i tre maggiori sedettero un po' lontano chiacchierando tra di loro. La signorina Caterina riprese a disegnare il suo schizzo, Meg la stava guardando, mentre il signor Brooke, sdraiato sull'erba, teneva in mano un libro che non leggeva.

– Come disegna bene! Quanto pagherei poter disegnare anch'io!– disse Meg con grande ammirazione mista ad un po' di dispiacere.

– Perché non impara? Credo che avrebbe talento – disse la signorina Caterina graziosamente.

– Non ho tempo.

– Suppongo che sua madre preferirà che studi qualche altra cosa, non è vero? Anche la mia faceva lo stesso, ma, io, per provarle che avevo talento, presi qualche lezione di nascosto ed ella acconsentì poi a farmi continuare. Non può far lo stesso lei colla sua governante?

– Non ho una governante.

– Ah è vero! Mi dimenticavo che in America c'è, molto più che da noi, l'uso di mandare le signorine a scuola. Le scuole sono anche molto belle mi dice papà. Lei va ad una scuola privata, suppongo?

– No, non vado a scuola. Sono una governante io stessa.

– Ah, davvero! – disse la signorina Caterina, ma un «Dio mio che roba!» avrebbe avuto lo stesso effetto, perché il tono in cui fu detto quel «davvero» fece arrossire Meg e le fece desiderare di non essere stata tanto franca.

Il signor Brooke alzò il capo e disse subito: – Le signorine in America vogliono essere indipendenti, come lo erano i loro antenati e sono ammirate e rispettate più delle altre, quando vivono col frutto del loro lavoro.

– Naturalmente, naturalmente, anzi è molto bello e molto utile per loro di fare così. Anche noi abbiamo delle signorine rispettabilissime e bravissime che fanno le governanti e sono generalmente impiegate in case nobili, poiché, essendo figlie di signori, sono bene educate ed istruite – disse la signorina Caterina con un tono di protezione, che urtò Meg e che le fece considerare il suo lavoro non solo noioso ma degradante.

– Le è piaciuta quella canzone tedesca, signorina March? – domandò il signor Brooke, rompendo un silenzio imbarazzante.

– Oh sì! È così dolce! E sono molto grata a chi me l'ha tradotta – e Meg alzò il volto già un po' rasserenato.

– Ella non legge il tedesco? – domandò la signorina Caterina con sorpresa.

– Non bene! Mio padre che me lo insegnava è adesso partito e non faccio progressi da sola perché nessuno può correggere la mia pronunzia.

– Provi un po' adesso: ecco un libro: «Maria Stuarda» di Schiller ed un tutore a cui piace l'insegnamento – disse il signor Brooke ponendole con un sorriso il libro sulle ginocchia.

– È tanto difficile che ho paura di leggere davanti a loro! – disse Meg, grata del pensiero, ma vergognandosi di fare degli errori in presenza di una signorina così istruita come Caterina.

– Leggerò prima un po' io, per incoraggiarla – e la signorina Caterina prese il libro e lesse una delle più belle parti, in modo assai corretto, ma freddo: e privo di espressione. Il signor Brooke non fece commenti e, quando ebbe finito la signorina, dette il libro a Meg, che disse innocentemente: – Credevo che fosse poesia!

– Alcune parti infatti lo sono: provi a leggere qui.

Vi era un sorriso curioso sulle labbra del signor Brooke, allorché additò a Meg il lamento della povera Maria.

Meg, obbediente, seguendo il filo d'erba che adoperava il suo nuovo tutore, lesse, a voce bassa e timidamente, rendendo colla soave intonazione della sua voce, poetiche e dolci le dure parole. Il filo d'erba proseguiva, proseguiva avvicinandosi alla fine della pagina e Meg, sedotta dalla bellezza della scena, dimentica affatto dei suoi ascoltatori, lesse come se fosse stata sola, dando un'intonazione un po' tragica alle parole dell'infelice regina. Se avesse veduto allora gli occhi neri, avrebbe smesso di leggere: ma non si volse mai verso il signor Brooke e perciò la lezione non ne ebbe a soffrire.

– Benissimo, benissimo – disse il signor Brooke appena Meg smise di leggere, omettendo completamente i suoi molti sbagli e come se veramente il dar lezione fosse per lui un piacere. La signorina Caterina guardò attraverso le lenti il piccolo quadretto che le stava dinanzi, poi chiuse l'album di disegno e disse con grande condiscendenza:

– Ha un accento molto buono, e, col tempo, leggerà assai bene, credo. La consiglio di continuare a studiare poiché il tedesco, per una governante, è assai utile. Bisogna che richiami un po' Grazia all'ordine; vedo che fa troppo chiasso – e la signorina Caterina, se ne andò tranquillamente, mentre che, con un'alzata di spalle, diceva tra sé:

– Non son mica venuta a fare da chaperonne ad una governante anche se è giovane e carina! Come sono curiosi questi americani! Temo che Laurie si guasti in mezzo a loro!

– Mi scordavo che gli Inglesi guardano dall'alto in basso le governanti e non le trattano come le trattiamo noi – disse Meg, guardando Caterina che si allontanava con un'aria un po' annoiata.

– Anche i precettori non se la passano tanto bene laggiù, come so purtroppo per mia esperienza. Per noi professionisti, signorina Meg, non c'è paese come l'America – disse il signor Brooke con una espressione così tranquilla e contenta che Meg si vergognò d'essersi lamentata.

– Allora sono contenta di viverci. Il mio lavoro non mi piace. ma ne ricavo qualche soddisfazione dopo tutto, perciò non voglio lagnarmi. Se amassi solamente l'insegnamento come lo ama lei!

– Credo che lo amerebbe altrettanto se avesse uno scolaro come Laurie. Mi dispiacerà assai perderlo l'anno venturo! – disse il signor Brooke, intento a fare buchi nella terra col suo bastone.

– Egli andrà all'Università, suppongo? – dissero le labbra di Meg, ma i suoi occhi aggiunsero: – E lei cosa farà?

– Sì, è tempo che Laurie vada all'Università, è già quasi preparato ed appena sarà in grado di entrarvi, io mi farò soldato.

– Ne sono tanto contenta – esclamò Meg. Credo che ogni giovane dovrebbe andare alla guerra benché sia molto spiacevole per le povere madri e per le sorelle che debbono restare a casa! – aggiunse con dolore.

– Non ho né madre né sorelle e pochi amici a cui possa importare se sono vivo o morto! – disse il signor Brooke amaramente, mentre, senza pensarci, metteva la rosa morta nel buco che aveva fatto e la copriva di terra come in una tomba.

– A Laurie ed al suo nonno importerebbe assai e noi tutti saremmo dolentissimi se le dovesse accadere qualche disgrazia – disse Meg calorosamente.

– Grazie....– cominciò il signor Brooke, ed il suo volto si rasserenò, ma prima di poter finire il discorso, Ned apparve, montato su di un vecchio cavallo, per mostrare alle signorine la sua arte nel cavalcare e non vi fu più pace in quel giorno.

Francesco, intanto che sedeva vicino a Grace ed Amy che chiacchieravano animatamente tra loro, annoiato dai loro discorsi, con un movimento d'impazienza, spinse lontano da sé la gruccia, mentre guardava con invidia gli altri ragazzi che facevano ogni sorta di comiche evoluzioni ginnastiche. Beth, che raccoglieva i biglietti con cui avevano giuocato ai «Poeti», lo guardò e disse, con la sua vocetta timida e amichevole: – Non è stanco? Posso far niente per lei?

– Mi parli un po': è così noioso star qui solo solo! – rispose Francesco, che evidentemente era avvezzo ad essere tenuto in gran conto a casa sua. Se le avesse domandato di improvvisargli lì per lì un'orazione latina ciò sarebbe sembrato alla timida Beth un'impresa assai più facile: ma ora non poteva nascondersi; non vi era Jo a cui potesse rivolgersi, non vi era che il povero ragazzo zoppo che la guardava con un'espressione tale che, prendendo il coraggio a due mani, Beth decise di tentare almeno di intrattenerlo. – Di che cosa le piace parlare? – diss'ella intenta alle sue carte e lasciandone cadere la metà negli sforzi che faceva per legarle tutte insieme.

– Mi piace sentir parlare del cricket e di regate e di cacce – disse Francesco, che non aveva ancora imparato a contentarsi di quei divertimenti che gli consentivano le sue forze.

– Santo Dio! Come faccio? Se non so nulla di quella roba! – pensò la povera Beth e, scordandosi, nella sua confusione, della disgrazia del povero ragazzo, cercò di farlo parlare col dire: – Non ho mai visto una caccia, ma suppongo che lei conoscerà bene tutto ciò che si riferisce a quel divertimento!

– Una volta sì! Ma non potrò mai più andare a caccia perché mi feci male a questa gamba appunto nel saltare una siepe! Oramai posso dire addio ai cavalli ed ai cani! – disse Francesco con un sospiro che fece male a Beth poiché era la conseguenza della sua innocente spensieratezza.

– I loro cervi sono molto più belli dei nostri brutti bufali – disse essa, cercando un aiuto in uno dei libri preferiti di Jo che oggi si sentiva felice di aver letto.

I bufali furono un argomento adatto ed interessante ed il desiderio di divertire un altro fece sì che Beth scordò sé stessa e non si accorse davvero della meraviglia prodotta sull'animo delle sorelle alla vista di Beth che parlava animatamente con uno di quei ragazzi contro a cui aveva chiesto protezione.

– Proprio la mia Beth! Ha compassione di lui, perciò cerca di divertirlo – disse Jo guardandola con gran compiacenza dal luogo ove stava giuocando al croquet.

– Ma se l'ho sempre detto che è una vera santa – aggiunse Meg, come se ora non le rimanesse il più piccolo dubbio in proposito.

– È molto tempo che non sento Francesco ridere in quel modo – disse Grazia ad Amy mentre parlavano di bambole e fabbricavano con le ghiande un piccolo servizio da tè

– Mia sorella Beth può essere una ragazza molto fastidiosa quando vuole – disse Amy contenta del successo di Beth. Veramente voleva dire affascinante ma siccome Grazia, non sapeva il senso di nessuna delle due parole, il fastidiosa fece una buonissima impressione.

Un circo messo su lì per lì, una seconda partita a croquet ed altri giuochi fecero terminare il dopopranzo; verso sera la tenda fu levata, i cerchi, i martelli ed il resto della colazione furono riposti e le barche scivolarono silenziose lungo il fiume, mentre che tutta la compagnia cantava a squarciagola.

Ned diventando sentimentale belò una serenata con questo ritornello: - Solo, solo, oh guai a chi è solo! - e giunto ai versi: - entrambi siamo giovani, entrambi abbiamo un cuore, oh perché dobbiamo star così freddi e lontani! - guardò Meg con una tale espressione sdolcinata, che ella scoppiò a ridere e rovinò la sua canzone.

– Perché sei così crudele con me? - Le bisbigliò in un momento in cui il coro copriva la sua voce. - Ti sei cucita a doppio filo tutto il giorno con quella inglese ed ora ridi di me. - Non volevo farlo, ma sembravi così buffo che realmente non ho potuto trattenermi. - Rispose Meg sorvolando sulla prima parte del discorso, poiché era vero che l'aveva evitato ricordandosi della festa dei Moffat e del discorso che ne era seguito. Ned si offese e si rivolse a Sally per farsi consolare, dicendo in tono acido: - Non ha nemmeno un briciolo di civetteria quella ragazza, vero? -

- Neanche un briciolo ma è molto cara. - Rispose Sally difendendo l'amica anche se ne riconosceva il difetto. - E neanche sa tenere a freno la lingua! - disse Ned cercando di essere spiritoso e riuscendoci come può farlo un qualsiasi uomo molto giovane.

Sul prato ove la compagnia si era incontrata la mattina, ebbe luogo la separazione, con buona notte e arrivederci e cordiali strette di mano, poiché i Vaughn partivano pel Canada e, mentre le quattro sorelle attraversavano il giardino per tornare a casa loro, la signorina Caterina le guardò per un pezzo, poi disse senza quel tono di superiorità che aveva sempre nella voce: – Nonostante le loro maniere un poco libere e troppo espansive, credo che le ragazze americane siano molto simpatiche quando si conoscono a fondo.

- Sono perfettamente d'accordo con lei – rispose il signor Brooke.

CAPITOLO TREDICESIMO

Castelli in aria.

In un caldo pomeriggio di settembre, Laurie si stava comodamente dondolandosi sulla sua amaca, domandandosi cosa stettero facendo le sue vicine, ma era troppo privo per alzarsi e scoprirlo da solo. Era di cattivo umore poiché la giornata era trascorsa in modo insoddisfacente e senza alcun profitto, e avrebbe desiderato poterla ricominciare da capo.

Il clima caldo lo aveva reso indolente e aveva studiato poco, spinto al limite la pazienza del Signor Brooke, scontentato il nonno perché aveva suonato il piano a metà del pomeriggio, spaventato le persone di servizio insidiando il dubbio che uno dei cani stesse per diventare idrofobo e dopo aver alzato la voce con uno stalliere per una immaginaria negligenza, riguardo al suo cavallo, si era buttato sull'amaca, lamentandosi della stupidità del mondo in generale. Finché la pace della bella giornata l'aveva quietato oltre il suo volere. Il suo sguardo si perdeva nel verde egli ippocastani sopra di lui, sognando mille fantasticherie, stava giusto immaginando se stesso in mezzo all'oceano impegnato in un giro intorno al mondo, quando un suono di voci lo riportò al presente in un attimo.

Guardando attraverso la rete vide le sorelle March che uscivano di casa come se fossero dirette in una qualche spedizione. - Che cosa mai faranno adesso quelle ragazze? - pensava Laurie aprendo gli occhi assonnati per guardare meglio, perché c'era qualcosa di davvero particolare negli occhi delle sue vicine: ognuna indossava un grande cappello, in spalla una borsa di tela scura ed in mano un lungo bastone. Meg aveva un cuscino, Jo un libro, Beth un cestino e Amy un album. Attraversarono quietamente il giardino, uscirono dal cancello e cominciarono a salire sulla collina posta tra la casa ed il fiume. - Che idea! - si disse Laurie, - fare un pic-nic e neanche invitarmi. Non possono prendere la barca perché non hanno la chiave, forse se lo sono dimenticato, gliela porterò io così vedrò cosa accade. - Nonostante possedesse una mezza dozzina di cappelli, gli ci volle del tempo per sceglierne uno, poi ci fu da cercare la chiave che scoprì infine di avere in tasca, perciò le ragazze erano scomparse dalla sua vista, quando finalmente scavalcò la staccionata e corse dietro a loro. Prese la scorciatoia per la rimessa delle barche, e aspettò che comparissero, ma non apparve nessuno. Così risalì sulla collina per dare un'occhiata. Un boschetto di pini ne copriva una parte e dal centro di questa macchia proveniva un suono più chiaro del dolce sussurro dei pini o del monotono brusio delle cicale. - Che bel quadretto! - pensò Laurie sbirciando attraverso i cespugli e sbirciando bene ormai ben desto e di buon umore. Era davvero un bello spettacolo! Perché le sorelle sedevano insieme, all'ombra, con la luce del sole che guizzava sopra di loro, la brezza profumata che muoveva loro i capelli, e che rinfrescava i loro visi accaldati. Tutto attorno il piccolo popolo del bosco continuava le loro occupazioni, come se le ragazze non fossero estranee ma vecchie amiche. Meg sedeva sul suo cuscino cucendo attentamente con le sue mani bianche e con il suo aspetto fresco e dolce come quello di una rosa, con il suo vestito rosa sul verde dell'erba. Beth sceglieva delle pigne cadute dagli alberi per farne degli oggetti graziosi. Amy stava disegnando un gruppo di felci e Jo stava lavorando a maglia mentre leggeva ad alta voce. Un'ombra passò sul viso del ragazzo mentre le osservava pensando che avrebbe dovuto andarsene visto che non era stato invitato, eppure esitava, perché si sentiva molto solo e quella quieta compagnia nel bosco, attirava moltissimo quel suo spirito inquieto. Restò così immobile, tanto che uno scoiattolo indaffarato a fare provviste, discese lungo un tronco lì vicino, lo vide tutto d'un tratto e scappò via protestando così forte che Beth si voltò, vide il viso che le spiava dietro i cespugli e lo salutò con un sorriso rassicurante.

– Posso unirmi a voi o disturbo? - chiese Laurie avanzando lentamente, Meg alzò le sopracciglia, ma Jo la prevenne e disse subito: - certo che sì! Te lo avremmo chiesto prima ma pensavamo che non ti interessassero queste attività da ragazze! -

– A me piacciono sempre i vostri giochi. Ma se Meg non mi vuole andrò via. -

– Non ho alcuna obbiezione se fai qualcosa, è contro le regole del gioco stare in ozio qui. - Rispose Meg seriamente ma con grazia.

– Molto obbligato! Farò qualsiasi cosa se mi fate stare qui per un po'. Che laggiù, in casa, c'è il vuoto del deserto del Sahara. Devo cucire, leggere, disegnare, raccogliere pigne, o fare tutto questo insieme? Eccomi ai tuoi ordini! Sono pronto a tutto. - E Laurie sedette con una divertente espressione sottomessa.

– Finisci di leggere la storia mentre io faccio il calcagno. - disse Jo porgendogli il libro.

– Va bene! - fu la docile risposta mentre iniziava, facendo del suo meglio per provare la gratitudine per essere stato ammesso nella "società delle api operose". La storia era lunga e quando ebbe finito, Laurie si avventurò a fare qualche domanda come premio del suo lavoro.

– Per favore signora, potrei chiedere se questa struttura altamente istruttiva e affascinante è di recente fondazione? -

– Volete che glielo dica? - Chiese Meg alle sorelle.

– Riderà. - La avvertì Amy. - Che importa! - disse Jo. - Penso che gli piacerà! - soggiunse Beth.

– Di sicuro! Vi do' la mia parola che non riderò. Dillo Jo! E non avere paura. -

– Paura io di te? Sai che giocavamo ai pellegrini ed abbiamo continuato a farlo con molto impegno, tutto l'inverno e l'estate? -

– Sì, lo so. - disse Laurie assentendo con aria saggia.

– Chi te l'ha detto? - chiese Jo – gli spiriti? -

– No, sono stata io. Ho voluto tirarlo su di morale una sera che voi tutti eravate fuori e lui era giù di corda. La cosa gli era piaciuta, così Jo non sgridarmi. - disse Beth scusandosi.

– Non sai proprio tenere un segreto, ma non importa: adesso ci facilita le cose. -

– Continua per favore! - Disse Laurie mentre Jo si assorbiva nel lavoro con aspetto un po' dispiaciuto, - Oh, non ti ha parlato allora del nostro nuovo programma? Bene, abbiamo cercato di non sprecare le nostre vacanze e ognuna si è assegnata un compito e ci ha lavorato di lena. La vacanza oramai è quasi finita, i compiti sono pressoché finiti e noi siamo veramente felici di non essere state con le mani in mano. -

– Sì, lo credo anch'io. - E Laurie pensò con rimpianto alle proprie giornate oziose.

– Alla mamma piace che stiamo all'aria aperta il più possibile così portiamo qui il nostro lavoro e stiamo proprio bene. Per gioco portiamo nella borsa gli oggetti dei pellegrini: i cappelloni, i bastoni, come facevano anni fa. Chiamiamo questa collina "il monte del diletto" perché da qui possiamo guardare lontano e vedere il paese dove vorremmo andare a vivere un giorno. - Jo indicò e Laurie si alzò per osservare un'apertura tra gli alberi, da cui si poteva vedere l'ampio fiume blu, i prati al di là del fiume e ancora più oltre la periferia della grande città, fino alle verdi colline lontane che si fondevano con il cielo. Il sole era basso ed il cielo splendeva con tutta la bellezza di un tramonto autunnale. Nuvole d'oro e porpora sulle colline, e alte sulle nuvole infuocate cime bianche argentate che brillavano come le guglie di una città celeste.

– Che bello! - disse Laurie piano poiché egli era veloce nel vedere e percepire la bellezza di ogni genere.

– Spesso è così e ci piace guardarlo poiché non è mai uguale, ma sempre splendido! - aggiunse Amy desiderando di poterlo dipingere.

– Jo parla del paese dove speriamo di poter vivere prima o poi! Il paese reale intende, con maiali e polli e con il fieno da tagliare. Sarebbe bello ed io vorrei che fosse qui e che un giorno ci potessimo davvero andare! - disse Beth pensosa.

– C'è un paese ancora più bello di quello dove andremo, se saremo abbastanza buone, - aggiunse Meg con la sua voce più dolce.

– Sembra così lungo aspettare e così difficile. Vorrei volarci subito come quelle rondini e attraversare gli splendidi cancelli. -

– Tu ci andrai Beth prima o poi, non temere, - disse Jo – sono io quella che dovrà lavorare e lottare e arrampicarmi e aspettare e forse alla fine neppure riuscire ad entrare. -

– Ti farò compagnia io se può esserti di conforto. Devo viaggiare molto prima di arrivare in vista della vostra città celeste. Se arrivassi tardi dirai una buona parola per me Beth? - Qualcosa nel viso del ragazzo impensierì la sua piccola amica, ma ella disse allegramente con gli occhi fissi sulle nuvole in movimento: - se qualcuno vuole realmente arrivarci e realmente ci prova per tutta la vita, penso che ci arriverà. perché non credo che ci siano serratura nel cancello né guardie alla porta. Me la sono sempre immaginata come nel quadro in cui anime luminose tendono le loro mani per accogliere poveri cristiani via via che escono dal fiume. -

– Non sarebbe bello se tutti i castelli in aria che facciamo divenissero reali e che noi potessimo vivere dentro di essi? - disse Jo dopo una breve pausa.

– Ne ho fatti così tanti che sarebbe difficile per me dire in quali vivere. - disse Laurie sdraiandosi e gettando pigne allo scoiattolo che aveva tradito il suo nascondiglio.

– Devi sceglierne uno però, qual è il tuo favorito? - chiese Meg.

– Se vi dico il mio, mi dirai il tuo? -

– Sì, se lo fanno anche le altre. -

– Lo faremo! Dai Laurie! -

– Dopo che avrò visitato tutte le parti del mondo che voglio, mi piacerebbe fermarmi in Germania e nutrirmi di tutta la musica che volessi. Là, sarei un famoso musicista e tutto il creato farebbe ressa per ascoltarmi e non starei ad annoiarmi con soldi od affari, ma semplicemente me la godrei e vivrei per ciò che mi piace. Questo è il mio castello favorito, qual è il tuo Meg? -

Margaret sembrava trovasse difficile raccontare il suo, e si sventolò il viso con una felce per scacciare zanzare immaginarie, mentre diceva lentamente: - mi piacerebbe una casa graziosa, piena di ogni tipo di cose magnifiche, buon cibo, bei vestiti, bei mobili, persone piacevoli e tanti soldi. Io sarei la padrona di tutto questo e lo governerei a modo mio, con molta servitù così non dovrei lavorare affatto. Come me la godrei! Però non vorrei stare in ozio, ma fare del bene e far sì che ognuno mi amasse. -

– Non vorresti avere un padrone, nel tuo castello in aria? - chiese Laurie maliziosamente, - ho detto persone piacevoli, - disse legandosi attentamente una scarpa in modo che nessuno potesse vederla in viso.

– Perché non dici che vorresti avere uno splendido, saggio e buon marito e qualche angelico bambino? Sai bene che il tuo castello non sarebbe perfetto senza di essi! - disse esplicitamente Jo che non aveva ancora fantasie tenere e anzi fuggiva le romanticherie, eccetto che nei libri.

– Tu non vorresti avere altro che cavalli, boccette d'inchiostro e libri nel tuo castello! - rispose Meg con petulanza.

– Certo! Vorrei avere una scuderia piena di corsieri arabi, stanze piene di libri ed io scriverei con un calamaio magico in modo che i miei libri fossero famosi come la musica di Laurie. Voglio fare qualcosa di splendido prima di andare nel mio castello! Qualcosa di eroico e meraviglioso che non sarebbe dimenticato dopo la mia morte, non so che cosa, ma mi aspetto di scoprirlo. Ed ho intenzione di stupirvi un giorno, penso che scriverò libri, e diventerò ricca e famosa. Questa è la cosa che mi va di più, quindi è il mio sogno preferito. -

– Il mio è di stare a casa, al sicuro, con papà e mamma, ed aiutare ad aver cura della famiglia. - disse Beth con tranquilla contentezza.

– Non desideri altro? - chiese Laurie.

– Da quando ho avuto il mio piccolo piano sono pienamente soddisfatta. Desidero solo che stiamo tutti bene e restare insieme, niente altro. -

– Io ho tantissimi desideri! Ma il più grande è di essere un'artista e di andare a Roma, e fare bei quadri ed essere la migliore artista del mondo. - Era il modesto desiderio di Amy.

– Siamo gente ambiziosa vero? Ognuno di noi, a parte Beth, vuole essere ricco e famoso e grande sotto ogni aspetto, mi domando se qualcuno di noi realizzerà mai i suoi desideri. - disse Laurie masticando un filo d'erba come un vitello pensieroso.

– Io ho la chiave del mio castello in aria, ma se riuscirò mai ad aprirne la porta, è tutto da vedere. - Osservò Jo misteriosamente.

– Anch'io ho la mia chiave! Ma non mi permettono di usarla. Accidenti al collegio! - Brontolò Laurie sbuffando impaziente.

– Ecco la mia! - Ed Amy agitò la sua matita.

– Io non ce l'ho. - Disse Meg avvilita.

– Sì che ce l'hai, - disse subito Laurie.

– Dove? -

– Nel tuo viso! -

– Che sciocchezza! Non serve a niente...-

– Aspetta e vedrai, se non ti porta qualcosa degno di possedere. - replicò il ragazzo sorridendo al pensiero di un piccolo e delizioso segreto che immaginava di sapere.

Meg arrossì attraverso la felce e non fece domande, ma guardò al di là del fiume, con la stessa sensazione di aspettativa che aveva il Signor Brooke, nel raccontare la storia del cavaliere.

– Se saremo ancora vivi tra dieci anni, incontriamoci per vedere quanti di noi avranno realizzati i propri desideri, o quanto vi siano più vicini nel realizzarli. - Disse Jo già pronta con un progetto.

– Cielo benedetto, quanto sarò vecchia allora! Ventisette anni! - esclamò Meg che si sentiva già grande avendo già compiuto diciassette anni.

– Tu ed io avremo ventisei anni Teddy, Beth ventiquattro ed Amy ventidue. Che compagnia di vecchi! - disse Jo.

– Spero di aver fatto qualcosa per cui esserne fiero per quell'epoca, ma sono un tale pigrone che temo che mi sarò gingillato, Jo. -

– Hai bisogno di uno scopo! dice la mamma, e quando lo hai, ella è sicura che lavorerai splendidamente. -

– Davvero? Per giove, lo farò, se solo ne avrò la possibilità.! - Esclamò Laurie tirandosi su a sedere con improvvisa energia. - dovrebbe bastarmi il compiacere il nonno e faccio del mio meglio ma è proprio un lavorare contro voglia, ed è faticoso. Egli desidera che io instauri un commercio con le Indie, come ha fatto lui, e piuttosto mi farei sparare, odio il tè, le sete e le spezie, ed ogni tipo di mercanzia trasportata dalle sue navi, e non mi importerebbe nulla se tutte le navi, appena fossero diventate mie, andassero a picco. Andando al collegio, dovrei soddisfarlo, perché dandogli quattro anni della mia vita dovrebbe poi lasciarmi fuori dai suoi affari. Ma lui ha deciso ed io devo fare proprio come lui, a meno che non fugga via, e segua il mio intento, come fece mio padre. Se ci fosse qualcuno che stesse con il vecchio signore, scapperei domattina! - Laurie parlava con eccitazione, e sembrava pronto a mettere in pratica la sua minaccia alla più piccola provocazione, poiché stava crescendo molto velocemente e nonostante i suoi modi indolenti, celava l'odio di ogni giovane per l'essere sottomessi, ed il desiderio di ogni giovane uomo impaziente, di sperimentare il mondo da solo.

– Ti consiglio di imbarcarti in una delle tue navi e di non tornare a casa fino a che non hai imparato a vivere a modo tuo! - disse Jo la cui immaginazione si era accesa all'idea di una tale avventura e la cui simpatia era rivolta verso quelli che lei chiamava "i torti di Teddy".

– Questo non va bene Jo! Non dovresti parlare così, e Laurie non dovrebbe seguire il tuo consiglio sbagliato! Mio caro ragazzo, dovresti fare esattamente ciò che tuo nonno desidera. - Disse Meg con il suo tono più materno, – fa del tuo meglio in collegio e quando egli vedrà che fai tutto per dargli soddisfazione sono sicura che non sarà duro od ingiusto con te. Come dici tu non c'è nessun altro che può stare con lui e volergli bene. E tu non lo perdoneresti mai se lo abbandonassi senza il suo permesso. Non scoraggiarti e non avere fretta, ma fai il tuo dovere e avrai la tua ricompensa, come ha avuto la sua il buon Signor Brooke che viene rispettato ed amato. -

– Cosa sai tu di lui? - chiese Laurie, grato del buon consiglio ma opponendosi alla predica e felice di cambiare argomento, dopo che insolitamente, era stato egli stesso protagonista della conversazione.

– Solo quello che tuo nonno ci ha detto! Di quanto egli si sia preso cura di sua madre finché non morì, e che non andò all'estero a lavorare come precettore perché non voleva lasciarla. Ed adesso egli si prende cura di un'anziana signora che aveva fatto da infermiera a sua madre e non lo dice a nessuno, da persona giusta e generosa quale egli è. -

– E' proprio così, caro vecchio amico! - Disse Laurie di cuore mentre Meg faceva una pausa infervorata e rossa in volto.

– E' tipico del nonno: scoprire ogni cosa su di lui senza farglielo sapere, e raccontare la sua bontà agli altri, cosicché gli altri possano apprezzarlo. Brooke non poteva comprendere perché vostra madre fosse così gentile con lui, invitando sempre anche lui insieme a me e trattandolo con tanta calorosa amicizia. Egli l'ammirava molto per questo, e ne parlava per giorni e giorni elogiando anche tutte voi. Se farò mai qualcosa di testa via, vedrete poi cosa farò per Brooke. -

– Comincia adesso nel non fare qualcosa, col non dargli tanti dispiaceri. - Disse Meg bruscamente.

– E come sai che mi comporto così? Signorina cara? -

– Io posso solo guardandolo in viso quando se ne va, se sei bravo appare soddisfatto, e cammina spedito, se gli hai causato dispiaceri è più serio e cammina lentamente come se volesse tornare indietro e fare meglio il suo lavoro! -

– Bella questa! Così tu ti tieni al corrente dei miei buoni e cattivi voti dalla faccia di Brooke? -

– Io lo osservo inchinarsi e sorridere quando passa sotto la tua finestra, ma non sapevo che aveste un telegrafo! -

– E non l'abbiamo infatti! Non ti inquietare e non dirgli niente di ciò che ho detto, era solo per mostrarti che mi interessano i tuoi progressi, e ciò che abbiamo detto qui l'abbiamo detto in confidenza. - Esclamò Meg allarmata pensando alle conseguenze del suo discorso imprudente.

– Io non racconto storie! - replicò Laurie con la sua aria solenne e pomposa, come Jo indicava una certa espressione che a volte aveva, - solo che se Brooke è diventato una specie di termometro devo ricordarmi di fargli segnare sempre bel tempo.

– Per favore, non offenderti! Non volevo farti la predica, e neanche dire sciocchezze, pensavo solo che Jo stesse incoraggiandoti su un sentiero di cui, prima o poi, ti saresti pentito: sei così caro con noi! Ti consideriamo nostro fratello, e diciamo proprio ciò che pensiamo. Perdonami, avevo buone intenzioni. - E Meg gli porse la mano con un gesto allo stesso tempo appassionato e timido.

Vergognandosi di essersi stizzito per un attimo, Laurie strinse la piccola mano gentile, e disse con franchezza: - sono io quello che deve essere perdonato, è tutto il giorno che sono un po' storto, mi fa piacere che mi diciate i miei difetti ed i miei errori, e che siate per me come sorelle, perciò non fate caso se a volte sono bizzoso, ti sono grato lo stesso. -

Intendendo mostrare che non era offeso, Laurie divenne poi più piacevole possibile: dipanando il cordone per Meg, recitando poesie per compiacere Jo, scrollando gli alberi per far cadere le pigne per Beth, e aiutando Amy con le felci. Dimostrandosi così, una persona degna di appartenere alla società delle api operose. Nel bel mezzo di una discussione animata sulle abitudini domestiche delle tartarughe, poiché uno di quegli amabili animali stava risalendo fuori dal fiume, il suono lontano di una campanella li avvisò che Anna stava mettendo il tè in infusione, e che avevano giusto il tempo di tornare a casa per cena.

– Potrò venire ancora? - Chiese Laurie.

– Sì! Se sei bravo e se amerai il tuo libro. Come si dice ai ragazzi in prima elementare. - Disse Meg sorridendo.

– Proverò! -

– Allora puoi tornare! E ti insegnerò a fare la maglia come fanno gli scozzesi, c'è richiesta di calze proprio in questo momento. - Aggiunse Jo sventolando la sua come una bandiera blu mentre si salutavano al cancello.

Quella sera, quando Beth suonava dal signor Laurence, nella luce del crepuscolo, Laurie, in piedi, all'ombra della tende ascoltava "Little David", quella semplice musica che sempre calmava il suo spirito irrequieto, e guardava il vecchio signore che sedeva con la testa grigia appoggiata alla mano, pensando teneramente a quella bambina morta che egli aveva amato così tanto.

Ricordando la conversazione del pomeriggio, il ragazzo si disse, con il proposito di fare di buon grado il suo sacrificio: - lascerò andare il mio castello e starò con il mio vecchio signore finché ha bisogno di me, perché io sono tutto ciò che ha.

CAPITOLO QUATTORDICESIMO

Segreti.

Jo era occupatissima su nella soffitta poiché le giornate cominciavano a rinfrescare ed i dopo pranzi erano divenuti assai corti. Per due o tre ore il sole faceva la sua visita giornaliera a Jo, che, seduta su di un vecchio sofà, stava scrivendo in gran fretta, con tutte le sue carte sparse qua e là su di un vecchio baule che le serviva di scrittoio, mentre che Scrabble, il topino favorito, faceva tranquillamente la sua passeggiata sulle travi soprastanti, in compagnia di suo figlio maggiore, un bellissimo giovane che sembrava molto orgoglioso dei suoi lunghi baffi.

Tutta assorta nel suo lavoro, Jo scrisse finché ebbe riempito l'ultima pagina, poi fece la sua firma con un gran geroglifico e, buttando giù la penna, esclamò: – Ecco! ho fatto quello che ho potuto! Se questo non va, dovrò aspettare finché saprò qualcosa di meglio.

Appoggiando la schiena al sofà, lesse con grande attenzione il manoscritto, vi aggiunse una quantità di virgole e punti esclamativi, che avevano l'apparenza di tanti piccoli palloni, poi lo legò con un bel nastrino rosso e stette a guardarlo con un'espressione seria e pensosa, che dimostrava quanto impegno avesse messo nel suo lavoro. Il ripostiglio di Jo era una vecchia cucina di latta che era stata appesa al muro. Là dentro ella riponeva tutte le sue carte ed alcuni libri, tenendoli lontani così dai dentini acuti di Scrabble che, essendo anch'egli letterato, mangiucchiava tutti i fogli di quei pochi libri che gli capitavano sotto ai denti. Da questo ripostiglio Jo tolse un secondo manoscritto e, mettendoseli tutti e due in tasca, scese senza far rumore le scale, lasciando che i suoi amici si divertissero a rosicchiare le sue penne e ad assaggiare il suo inchiostro.

Si mise il cappello e la giacchetta, poi piano piano andò ad una finestra che dava su di un tetto bassissimo, scese sul tettino, si lasciò cadere sul morbido prato e per una via traversa arrivò alla strada maestra.

Là si ricompose, fece cenno ad un omnibus che passava; vi entrò e se ne andò in città con un'aria molto allegra e misteriosa.

Se qualcuno l'avesse osservata, avrebbe certamente trovato strano il suo modo di procedere, perché, appena scesa dall'omnibus, si avviò a grandi passi verso una casa posta in una certa strada molto frequentata e, avendo trovato finalmente la porta che cercava, entrò, guardò con curiosità una scaletta buia e nera, e dopo esser stata là ferma impalata per un momento, uscì nella strada e se ne ritornò via in tutta fretta come era venuta. Ripeté questa manovra diverse volte con gran divertimento di un bel giovane, dagli occhi neri vivaci, che se ne stava alla finestra di una casa di rimpetto. Ritornata per la terza volta, Jo si scosse, si tirò il cappello sugli occhi e salì le scale come se dovesse andare a farsi cavare tutti i denti.

Sulla porta, fra le altre cose, vi era l'affisso di un dentista ed il giovane signore, dopo aver guardato con grande attenzione un paio di mascelle, che lentamente si aprivano e si chiudevano per attirare l'attenzione del pubblico su di una bellissima dentiera falsa, s'infilò il soprabito, prese il cappello, ed andò ad appostarsi alla porta dirimpetto, dicendo fra sé, con un sorriso ed un brivido: – Al solito sola, quando deve far qualcosa di spiacevole, ma se le fa molto male avrà bisogno di qualcuno per accompagnarla a casa.

Dieci minuti dopo Jo venne giù di corsa col volto rosso ed infuocato e l'aspetto di una persona che ha passato un brutto quarto d'ora. Quando vide il signorino non parve punto contenta e gli passò dinanzi facendo un cenno di saluto, ma egli la seguì e disse con aria di grande simpatia:

– Ti ha fatto molto male?

– Non molto.

– Ha fatto presto.

– Sì, fortunatamente.

– Perché sei venuta sola?

– Perché non volevo che lo sapessero in casa.

– Sei il tipo più curioso che io abbia mai conosciuto! Quanti te ne ha cavati?

Jo guardò il suo amico come se non avesse capito quel che volesse dire, poi cominciò a ridere di gran cuore.

– Ce ne sono due che vorrei che uscissero, ma devo aspettare una settimana.

– Che cosa ridi? Sei dietro a far qualche birichinata, Jo – disse Laurie.

– Anche voi, mio caro. Che cosa facevate, signore, in quella sala da biliardo?

– Domando scusa, signora mia; non era una sala da biliardo, ma una sala di scherma e stavo prendendo la mia lezione.

– Ah, sono contenta!

– Perché?

– Perché così potrai insegnare anche a me: e quando faremo l'Amleto, tu potrai essere Laerte ed avremo un duello magnifico. – Laurie scoppiò in una tale risata da far sorridere senza volerlo alcuni dei passanti.

– Questa non è l'unica ragione che ti ha fatto dire «Sono contenta» con tanto entusiasmo. Non me la dare ad intendere, cara mia, perché non è vero.

– No, ero contenta che tu non fossi in una sala da biliardo: e spero che non ci metterai mai piede. Non ci vai mica, eh?

– Non spesso.

– Sarei più contenta se tu non ci andassi mai.

– Non c'è nulla di male, Jo; ho il biliardo a casa, ma non c'è sugo a fare una partita, se i giocatori non sono abili: a me piace assai il biliardo e perciò vengo qualche volta a fare una partitina con Ned Moffat o qualche altro amico.

– Mio Dio, come mi dispiace! E tu ci prenderai sempre più gusto, perderai tempo e denaro e finirai per divenire come tutti quei ragazzacci. Avevo sperato che saresti rimasto buono e saresti divenuto l'orgoglio dei tuoi amici – disse Jo, scuotendo la testa.

– Non ci si può prendere un po' di svago onesto e lecito senza perdere la propria rispettabilità? – domandò Laurie un po' offeso.

– Dipende dal luogo e dal modo in cui si prende questo svago. A me non piace Ned e la sua compagnia, lo sai bene, e desidererei che tu non facessi tanta lega con loro. Mamma non vuole che Ned venga a casa nostra, benché sia tanto tempo che lo desideri e, se tu diventi come lui, non vorrà più che noi stiamo insieme.

– Davvero! – disse Laurie con ansia.

– Proprio: la mamma non può soffrire i giovani alla moda e piuttosto che farci stare in loro compagnia ci chiuderebbe in scatole di vetro!

– Bene! Per ora può tenere le sue scatole riposte, perché non sono e non intendo divenire un giovane alla moda; ma non vedo nulla di male a prendermi qualche divertimento e fare qualche birichinata. Del resto piace anche a te.

– Sì, naturalmente piace ad ognuno; perciò divertiti pure, ma con prudenza, se no puoi dire addio ai nostri bei tempi!

– Diventerò un vero santo.

– Non posso soffrire i santi! Sii semplice, onesto, rispettabile e non ti lasceremo mai. Non so che cosa farei se ti vedessi fare quel che fece il figlio del signor King! Non sapendo come spendere il suo denaro, cominciò a bere, a giuocare e finì col fuggire di casa, avendo fatto delle cambiali false!

– Ah! E credi che io farò lo stesso? Mille grazie!

– No, no, mio Dio, no! Ma tutti dicono che il denaro è una grande tentazione e qualche volta desidererei che tu fossi povero! Almeno non starei in pensiero!

– Stai in pensiero per me, Jo?

– Quando ti vedo di cattivo umore o scontento, come lo sei qualche volta; perché hai una volontà tua propria, (e che razza di volontà!) e se ti mettessi sulla cattiva strada temo che sarebbe molto difficile per te di ritirarti.

Laurie fece alcuni passi senza rispondere e Jo lo guardò, desiderando quasi di non aver detto tanto, perché i suoi occhi avevano una espressione cupa, benché le labbra sorridessero.

– Hai intenzione di farmi delle prediche fino a casa? – domandò ad un tratto.

– Certamente no; perché?

– Perché, se tu avessi quest'intenzione, prenderei l'omnibus; se no, mi piacerebbe tornare a casa con te e dirti, strada facendo, una cosa molto interessante.

– Non predicherò più, te lo prometto; via di', muoio dalla voglia di sapere questa notizia!

– Andiamo allora. È un segreto e, se io ti dico il mio, tu mi devi dire il tuo.

– Non ne ho io! – cominciò Jo, ma s'arrestò ad un tratto, ricordandosi che ne aveva uno.

– Sì che lo hai; non puoi nasconder nulla tu, perciò " confessa" se no non ti dico nulla – gridò Laurie.

– È bello il tuo segreto?

– Lo credo io! Si tratta di gente conosciuta! Lo dovresti sapere ed è tanto tempo che desidero rivelarlo a qualcuno! Via, comincia tu!

– Non dirai nulla a nessuno a casa?

– Non una parola.

– E non mi tormenterai?

– Non faccio mai dispetti io.

– Sì che li fai, e peggio ancora, riesci sempre ad ottenere tutto ciò che vuoi. Non so com'è, ma sei un vero lusingatore!

– Grazie tanto! Via, avanti!

– Bene, se lo vuoi proprio sapere.... ho portato due storielle al direttore di un giornale ed egli mi darà la risposta fra una settimana – disse Jo all'orecchio del suo confidente.

– Viva la signorina March, la celebre scrittrice americana! – gridò Laurie, gettando per aria il suo cappello, con gran divertimento di due oche, quattro gatti, cinque polli ed una mezza dozzina di ragazzi irlandesi; essi erano fortunatamente già fuori della città.

– Sta' zitto! Non riuscirò a nulla, vedrai!, ma non potevo aver pace finché non avevo provato e non ho detto niente a nessuno perché non vorrei che restassero poi con un palmo di naso.

– Ma non possono fare a meno di pubblicarli, Jo! I tuoi racconti sono veri lavori di Shakespeare in confronto alle porcherie che stampano adesso sui giornali! Che bella cosa che sarà vederli pubblicati, e come andremo alteri della nostra scrittrice!

Gli occhi di Jo mandarono un lampo di gioia; è così piacevole ricevere lodi! e la lode degli amici veri è più dolce di qualsiasi montatura di giornali.

– Qual è il tuo segreto? Mantieni la tua promessa, Teddy, se no non ti crederò mai più! – disse Jo, cercando di estinguere le brillanti speranze sorte a queste parole d'incoraggiamento.

– Non so se faccio bene a dirtelo, ma, quando prometto, mantengo e sai benissimo che non posso fare a meno di dirti tutto quello che so. So dove è andato il guanto di Meg.

– È questo il gran segreto? – disse Jo delusa nelle sue speranze, mentre Laurie scuoteva il capo con un volto pieno di mistero.

– Mi pare che basti per ora se ti dico dov'è.

– Dimmelo.

Laurie si chinò e disse a bassa voce all'orecchio di Jo tre parole, che produssero un effetto un po' comico. Essa lo guardò per un momento tra meravigliata e scontenta, poi ricominciò a camminare dicendo con voce aspra:

– Come lo sai?

– L'ho visto.

– Dove?

– In tasca.

– Tutto questo tempo?

– Sì; non è estremamente romantico?

– No, è orrendo!

– Perché? Non ti piace?

– Si sa che non mi piace! Non deve esser permesso! Se Meg lo venisse ai sapere, sentiresti!

– Bada, che non devi dirlo a nessuno!

– Io non ho promesso nulla!

– Ma era inteso ed io mi fidavo di te.

– Bene, non lo dirò per ora; ma mi dispiace che tu me l'abbia detto;

sarebbe stato molto meglio se tu fossi stato zitto.

– Credevo che t'avrebbe fatto piacere.

– Farmi piacere l'idea che qualcuno venga a portarmi via Meg? No, grazie.

– Cambierai opinione, quando qualcuno verrà a portar via te.

– Vorrei vedere che qualcuno ci si provasse! – disse Jo con violenza.

– Anch'io – e Laurie sorrise.

– I segreti non vanno d'accordo col mio temperamento; dacché mi hai detto questo non mi sento più bene come prima, – disse Jo con grande ingratitudine.

– Fa' una corsa giù per la scesa con me e vedrai che il tuo malumore sparirà in un lampo – suggerì Laurie.

Non si vedeva nessuno; la bella strada leggermente inclinata le si stendeva dinanzi e, non potendo resistere alla tentazione, Jo prese la rincorsa, lasciando dietro di sé il cappello ed il pettine e seminando forcine mentre correva. Laurie giunse pel primo e vide che la sua medicina aveva prodotto l'effetto desiderato, poiché la sua Atlanta arrivò giù senza fiato, coi capelli in disordine, gli occhi brillanti, le guance infuocate, ma senza il minimo segno di malumore sul volto. – Che bellezza se fossi un cavallo! Così, potrei correre per miglia e miglia e non resterei senza fiato. Che magnifica corsa! Ma guarda in che stato mi sono ridotta! Via, sii buono; vammi a raccattare la mia povera roba – disse Jo, lasciandosi cadere seduta sotto un acero, le cui foglie tappezzavano di rosso il praticello verde.

Laurie si avviò passo passo per riprendere gli oggetti smarriti e Jo si tirò su alla meglio i capelli, sperando di potersi rimettere in ordine prima che passasse qualcuno. Ma qualcuno passò e con suo grande rammarico Jo s'accorse che la persona che si avanzava verso di lei non era altri che Meg, reduce da un giro di visite, più elegante ed accurata del solito nel suo abitino da passeggio.

– Che cosa fai qui? – domandò con gran meraviglia, vedendo sua sorella scarmigliata a quel modo.

– Raccatto le foglie secche – rispose umilmente Jo, scegliendo le più belle fra quelle che aveva raccolte.

– E le forcine – aggiunse Laurie, gettandogliene una mezza dozzina in grembo – Crescono per la strada, sai, Meg, insieme coi pettini ed i cappelli di paglia marrone.

– Hai corso di nuovo, Jo? Quando smetterai di fare il ragazzaccio a quel modo? – disse, Meg, con aria di rimprovero, mentre si accomodava i polsini e si lisciava i capelli, coi quali il vento aveva preso delle libertà.

– Non smetterò finché non sarò decrepita e non dovrò usare le grucce. Non cercare di farmi diventare vecchia prima del tempo, Meg: è già troppo vedere il cambiamento che hai fatto tu: lascia che io resti bambina quanto più posso.

Così parlando, Jo chinava la testa per nascondere il tremolio delle labbra: ultimamente si era accorta con dispiacere che Meg diventava a poco a poco una donna ed il segreto che le aveva rivelato Laurie la faceva tremare al pensiero di una separazione che sarebbe avvenuta un tempo e che ora sembrava tanto vicina. Laurie s'accorse subito della sua commozione e, per distogliere l'attenzione di Meg, domandò premurosamente: – A chi hai fatto visita che ti vedo in grande tenuta?

– Sono stata dai Gardiners: e Sallie mi ha parlato del matrimonio di Bella Moffat. Dice che è stato bellissimo e gli sposi sono andati a passare l'inverno a Parigi. Ci pensi, che bellezza?

– L'invidi tu, Meg?

– Ho paura di sì!

– Ci ho tanto gusto! – borbottò Jo, mettendosi il cappello con mala grazia.

– Perché? – domandò Meg, meravigliata.

– Perché, se ti piacciono tanto le ricchezze, non andrai a sposarti con un povero diavolo – disse Jo, aggrottando le sopracciglia a Laurie che le faceva silenziosamente cenno di badare a quello che diceva.

– Per tua buona regola, non andrò a sposare nessuno! – rispose Meg, mettendosi in cammino con grande dignità, mentre gli altri due la seguivano, ridendo, parlandosi all'orecchio, saltando e comportandosi come due «ragazzacci», come diceva Meg a sé stessa, benché fosse tentata di fare lo stesso anche lei, se non avesse avuto il suo vestito buono. Per una settimana o due, Jo si comportò in modo talmente strano, che le sorelle ne furono meravigliate. Essa correva alla porta ogni volta che veniva il postino, trattava male il signor Brooke, quando lo vedeva: stava per dei quarti d'ora interi a guardare Meg con una faccia da martire e correva ad un tratto a baciarla in modo misterioso: con Laurie stavano sempre a farsi segni ed a parlare dell'«Aquila» tanto che le sorelle dissero che avevano tutte e due perduto il ben dell'intelletto. Due sabati dopo quel famoso giorno in cui Jo era uscita passando dal tetto, Meg, che stava seduta lavorando alla finestra, fu scandalizzata nel vedere Laurie che rincorreva Jo per tutto il giardino e la raggiungeva finalmente nel «berceau» di Amy. Che cosa succedesse là, Meg non poté mai dire, ma udì dei gran scoppi di risa, delle voci sommesse ed un gran fruscio di giornali.

– Che cosa faremo mai di quella benedetta ragazza.? Non diverrà mai una signorina per bene! – disse Meg guardando, con faccia scontenta, i due colpevoli.

– Spero che resterà sempre così: è tanto cara e buona! – replicò Beth, che non aveva mai voluto confessare a nessuno che era un po' dispiacente che Jo partecipasse i suoi segreti ad altri piuttosto che a lei.

– È molto spiacevole, ma non riusciremo mai a renderla «comme la fo» aggiunse Amy, che cuciva dei nuovi merletti ai suoi abiti e che si era pettinata con grandissima arte; due cose che, secondo lei, la rendevano ancora più signorile ed elegante del solito.

Pochi minuti dopo, Jo irruppe nella stanza e si sedé sul sofà, facendo finta di leggere il giornale.

– C'è nulla di interessante? – domandò Meg con condiscendenza.

– Non c'è che un racconto, ma non varrà gran che, suppongo – rispose Jo, badando bene di non mostrare il nome del giornale.

– Potresti leggerlo ad alta voce: così ci divertiresti ed anche tu staresti un poco quieta – disse Amy.

– Quale è il titolo? – domandò Beth, meravigliata nel vedere che Jo nascondeva il volto dietro il giornale.

– «I due pittori rivali».

– Il titolo è promettente, leggilo – disse Meg.

Con un gran «Hem» ed un gran respirone, Jo cominciò a leggere con grandissima rapidità. Le ragazze ascoltavano con interesse: la storia era romantica e molto patetica ed i protagonisti andavano a finire tutti male.

– Mi piace quella parte dove parla del bellissimo quadro – disse Amy, approvando, quando Jo ebbe finito.

– A me piace più la parte romantica. Viola ed Angelo sono i nostri nomi favoriti! Curioso! – disse Meg, asciugandosi gli occhi, poiché la parte romantica era anche assai tragica.

– Chi l'ha scritta? – domandò Beth che aveva veduto l'espressione del volto di Jo.

Jo si alzò di scatto, gettò via il giornale e mostrando un viso rosso scarlatto con un misto curioso di solennità e di eccitamento, rispose con voce forte: – Vostra sorella!

– Tu? – gridò Meg, lasciandosi cadere il lavoro dalle mani.

– È molto bella! – disse Amy.

– Lo sapevo! Lo sapevo! Oh mia Jo! Quanto sono contenta! – e Beth corse ad abbracciare la sorella e ad esultare su questo splendido successo.

Come furono tutte contente! Meg non ci volle credere, finché non vide scritto in fondo al racconto, in grandi caratteri, il nome di «Giuseppina

March»; Amy criticò graziosamente la parte artistica e diede a Jo alcune buone idee per un eventuale seguito, che sfortunatamente non si poteva scrivere, visto che i due principali personaggi erano già morti: Beth si eccitò talmente che cominciò a ballare ed a cantare per la stanza ed anche Anna fece la sua comparsa per dire: – Per bacco! Chi avrebbe mai detto che «quella Jo» potesse far tanto! La signora March, quando lo seppe, non poté contenere la sua gioia, e Jo, con le lacrime agli occhi, dichiarò che volevano farla diventare un vero pavone, mentre che l'aquila sbatteva trionfalmente le sue ali sulla casa dei March.

– Racconta, racconta, Jo! Quando è uscito? Quanto hai guadagnato? Cosa dirà papà? Chi sa come ride Laurie! – gridavano tutte in coro, mentre si stringevano attorno a Jo.

– State un po' zitte, ragazze, e vi racconterò ogni cosa – disse Jo, pensando che Miss Burns non poteva essere stata più contenta di lei, quando scrisse la sua «Evelina». E terminò il suo racconto dicendo: – E quando andai per la risposta, il principale mi disse che gli erano piaciute tutte e due, ma che non pagavano le principianti, soltanto pubblicavano i loro lavori per incoraggiarle. È un buon esercizio, mi ha detto e quando i principianti fanno progressi, allora cominciano ad essere pagati! Perciò gli ho lasciato i miei due manoscritti ed oggi mi hanno mandato questo e Laurie l'ha veduto ed ha insistito per leggerlo, e anch'egli ha detto che gli piaceva non solo, ma che avrebbe fatto in modo da farmi pagare il prossimo racconto! Oh! sono così contenta! così contenta perché, col tempo potrò riuscire a mantenere me stessa e ad aiutare le ragazze! – Jo, a questo punto, si fermò, per mancanza di fiato e, nascondendo la testa nel giornale, battezzò il suo primo scritto con alcune lacrime: essere indipendente e ricevere le lodi di quelli che amava erano i più cari desideri del suo cuore e questo le sembrava il primo passo verso quel fine tanto desiderato.

CAPITOLO QUINDICESIMO

Un telegramma.

– Il mese di novembre è il più antipatico che ci sia in tutto l'anno – disse Meg uno scuro dopopranzo, guardando dalla finestra il povero giardino spoglio di tutti i suoi fiori.

– È per questo che io sono nata in quel mese – osservò Jo, completamente inconscia della macchia d'inchiostro che aveva sulla punta del naso.

– Se accadesse qualcosa di piacevole adesso, direste che è il più bel mese dell'anno – aggiunse Beth, che si contentava sempre di tutto, anche del novembre.

– Lo credo io! Ma non è mai caso che accada qualcosa di piacevole in questa famiglia – disse Meg, che era di malumore – Si sgobba, e non si ha mai un po' di ricompensa!

– Santo Dio! Come siamo neri oggi – gridò Jo – però, non c'è da meravigliarsene, povera piccina, perché tu vedi tutte le tue amiche, che se la pigliano tanto comoda, mentre che tu lavori come un ciuco tutto l'anno! Se potessi fare con te come faccio con le eroine dei miei romanzi!

– Adesso non accadono più queste fortune: gli uomini debbono lavorare per vivere, e le donne sposare per interesse! Che mondo! Che mondo! – aggiunse Meg amaramente.

In questo mentre Beth, che era seduta vicino all'altra finestra, disse sorridendo: - Due cose piacevoli stanno per accadere in questo minuto: mammina viene verso casa e Laurie traversa il giardino correndo, come se avesse qualcosa di bello da dire.

Entrarono tutti e due nel medesimo tempo, la signora March colla sua solita domanda: - Ci sono lettere da papà, ragazze? - e Laurie per dire con voce melliflua: - Volete venire a fare una corsa in carrozza? È tutta la mattina che sgobbo sulla matematica ed ora ho proprio bisogno di un po' di svago. È una giornata brutta, ma l'aria non è pesante e siccome devo accompagnare Brooke a casa, posso prendere qualcuna di voi. Jo, tu e Beth verrete, non è vero?

– Certamente che verremo!

– Grazie tanto, ma io ho da fare – e Meg tirò fuori il suo panierino da lavoro, perché erano rimasti intesi colla madre che, per lei almeno, era meglio non andare troppo spesso in compagnia del giovane.

– Saremo pronti subito, noi – gridò Amy, correndo in camera per lavarsi le mani.

– Posso far nulla per lei, signora mamma? – domandò Laurie con quello sguardo e quel tono affettuoso, che usava sempre con lei.

– No, grazie: ma, sì! Aspetta! Potresti passare dalla posta, se non ti dispiace. Dovrebbe esserci una lettera di mio marito ed il postino non è ancora venuto. Il papà non manca mai, ma vi sarà qualche ritardo di treni suppongo!

Una violenta scampanellata l'interruppe ed un minuto dopo, Anna entrò con un foglio in mano. – È uno di quegli orrendi «cosi» del telegrafo signora – disse porgendole un telegramma come se avesse paura di un'esplosione o di qualcosa di simile.

Alla parola telegrafo, la signora March strappò di mano alla donna il foglio, lesse le due righe che vi erano contenute e cadde riversa nella poltrona, come se una palla le avesse attraversato il cuore. Laurie si precipitò giù per le scale a cercare dell'acqua; mentre Anna e Meg la sostenevano e Jo leggeva con voce spaventata:

Signora March,
Vostro marito è gravemente ammalato. Venite subito.
S. Hale Ospedale Blank - Washington.

Che silenzio sepolcrale alla lettura di questa terribile notizia! Parve alle ragazze che la luce si oscurasse al di fuori, che il mondo intero cambiasse da un momento all'altro e, mentre si raccoglievano intorno alla madre, che la felicità ed il sostegno della loro vita dovesse essere stato tolto per sempre. La signora March si riebbe però subito, lesse il telegramma una seconda volta e, tendendo le braccia alle figlie, disse con voce che non si cancellò mai dalla loro mente: – Partirò subito, ma potrebbe essere troppo tardi; oh bambine, bambine, aiutatemi a sopportarlo! Per alcuni minuti non si udì nella stanza che il suono dei singhiozzi, misti a parole rotte di conforto, a parole di speranza che finivano in pianto. La povera Anna fu la prima a rimettersi e, con involontario tatto diede il buon esempio perché, per lei, il conforto a qualunque dolore era il lavoro.

– Iddio conservi il caro uomo! Signora, signora, non perda tempo a piangere, ma si prepari e parta subito – disse calorosamente, mentre s'asciugava gli occhi col grembiule e, dopo aver data una forte ed affettuosa stretta di mano alla sua padrona, si mise al lavoro con grande energia.

– Ha ragione: non è tempo di lacrime questo: state quiete, ragazze e lasciatemi pensare.

Esse cercarono di calmarsi, poverette, mentre che la loro madre, pallida, ma tranquilla, cercava di soffocare il proprio dolore, per potere pensare al loro benessere.

– Dov'è Laurie? – domandò ad un tratto, dopo aver messo un po' d'ordine nelle sue idee ed aver deciso sulle prime cose da farsi.

– Eccomi, signora. Oh! mi lasci fare qualcosa! – gridò il ragazzo uscendo dalla stanza vicina ove si era ritirato, intuendo che quel primo sfogo di dolore era troppo sacro anche per i suoi occhi d'amico.

– Manda un telegramma dicendo che parto subito. Il prossimo treno parte la mattina presto: di' che prenderò quello.

– Che cos'altro? I cavalli sono a sua disposizione: posso andare dove vuole, far tutto quello che desidera – disse Laurie con l'aria di un uomo pronto a qualunque cosa.

– Lascia un biglietto dalla zia March. Jo, dammi penna e calamaio.

Stracciando un foglio bianco da una delle sue belle pagine ricopiate, Jo avvicinò la tavola, ben sapendo che, per il lungo viaggio, la mamma avrebbe dovuto farsi imprestare del denaro e sentendosi pronta a lare qualunque sacrificio pur di aggiungere una piccola cosa alla somma necessaria per suo padre.

– Adesso va', caro, ma non troppo presto, perché non c'è bisogno di tanta fretta. - Ma il consiglio era sprecato perché, cinque minuti dopo, Laurie passò di galoppo dinanzi alla casa sul suo bel cavallo, correndo come se fuggisse dinanzi. ad una truppa di inseguitori.

– Jo, corri all'ospedale e di' alla signora King che non potrò andare. Strada facendo, compra queste cose che ho segnate qui: ne avrò bisogno perché devo andare preparata per una lunga cura e non sempre negli ospedali si trova tutto il necessario. Beth, va' a domandare al signor Laurence due bottiglie di quel suo vino vecchio; non mi vergogno di chiedere favori quando si tratta di papà: egli deve avere tutto quello che vi è di migliore. Amy, di' ad Anna di portare giù il mio baule nero e tu Meg, vieni ad aiutarmi a prendere la mia roba, perché sono mezza sbalordita. -

Povera signora March! Poteva ben essere sbalordita; doveva contemporaneamente scrivere, pensare e dirigere tutto! Meg la pregò di stare quieta in camera sua per un po' di tempo, mentre esse avrebbero lavorato per lei. Tutte si separarono, andando qua e là come foglie sparse al vento; la famigliuola, poco tempo prima così felice ed unita, era stata turbata da quel foglio di carta, come da uno spirito maligno.

Il signor Laurence venne di corsa portando con sé tutto quello che credeva potesse essere di conforto per l'infermo, e promettendo protezione alle ragazze durante il tempo in cui la madre sarebbe stata assente; cosa questa che le confortò assai. Non vi fu nulla che egli non offrisse: dalla sua veste da camera a sé stesso come scorta. Ma questa ultima proposta non venne accettata. La signora March non ne volle neppure sentire parlare, ma pure sul suo volto vi era un espressione di sollievo, quando egli fece la proposta, espressione che non sfuggì al signor Laurence. Egli vide quello sguardo, aggrottò le folte sopracciglia, si strofinò le mani ed uscì ad un tratto, dicendo che sarebbe tornato subito. Nessuno ebbe più il tempo di pensare a lui, fino al momento in cui Meg passando in fretta dall'entratura, tenendo in mano un paio di pantofole e nell'altra una tazza di tè, si trovò faccia a faccia col signor Brooke.

– Sono stato molto dispiacente di apprendere questa cattiva notizia, signorina March, – disse egli con quella voce dolce e seria, che fu come un balsamo per il cuore di Meg. – Sono venuto a domandare se sua madre ha bisogno di qualcheduno che l'accompagni. Il signor Laurence mi ha incaricato di andare a Washington e mi farebbe gran piacere se potessi esserle utile in qualche modo laggiù.

Con un «crac» le pantofole caddero in terra ed il tè fu sul punto di seguirle, mentre che Meg offriva la sua mano con tale una espressione di gratitudine sul volto che il signor Brooke si sarebbe sentito già ripagato, anche se avesse fatto un sacrificio mille volte più grande.

– Come sono tutti buoni con noi! La mamma, sono certa, accetterà con molto piacere e per noi sarà un vero sollievo il sapere che ha qualcheduno che l'accompagna. Grazie tanto, tanto.

Meg non si era accorta che parlava con tanto ardore, fino a che qualche cosa in quegli occhi castagni, che la fissavano, le fecero ricordare il suo tè che si freddava; arrossendo, fece entrare il visitatore nel salottino e corse a chiamare sua madre.

Tutto era già quasi all'ordine, quando Laurie ritornò colla lettera della zia March che racchiudeva la somma desiderata: tutte le commissioni erano state fatte; Meg e la madre erano intente ad un lavoro che dovevano finire; Beth ed Amy preparavano il tè, Anna finiva di «dare una botta» alla biancheria, come chiamava lei lo stirare e Jo non tornava a casa. Cominciarono ad essere inquieti e Laurie andò in traccia di lei, perché nessuno poteva mai sapere che cosa poteva venire in mente a quella testa un po' balzana.

Non la vide però; ed ella entrò in casa qualche minuto dopo, con una espressione curiosa sul volto: un misto di allegria e di timore, soddisfazione e dispiacere, espressione che meravigliò la famiglia, come lo fece il rotolo di danaro che posò dinanzi a sua madre, dicendo con un leggero tremolio nella voce: – Ecco la mia contribuzione, mamma.

– Ma mia cara, dove hai trovato tanto danaro! Venticinque dollari! Jo, spero che non hai fatto nulla di cui poi ti potresti pentire!

– No, sono tutti miei: non sono andata elemosinando, non li ho presi in prestito e non li ho rubati. Li ho guadagnati io e non credo che potrai trovare nulla da ridire, perché non ho che venduto quello che era mio.

Così dicendo Jo si levò il cappello ed un grido generale si innalzò nella piccola camera; i suoi magnifici capelli erano stati tutti tagliati.

– I tuoi capelli! i tuoi bellissimi capelli! Oh Jo, come hai potuto fare una cosa simile! La tua unica bellezza! Mia cara bambina non vi era certamente bisogno che tu facessi questo! Non è più la mia Jo ma l'amo ancora di più adesso!

Mentre che tutti facevano queste esclamazioni, e Beth abbracciava teneramente la povera testa rasa, Jo assunse un'espressione di indifferenza, che non ingannò però nessuno. E passandosi una mano sulla testa e cercando di mostrarsi contenta di ciò che aveva fatto:

– Non deciderà certo delle sorti della patria, perciò non ti addolorare, Beth. Mi farà del bene; perché prima di tutto cominciavo ad essere troppo orgogliosa della mia treccia e poi perché questa diminuzione di peso mi rischiarerà il cervello e le idee. Adesso mi sento così leggera e così fresca ed il barbiere ha detto che presto avrò una testa ricciuta come quella di un maschio. Sono contentissima; perciò fatemi il favore di non parlarne più ed andiamo a cena,

– Dimmi tutto, Jo; non sono perfettamente soddisfatta, ma non ti posso rimproverare perché vedo che sacrifichi la tua cosiddetta vanità all'affetto. Ma, mia cara, non ce n'era bisogno e temo che una volta o l'altra ti possa dispiacere,– disse la signora March.

– No, mai – rispose Jo con forza, contenta almeno di essersela cavata senza rimproveri.

– Perché l'hai fatto? – domandò Amy, che si sarebbe fatta tagliare la testa piuttosto che i suoi bei ricci.

– Volevo per forza contribuire anch'io – rispose Jo, mentre tutti si riunivamo attorno alla tavola, poiché la gioventù sana e robusta, anche se afflitta da un gran dolore, può sempre mangiare con appetito. – Prendere a prestito mi piace quanto piace alla mamma, e sapevo benissimo che la zia March avrebbe brontolato: già brontola sempre se le si tocca il suo tesoro! Meg aveva dato tutto il suo salario ed io invece l'avevo speso per comprarmi dei vestiti; perciò mi sentivo in debito e volevo trovare del denaro a costo di vendere la punta del mio naso.

– Non dovevi sentirti in debito, Jo: non avevi abiti da inverno e tu hai comprato con i tuoi risparmi i più semplici e i più a buon mercato, – disse la signora March, con uno sguardo che fece bene a Jo.

– Da principio non mi era neppure passata per la mente l'idea di vendere i miei capelli, ma mentre che mi stavo scervellando per trovare qualche mezzo, incominciando a capire come è che i poveri, nei momenti di grande necessità, finiscono col rubare, vidi nella bottega di un barbiere alcune parrucche, coi prezzi attaccati. Una treccia, più lunga, ma meno folta della mia, era segnata quaranta dollari. Per la mia mente balenò allora, come un lampo, l'idea che anche io avevo qualche cosa da vendere e, senza pensare a ciò che facevo, entrai e domandai se comperavano dei capelli e quanto avrebbero dato per i miei.

– Dio mio, come hai potuto avere tanto coraggio? – domandò Beth.

– Oh! Era un omiciattolo che sembrava non essere buono ad altro che ad ungersi i capelli. Da principio mi ha guardato un po' sorpreso, perché suppongo che non sono abituati a vedere gente che entra così nella bottega a domandare se vogliono comprar capelli; poi ha cominciato ai dire che in generale non gli piacevano i capelli come i miei, che il colore non era di moda e non pagava mai molto perché il lavoro da farsi dopo costava tanto caro, ecc. ecc. Cominciava a farsi tardi ed io temevo che se non lo facevo subito non ne avrei più avuto il coraggio e sapete bene che quando mi metto in testa una cosa è difficile che mi rassegni a non farla! Perciò lo pregai di prendere i miei capelli e gli raccontai perché avevo tanta fretta. Ho fatto male, sono stata stupida, ma il racconto gli fece cambiare idea; io mi eccitai parlando e feci il racconto a modo mio, ma in modo evidentemente persuasivo, perché sua moglie, che stava ad ascoltar con tanto d'orecchi, disse con voce così dolce:

– Prendili, Tommaso, fa' questo piacere alla signorina; farei la stessa cosa per il mio Jimmy, senza pensarci un momento, se avessi capelli da vendere.

– Chi era Jimmy? – domandò Amy che voleva sempre avere spiegazioni.

– Suo figlio; mi ha detto che è anche lui alla guerra. Certe cose avvicinano subito anche i più estranei, non è vero? Ella ha continuato sempre a parlarmi, mentre che suo marito tagliava e questo mi ha distratta.

– Non ti sei sentita male quando ha dato il primo taglio? – domandò Meg con un brivido.

– Ho dato un ultimo addio ai miei capelli, mentre l'uomo si stava preparando. Non piango mai io per cose di così poca importanza; però debbo confessare che mi ha fatto impressione vedere i miei cari capelli distesi là sul tavolino e non sentirne in testa altro che le radici! Mi pareva quasi che mi avessero portato via un braccio od una gamba. La donna si accorse che li guardavo con un certo dispiacere ed allora ha scelto un lungo ricciolo e me lo ha dato. Lo darò a te, mammina, per ricordo di passati allori! Dico passati perché sto così bene ora che credo non mi farò

146

più crescere i capelli!

La signora March prese il lungo ricciolo e lo ripose nel suo scrittoio insieme ad un altro grigio. L'espressione del suo volto, mentre diceva queste sole parole: – Grazie, cara! – era tale che le ragazze si affrettarono a cambiar discorso ed a parlare il più lietamente possibile della bontà del signor Brooke, della speranza di una bella giornata domani e del piacere che avrebbero avuto quando il papà sarebbe tornato a casa a farsi curare da loro.

Quella sera nessuno voleva andare a letto, ma la signora March alle dieci, finito l'ultimo preparativo, si alzò e disse: – Andiamo ragazze – e Beth si sedette al piano, suonando l'inno favorito del padre; tutti cominciarono a cantare, ma una ad una dovettero smettere e restò sola Beth, la cui grande consolazione era la musica.

– Andate a letto e non parlate, bambine. Domattina bisogna alzarsi presto ed abbiamo bisogno di riposo. Buona notte, bambine mie – disse la signora March, quando fu finito il canto, non osando per quella sera tentarne un altro.

Esse la baciarono teneramente ed andarono a letto in silenzio come se il caro ammalato fosse stato nella camera accanto. Beth ed Amy si addormentarono presto, nonostante il loro dolore, ma Meg se ne restò a lungo sveglia nel letto pensando a cose serie, le più serie a cui avesse mai pensato nella sua breve vita. Jo stava immobile, tanto che sua sorella credeva che dormisse, quando ad un tratto un singhiozzo soffocato la fece esclamare, mentre toccava una guancia bagnata di lacrime:

– Jo cara, che cos'hai? È per papà che piangi?

– No, non adesso!

– Perché allora?

– I miei.... i miei capelli! – singhiozzò la povera Jo, mentre cercava di soffocare i suoi singhiozzi nel guanciale. La cosa poteva parere alquanto ridicola ad altri, ma non a Meg, che baciò e consolò l'afflitta eroina colle più tenere parole.

– Non mi dispiace – protestò Jo fra i singhiozzi – Lo rifarei domani se ve ne fosse bisogno. Non è che la parte egoista e vana di me stessa che piange così stupidamente. Non lo dire a nessuno; adesso è passato. Credevo che dormissi ed ho creduto di fare un piccolo piantino sulla mia unica bellezza perduta. Com'è che sei sveglia?

– Non posso dormire. Sono così inquieta! – disse Meg.

– Pensa a qualcosa di piacevole e vedrai che t'addormenterai subito.

– Ho provato, ma sto più sveglia che mai! – A che cosa stavi pensando?

– A delle belle facce e particolarmente a degli occhi – rispose Meg

147

sorridendo a sé stessa nell'oscurità.

– Che colore di occhi ti piace più di tutti?

– Quelli castagni.... cioè qualche volta, anche i celesti sono bellissimi!

Jo rise e Meg le ordinò di non parlare, poi con grande amabilità le promise che le avrebbe arricciato i capelli e si addormentò sognando che il suo castello in aria si era realizzato.

Gli orologi battevano la mezzanotte e le stanze erano quiete e tranquille quando una figura silenziosa passò da un letto all'altro, accomodando qua una coperta, là un cuscino, guardando lungamente e con amore ciascun volto caro, baciandoli con labbra che silenziosamente benedivano e pregando con quel fervore che conoscono soltanto le madri. Mentre sollevava la tendina per guardare nella notte oscura, la luna fece capolino fra le nubi e splendé su di lei come se volesse dirle sottovoce: – Confortati, cara, vi è sempre luce dietro le nubi!

CAPITOLO SEDICESIMO

Lettere.

La mattina di poi, alla luce della candela, le ragazze si alzarono, lessero il loro capitolo della Bibbia con una serietà fin allora non mai provata, poiché adesso che una ombra di tristezza si era abbattuta sulla loro casa, cominciavano a capire quanto erano state felici prima nella loro vita tranquilla.

La lettura dei loro libriccini fu per loro un gran conforto ed un grande aiuto e mentre si vestivano rimasero d'accordo di fare il possibile perché l'addio fosse meno duro e commovente, onde non rendere, colla loro debolezza, più tetro e doloroso il viaggio della loro cara mamma. Che curiosa impressione il vedere tanta quiete al di fuori e tanta confusione in casa!

La colazione a quell'ora sembrava cosa strana ed anche il volto familiare di Anna, mentre si affaticava qua e là, colla berretta da notte in testa, sembrava loro il volto di un'estranea. Il gran baule nero era già pronto nell'entrata, il mantello ed il cappello della mamma erano stati posati sul sofà, la mamma stessa sedeva al tavolino cercando di mangiare, ma con una espressione così stanca ed abbattuta dall'ansietà e dalla veglia, che le ragazze ebbero un bel da fare per mantenere la loro promessa. Gli occhi di Meg, nonostante i suoi sforzi, si riempivano ogni tanto di lacrime; Jo dovette andare parecchie volte a nascondersi in cucina ed il volto delle due bambine minori aveva un'espressione di serietà e di inquietudine, come se il dolore fosse per esse un'esperienza nuova. Nessuno parlò molto ma, avvicinandosi l'ora della partenza, mentre stavano attendendo il legno, la signora March disse alle ragazze che erano tutte intente a ripiegarle lo scialle, chi ad accomodarle i nastri del cappello, chi ad allacciarle le galosce, chi a chiuderle la valigia:

– Bambine, vi lascio in custodia di Anna e sotto la protezione del signor Laurence. Anna è la fedeltà personificata ed il nostro buon vicino avrà cura di voi come se foste sue figlie. Io non temo quindi per voi, ma desidero che impariate a sopportare i dolori con fermezza e rassegnazione. Non state a disperarvi ed a piangere quando sarò partita e non crediate di trovar conforto nell'ozio o cercando di dimenticare. Continuate a lavorare come al solito, poiché il lavoro è il più gran conforto che possiate avere. Sperate e lavorate; e qualunque cosa possa accadere, ricordatevi sempre che non potrete mai perdere vostro padre!

– Sì, mamma.

– Meg cara, sii prudente, tieni sempre d'occhio le tue sorelle, consulta sempre Anna e, se avessi qualunque dubbio, domanda al signor Laurence. Jo, sii paziente, non ti scoraggiare e pensa bene a tutto ciò che fai; scrivimi spesso e sii sempre la mia brava e coraggiosa ragazza, sempre pronta ad aiutare ed a rallegrare gli altri. Beth, cerca conforto nella tua musica e seguita a compiere i tuoi lavori di casa; e tu, Amy, cerca di aiutare tutti, sii obbediente, buona e contenta.

– Lo faremo, mamma, lo faremo.

Il rumore di una carrozza per la strada fece tacere tutte. Fu un momento duro assai, ma le ragazze si ricordarono della loro risoluzione; nessuna di loro pianse, nessuna corse via, nessuna si lamentò, benché i loro cuori fossero angosciati al pensiero che le affettuose ambasciate per il padre non sarebbero forse arrivate a tempo. Baciarono tranquillamente la mamma, le fecero teneramente i loro addii e cercarono di agitare i fazzoletti quando la carrozza si mise in moto. Laurie ed il suo nonno erano là a salutarla ed il signor Brooke sembrava così gentile, così pieno di buon senso e così forte, che le ragazze gli diedero subito il soprannome di «Cuor grande».

– Arrivederci, tesori miei, arrivederci; Iddio vi benedica e vi conservi tutte – mormorò la signora March, baciando l'una dopo l'altra quelle faccine amate e salì frettolosamente in carrozza.. Mentre il legno partiva, il sole si mostrò e la signora March, volgendosi, vide quasi come un buon presagio il piccolo gruppo al cancello, illuminato dai raggi dorati. Esse pure l'osservarono e sorrisero ed agitarono le braccia; l'ultima cosa che essa vide alla voltata della strada furono le quattro facce serene e dietro a loro come salvaguardia la fedele Anna, il vecchio Laurence ed il devoto Laurie.

– Come sono tutti buoni! – disse la signora March, voltandosi e trovando una prova di quello che aveva detto nella rispettosa devozione che si leggeva sul volto del giovane.

– Non so come potrebbero farne a meno – rispose il signor Brooke ridendo così allegramente che la signora March dovette sorridere anch'essa, e così il viaggio cominciò sotto buoni auspici, col sole, con sorrisi e parole di conforto.

– Sembra che sia passato un terremoto – disse Jo quando i loro vicini furono andati a casa per fare colazione lasciandole in libertà.

– Mi pare che sia andata via metà della casa – disse Meg con voce triste. Beth aprì le labbra per rispondere qualcosa ma non poté che accennare col dito ad un mucchio di calze accomodate sul tavolino della loro mamma, la quale, anche all'ultimo momento, aveva pensato e lavorato per loro. Fu una piccola cosa, ma fu la goccia che fa traboccare il vaso e, nonostante le loro buone risoluzioni, scoppiarono tutte in singhiozzi. Anna con gran tatto lasciò che si sfogassero un po' e quando vide che stavano per calmarsi, venne alla riscossa, armata di una grossa caffettiera.

– Mie care signorine, – disse – si ricordino di quello che ha detto la loro mamma e non si disperino; prendano una buona tazza di caffè e poi ci metteremo tutte al lavoro.

Il caffè fu una vera manna, tanto più che Anna, quella mattina, l'aveva fatto con più cura del solito e nessuna delle ragazze poté resistere alle sue preghiere né al fragrante invito, che usciva dal becco della caffettiera. Si avvicinarono alla tavola, scambiarono i fazzoletti por i tovaglioli e dieci minuti dopo erano già rimesse.

– Lavora e spera! ecco il motto per noi: perciò vediamo chi lo mantiene di più. Io, come al solito, me ne andrò dalla zia March! Ma, oh Dio, chi sa come brontolerà oggi!– disse Jo, mentre beveva, riprendendo un po' di coraggio.

– Io andrò dai miei King, quantunque preferirei rimanere a casa a vedere come vanno le cose – disse Meg, che avrebbe pagato qualcosa per non avere gli occhi così rossi.

– Non ce n'è bisogno; Beth ed io sappiamo benissimo dirigere la casa – disse Amy con aria d'importanza.

– Anna ci dirà che cosa dobbiamo fare e vedrete che prepareremo tutto per benino al vostro ritorno – aggiunse Beth, tirando fuori il suo catino ed i suoi cenci senza perder tempo.

– Io trovo che l'ansietà è molto interessante – disse Amy pensosa, mentre mangiava dei gran pezzi di zucchero.

Le ragazze non poterono fare a mena di ridere, benché Meg scuotesse la testa e rimproverasse la signorina che trovava conforto in una zuccheriera.

La vista dei mantelli le fece ridiventar serie e quando le due maggiori uscirono per andare al lavoro si voltarono indietro con dispiacere per guardare la finestra ove vedevano sempre il volto sereno della loro buona mamma. Ma Beth si era ricordata dell'antica abitudine e quando si voltarono la videro alla finestra che muoveva la testa su e giù come un roseo mandarino.

– Com'è buona la mia Beth! – disse Jo agitando, con uno sguardo di riconoscenza, il cappello. – Addio Meggy, spero che i King non ti daranno troppa noia. Non stare in pena per papà, cara – aggiunse mentre si separavano.

– E spero che la zia March non brontolerà! I tuoi capelli ti danno un'aria da ragazzo che ti si addice perfettamente – rispose Meg cercando di non sorridere nel vedere la testa ricciuta che sembrava molto sproporzionata e comica su quella lunga e maschia figura della sorella.

– Quello è il mio unico conforto – e, toccandosi il cappello «alla Laurie», Jo se ne andò per la sua strada, come una pecora tosata in un freddo giorno d'inverno.

Le notizie del loro padre le consolarono presto poiché, quantunque ammalato seriamente, pure la presenza della persona che egli amava tanto gli aveva già portato giovamento. Il signor Brooke mandava ogni giorno un bollettino e, come capo di famiglia, Meg insisteva nel voler leggere le notizie che si facevano di giorno in giorno migliori. Da principio tutte erano impazienti di scrivere e grosse buste erano accuratamente gettate nella cassetta delle lettere dall'una o dall'altra delle sorelle che si davano una certa importanza, ora che avevano corrispondenza con Washington.

Poiché uno di quei pacchetti conteneva note caratteristiche, fingeremo di rubarne alcune lettere e leggerne.

" Mia carissima mamma,

è impossibile dirti quando ci abbia fatto felici la tua ultima, perché le notizie erano così buone che non abbiamo potuto fare a meno di ridere e piangere mentre la leggevamo. Com'è stato gentile il Signor Brooke e che fortuna che gli affari del Signor Laurence lo trattengano vicino a te per così tanto tempo, visto che egli è utile sia a te che al babbo. Le ragazze sono buone come angioletti, Jo mi aiuta con il cucito, e insiste nel fare tutti i tipi di lavori, anche i più duri. Temerei quasi che ella voglia strafare, se non sapessi che i suoi attacchi di moralità non durano molto. Beth compie i suoi incarichi come un orologio, e non si dimentica mai le cose che le vengono dette. E' molto dispiaciuta per il babbo ed è sempre seria, a parte quando è al piano. Amy mi dà retta, ed è brava e mi prendo molto cura di lei, si fa da sola i capelli e le sto insegnando a fare le asole ed a rammendarsi le calze: lavora sodo, e so che sarai felice dei suoi progressi quando ritornerai. Il Signor Laurence ci sorveglia come una vecchia chioccia, come dice Jo, e Laurie è molto gentile e ci sta vicino. Lui e Jo ci tengono allegre, perché a volte ci assale la malinconia e ci sentiamo orfane con voi così lontani. Anna è davvero una santa, non brontola mai e mi chiama sempre Miss Margaret, che è davvero appropriato sai, e mi tratta con rispetto. Stiamo tutte bene ed impegnate, ma desideriamo notte e giorno, che voi ritorniate. Tante cose affettuose al babbo, e credimi sempre tua, Meg."

Questa nota, ben scritta su carta profumata, era in gran contrasto con la seguente, che era scarabocchiata su un gran foglio sottile di carta sottile, di fabbrica estera, ornata da macchie e da ogni tipo di calligrafia svolazzante.

"Mia preziosa mamma,

tre hurrà per il caro babbo! Brooke è stato in gamba a telegrafarci subito ed a farci sapere che migliorava ogni minuto. Quando è arrivata la lettera, mi sono scapicollata su in soffitta, ed ho cercato di ringraziare Dio per essere così buono con noi. Ma sono riuscita solo a piangere ed a dire: "sono felice, sono felice!" Conterà come una preghiera in piena regola? Il mio cuore ne era pieno di preghiere, abbiamo passato dei giorni così belli, ed ora posso apprezzarli, perché ognuno è disperatamente buono, è come stare in un nido di tortorelle. Rideresti a vedere Meg a capo tavola che cerca di essere materna. Diventa più carina ogni giorno che passa, ed a volte credo di esserne innamorata. Le bambine sono dei veri arcangeli ed io, bene io sono Jo, e non sarò mai niente altro che questa. Devo dirti che sono andata vicina a litigare con Laurie: mi ero fissata su una sciocchezza, e lui si era offeso, avevo ragione io, ma non l'avevo detto nel modo giusto e lui se ne andò via, dicendo che non sarebbe più ritornato finché non gli avessi chiesto scusa. Io dichiarai che non l'avrei mai fatto e sono andata su tutte le furie. E' durata tutto un giorno, mi sentivo male e avrei voluto che ci fossi tu. Laurie ed io siamo entrambi così orgogliosi, difficile chiedere scusa. Io pensavo che toccasse a lui, che ero io che avevo ragione. Lui non tornò, e solo alla sera mi sono ricordata cosa avevi detto, quando Amy era caduta nel fiume. Ho letto il mio libriccino allora, mi sono sentita meglio e decisi di non lasciare che il sole tramontasse sulla mia rabbia. Così corsi da Laurie per dirgli che mi dispiaceva. Lo incontrai al cancello, mentre veniva da me per lo stesso motivo. Abbiamo riso entrambi e ci siamo sentiti poi di nuovo bene, ed a nostro agio. Ho fatto una "posia" ieri quando stavo aiutando Anna nel bucato, e visto che al babbo piacciono le mie sciocchezze, te la mando per farlo divertire. Dagli il più affettuoso degli abbracci e datti tanti baci da parte della tua Jo, la pasticciona."

"Il canto del bucato."

"Regina del mastello canto lieta, mentre sorge la bianca schiuma, alta, e forte strofino, sciacquo e strizzo, e stendo i vestiti ad asciugare. Poi dondolano liberi, nell'aria fresca, sotto il cielo pieno di sole. Vorrei potessimo lavare dai nostri cuori lo sporco, della settimana passata e lasciare che l'aria e l'acqua, con il loro tocco magico, ci facessero pure, come loro. Allora sì, sulla terra, ci sarebbe un glorioso giorno del bucato, lungo il percorso di una vita utile, il cuore puro germoglia sempre. La mente impegnata non ha tempo di pensare al dispiacere o agli affanni; ed i pensieri di ansia possono essere spazzati via, mentre coraggiosamente imbracciamo la scopa. Sono felice del compito che mi viene dato, di lavorare un giorno dopo l'altro, perché mi porta salute e forza e speranza, ed io allegramente imparo a dire: "testa: tu puoi pensare, cuore: tu puoi sentire, ma mano: tu devi lavorare: sempre!"

Cara mamma, non rimane che un po' di spazio per me per mandarti il mio amore, e alcune viole del pensiero seccate raccolte dalla pianta che conservo in casa perché il babbo la veda. Leggo ogni mattina, cerco di essere buona tutto il giorno, e quando vado a letto mi canto la canzone che mi cantava il babbo. Adesso non riesco a cantare "la terra dei fedeli", perché mi fa piangere. Tutti sono molto gentili, e noi siamo felici per come lo possiamo essere senza di te. Amy vuole il resto della pagina, per cui devo fermarmi. Non ho dimenticato di coprire gli scatoloni, do la carica all'orologio, e arieggio le stanze ogni giorno. Baci al caro babbo, sulla guancia che lui dice che è la mia. Oh, tornate presto! Dalla vostra, affezionata, piccola, Beth."

"Ma chère Maman,
stiamo tutte bene, faccio i miei compiti e non contravvengo mai le ragazze. Meg dice che si deve dire "contraddico", così metto tutte e due le parole, e puoi scegliere tu la più adatta. Meg è un grande conforto per me, ed ogni sera mi dà la marmellata insieme al tè, e Jo dice che mi fa bene perché mi mantiene dolce. Laurie non è così rispettoso, come dovrebbe, perché ormai sono grande, mi parla francese e mi irrita, parlando francese con me molto speditamente, quando dico merci o bonjour come fa Hattie King . Le maniche del mio vestito blu erano tutte consumate, e Meg ce ne ha messe di nuove, ma sono venute male perché sono più blu del resto del vestito. Non sto bene, ma non mi stizzisco, sopporto i miei guai, ma vorrei che Anna mettesse più amido nei miei grembiuli, e che mi facesse la farinata tutti i giorni. Può farlo? Non è venuto bene quel punto interrogativo? Meg dice che la mia punteggiatura e l'ortografia sono una disgrazia, ed io sono mortificata, ma povera me, ho tante cose da fare, adieu, mando un mucchio di baci a papà, la tua affezionata figlia, Amy Curtis March."

"Cara Signora March,
giusto scrivo una riga per dire: qui tutto bene. Le ragazze, eh! Brave e volano proprio giuste. Meg sta diventando una vera donna di casa. A lei piace proprio questo, ed impara tutto al volo. Jo fa tutto di fila senza

fermarsi, neanche se sbaglia e non sai mai cosa combina. Ha fatto una bacinella di vestiti, lunedì, ma gli ha dato l'amido prima di strizzarli, così un abito rosa è diventato blu e sono morta dal ridere. Beth è la più buona del mondo, ed è tanto attenta, cerca di imparare tutto e fa la spesa come una grande. Tiene i conti, con il mio aiuto, veramente bene. Fino ad ora ci siamo, con le spese, non lascio le ragazze prendere il caffè più di una volta la settimana, come vuole lei, e gli do da mangiare tutta roba sana. Amy fa la brava, senza fare capricci, si mette i vestiti più belli e mangia roba dolce. Mister Laurie è sempre matto e mette sotto sopra la casa spesso, ma tiene su il morale alle ragazze, così lo lascio fare. Il vecchio manda sempre tanta roba, anche troppa, ma io sto al mio posto e non dico niente. Il pane si sta sgonfiando, perciò mi fermo adesso. Esequie a Mister March e spero che la pelmonite non c'è più, vostri rispetti, Anna Mullet."

Infermiere capo del reparto due.
"Tempo bello sul Rappahannock , truppe in buone condizioni, commissario impeccabile, la guardia di stanza sotto il colonnello Teddy sempre in servizio. Il comandante in capo, generale Laurence, controlla l'esercito tutti i giorni. Il maresciallo Mullet tiene il campo in ordine, ed il maggiore Lion fa la ronda di notte. Una salva di ventiquattro colpi fu sparata per salutare le buone notizie da Washington, cd una parata in alta uniforme ebbe luogo al quartier generale. Il comandante in capo manda i migliori auguri, ed a lui si unisce il Colonnello Teddy."

"Gentile Signora,
le ragazze stanno tutte bene. Beth ed il mio ragazzo mi relazionano tutti i giorni. Anna è una domestica modello e sorveglia Meg come un drago. Sono felice che il bel tempo duri, vi prego di contare su Brooke, e su di me, nel caso le spese eccedano le vostre stime. Non fate mancare niente a vostro marito. Ringrazio Dio per il suo miglioramento. Il vostro sincero e devoto amico, James Laurence."

CAPITOLO DICIASSETTESIMO

La piccola martire.

Per una settimana quindi fu veramente meraviglioso il vedere i sacrifici, il lavoro, la bontà angelica delle ragazze. Ma passati i primi momenti di grave inquietudine, esse cominciarono a dimenticare poco per volta le loro buone risoluzioni, ricadendo nelle loro antiche abitudini. Non si scordarono interamente del loro motto «sperare e lavorare» ma non so in qual modo riuscirono a renderlo più facile, tanto più che consideravano che, dopo sì grandi sforzi, meritavano un po' di ricompensa e... ne approfittarono.

Jo si prese una terribile infreddatura per non essersi coperta abbastanza la testa rapata e fu costretta a restare in casa poiché la zia March non desiderava udir leggere con voce nasale. Essa si prese questa punizione molto filosoficamente e, dopo aver rovistato per tutta la casa dalla soffitta fino alla cantina, decise di sdraiarsi sul sofà e curarsi il raffreddore con arsenico e libri. Amy scoprì ben presto che l'arte e le faccende domestiche non andavano ben d'accordo, perciò ritornò ai suoi pasticci di terra tralasciando le faccende. Meg continuò ad andare regolarmente dai King ed a cucire o credere di cucire a casa, ma gran parte del tempo era invece impiegato a scrivere a sua madre o nel rileggere più volte le lettere che venivano da Washington. Beth continuò sempre a fare il suo dovere soltanto con qualche piccola ricaduta nell'ozio, ma tutte le sue faccende erano fatte regolarmente e non solo le sue, ma anche molte di quelle delle sorelle. Nonostante ciò, la casa assomigliava ad un orologio, il cui pendolo andasse di tanto in tanto a prendere un po' di aria e, quando Beth incominciava a sentire la mancanza della madre o era inquieta per la malattia del padre, si rinchiudeva in un certo stanzino, nascondeva il volto fra le pieghe di una certa cara sottana e faceva il suo piantino o recitava la sua piccola preghiera da sé sola. Nessuna poteva capire che cosa rallegrasse e confortasse Beth dopo un periodo di scoramento, ma tutte si accorgevano quanto grande fosse l'aiuto e il conforto che da lei potevano avere e inconsciamente prendevano l'abitudine di recarsi da lei, quando avevano qualche piccolo dolore o volevano consiglio affettuoso e sincero. Le ragazze non si accorgevano che questo periodo era una prova del loro carattere e, passato il primo eccitamento, pensarono di aver compiuto il loro dovere e di meritarsi lode. La meritavano infatti, ma commisero lo sbaglio di non proseguire nel medesimo modo con cui avevano incominciato e questo costò loro molte inquietudini e molte lacrime.

– Meg, sarebbe bene se tu andassi a vedere gli Hummel; mamma ci ha raccomandato di non dimenticarli – disse Beth dieci giorni dopo la partenza della signora March.

– Sono troppo stanca oggi – rispose Meg dondolandosi placidamente nella poltrona, mentre cuciva.

– Non puoi andar tu, Jo? domandò Beth.

– Tempo troppo brutto per il mio raffreddore.

– Credevo che tu fossi quasi guarita.

– Sto sufficientemente bene per andare a passeggiare con Laurie, ma non abbastanza da andare dagli Hummel – disse Jo, ridendo, ma vergognandosi al medesimo tempo.

– Perché non vai tu? – domandò Meg.

– Sono stata tutti i giorni, ma il piccolo è malato e non so che cosa fargli. La signora Hummel è sempre fuori a lavorare e Lottchen cerca di curare il bimbo, ma mi pare che vada sempre di male in peggio e credo che tu od Anna dovreste andare.

Beth parlava seriamente e Meg promise che ci sarebbe andata l'indomani.

– Di' ad Anna che ti dia qualcosa di buono e portaglielo, Beth; l'aria ti farà bene – disse Jo e aggiunse come per scusarsi – Io andrei volentieri ma voglio finire di scrivere questo racconto.

– Mi duole la testa, sono stanca, perciò credevo che una di voi sarebbe andata – disse Beth.

– Amy sarà di ritorno a momenti e potrà farci una corsa – suggerì Meg.

– Bene, mi riposerò intanto ed aspetterò Amy – e Beth si sdraiò sul sofà, mentre le altre due, dimenticando completamente gli Hummel, riprendevano le loro occupazioni.

Passò un'ora; Meg se ne era andata, in camera a provarsi il vestito; Jo era assorta nel suo racconto, Anna se la dormiva tranquillamente dinanzi al fuoco e Beth, senza far parola, mise il mantello od il cappello, riempì il suo panierino di piccole cose per i poveri bambini ed uscì nel freddo colla testa pesante ed uno sguardo triste nei suoi grandi occhioni dolci. Era già tardi quando tornò a casa e nessuno la vide salire adagio adagio le scale e rinchiudersi nella camera della madre.

Mezz'ora più tardi Jo, andando a prendere qualcosa nello «stanzino della mamma» trovò Beth, che, col volto serio e pallido, cogli occhi rossi ed una bottiglia di canfora in mano, stava seduta sulla cassetta delle medicine.

– Per Cristoforo Colombo, che cosa è successo? – gridò Jo, mentre Beth stendeva verso di lei una mano come per allontanarla e domandava ansiosamente: – Hai avuta la scarlattina tu, non è vero?

– Sì, molto tempo fa, quando l'ebbe anche Meg. Ma perché?

– Allora te lo posso dire. Oh Jo, il povero bambino è morto!

– Che bambino?

– Quello della signora Hummel! Mi è morto fra le braccia, prima che la madre arrivasse a casa – gridò Beth con un singhiozzo.

– Povera Beth! Dev'essere stato terribile! Sarei dovuta andar io! – disse Jo, sedendosi, piena di rimorsi, sul seggiolone della mamma, e facendosi sedere la sorella sulle ginocchia.

– Non è stato terribile, Jo, ma così triste! Io mi sono accorta subito che il bambino era peggiorato, ma Lottchen mi ha detto che sua madre era andata a chiamare un dottore, perciò l'ho preso sulle ginocchia per far riposare la bambina. Da principio sembrava che dormisse ma ad un tratto ha dato un grido, si è scosso tutto e poi non si è più mosso. Ho cercato di scaldargli i piedini e Lotta gli ha dato del latte, ma non siamo riuscite a farglielo inghiottire ed io ho capito che doveva esser morto.

– Non piangere, cara, ma dimmi che cosa hai fatto allora.

– Sono restata lì col bambino in collo fintanto che la signora Hummel è ritornata col dottore. Egli ci ha fatto capire che era morto e guardando Enrico e Mimma che hanno anch'essi mal di gola, ha detto con voce burbera: – Scarlattina, signora mia, doveva chiamarmi prima! – La signora Hummel ha risposto che era povera, che aveva cercato di curare il bambino da sé, si raccomandava che le guarisse gli altri due e si rimetteva alla sua carità quanto al pagamento. Il dottore allora ha sorriso e è stato più garbato ma tutto ciò era talmente triste che io mi sono messa a piangere con loro finché, ad un tratto il dottore si è voltato verso di me e mi ha detto di andare a casa e di prendere un po' di belladonna se non volevo prendere la scarlattina anch'io.

– No, non l'avrai, Beth! – gridò Jo abbracciandola strettamente con espressione di sgomento dipinta sul volto. – Oh Beth, se tu fossi ammalata, non me lo potrei più perdonare! Che cosa faremo?

– Non ti spaventare! Non credo che l'avrò molto forte; ho guardato nel libretto di mamma ed ho visto che comincia con mal di testa, mal di gola e malessere come lo provo io, perciò ho subito preso la belladonna ed ora mi sento meglio. – disse Beth appoggiandosi una manina fredda alla testa infuocata e cercando di nascondere il suo male.

– Se mammina fosse a casa! – esclamò Jo, prendendo il libro e pensando con terrore che Washington era tanto lontana.

Lesse una pagina, guardò Beth, le posò una mano sulla fronte; le guardò la gola e disse con grande inquietudine: – Sei stata con quel bimbo per più di una settimana, sei stata insieme con gli altri che avevano preso la scarlattina anche loro e non mi meraviglierei che la prendessi anche tu, Beth! Chiamerò Anna, lei se ne intende di malattie!

– Non far venir Amy, per carità; non l'ha mai avuta e non vorrei attaccargliela. Tu e Meg non potete riprenderla, eh? -- domandò Beth con inquietudine,

– Non credo, e non m'importerebbe nulla se la prendessi. Mi starebbe bene, egoistaccia che non sono altro! Lasciar andar sempre te, mentre io me ne stavo comodamente seduta a scrivere quelle scempiaggini! – mormorò Jo, mentre andava a consultare Anna.

La buona donna fu in piedi in un attimo e prese subito le redini, cominciando col rassicurare Jo, dicendo che tutti i bimbi avevano la scarlattina e, se curati bene, non morivano mai, cose che Jo credette subito, e che la calmarono alquanto.

– Senti che cosa faremo – disse Anna, dopo avere esaminato Beth con attenzione – chiameremo il Dottor Bangs, affinché la veda e ci dica se quello che abbiamo fatto sta bene, poi manderemo Amy dalla zia March per un po' di tempo per tenerla al sicuro, ed una di voi grandi potrà restare a casa per curare e divertire Beth per uno o due giorni.

– Starò io, naturalmente, sono la più grande – disse Meg inquieta e dispiacente.

– No, starò io perché è colpa mia che si è ammalata; avevo promesso a mamma di andar sempre in giro io ed invece non l'ho fatto – disse Jo risolutamente.

– Chi vuoi, Beth? basta una – disse Anna.

– Vorrei Jo – e Beth appoggiò il capo sulla spalla della sorella con uno sguardo di soddisfazione che pose fine alla questione.

– Andrò ad avvertire Amy – disse Meg un po' urtata, ma in fondo contenta poiché a lei non piaceva far da infermiera, mentre che Jo lo faceva volentieri.

Amy si ribellò addirittura e dichiarò che preferiva aver la scarlattina piuttosto che di andare dalla zia March. Meg ragionò, impose, pregò, ma tutto invano. Amy protestò che non voleva andare e Meg disperata la lasciò per andare a chieder consiglio ad Anna.

Prima però che avesse avuto il tempo di tornare, Laurie era entrato nel salotto ed aveva trovato Amy in lacrime, con il volto nascosto fra i cuscini; gliene aveva domandata la ragione ed essa gli aveva raccontato di che cosa si trattava, aspettandosi di essere appoggiata e consolata; ma Laurie non fece altro che mettersi le mani in tasca e cominciò a passeggiare in su e in giù per la stanza fischiando e corrugando le sopracciglia.

Finalmente le si mise a sedere accanto e disse col suo tono di voce più insinuante: – Senti, sii una brava donnina e fa' quel che ti dicono; no, non piangere, ma sta a sentire. Tu vai dalla zia March ed io verrò tutti i giorni a prenderti e condurti fuori in carrozza o a piedi e ci divertiremo moltissimo. Non credi che starai meglio là che qui sola sola?

– Non mi piace di esser mandata via a questo modo, come se fossi di troppo – disse Amy con voce di pianto.

– Dio ti benedica, piccina mia, è per non farti ammalare! Ti piacerebbe prendere la scarlattina?

– Certamente che non mi piacerebbe, ma suppongo che la prenderò lo stesso perché sono stata con Beth tutto questo tempo.

– È appunto per questa ragione che dovresti andartene subito. Il cambiamento d'aria e di ambiente ti farà bene; o, se non ti libererà interamente dalla malattia, te la farà avere più leggera! Io ti consiglio di andar via al più presto possibile, perché la scarlattina non è mica una malattia con cui si possa scherzare, signorina!

– Ma è tanto noioso andare dalla zia March ed è tanto brontolona! – protestò Amy un po' spaventata.

– Non sarà noioso se io vengo a dare una capatina tutti i giorni, a portarti notizie di Beth e condurti a passeggio. La vecchia mi vuol bene e vedrai che saprò fare in modo che non brontolerà con nessuno dei due, qualunque cosa si faccia!

– Mi porterai fuori a fare delle trottate nel carrozzino con Puck?

– Sul mio onore di gentiluomo.

– E verrai tutti tutti i giorni?

– Lo vedrai!

– E mi ricondurrai a casa, appena Beth è guarita?

– Immediatamente.

– E mi condurrai davvero al teatro?

– A una dozzina di teatri, se occorre!

– Bene.... credo che andrò – disse Amy lentamente.

– Brava Amy! chiama Meg e dille che hai acconsentito! – disse Laurie con un colpetto d'incoraggiamento sulla testa, cosa che annoiò Amy molto più dell'acconsentimento.

Meg e Jo corsero giù a vedere il miracolo compiuto da Laurie ed Amy, simile ad una martire, promise di andare se il dottore diceva che Beth avrebbe avuto la scarlattina.

– Come sta la cara piccina? – domandò Laurie. Beth era la sua favorita ed era più inquieto di quello che avrebbe voluta dimostrare.

– È sdraiata sul letto di mamma ed ora si sente meglio. La morte del bimbo le ha fatto impressione, ma potrebbe darsi che non avesse che preso freddo. Anna dice che crede sia soltanto un po' di freddo, ma io temo che sia la scarlattina, perché non sta affatto bene – rispose Meg.

– Che mondo, che mondaccio! – disse Jo, arruffandosi i capelli con una mano – Non abbiamo ancora finito con una disgrazia ed eccone un'altra! Tutto va a rovescio quando non c'è la mamma e sembriamo tutte tante pecore smarrite!

– Giustissimo, ma è inutile che tu ti riduca come un porcospino, Jo, non ti dona, sai? Accomodati prima di tutto la parrucca e dimmi poi se devo telegrafare a vostra madre – disse Laurie, che non si era potuto mai consolare della perdita dell'unica bellezza della sua amica.

– Questo è quel che mi tormenta; io credo che dovremmo telegrafare a mamma se Beth è proprio malata, ma Anna dice di no, perché la mamma non può lasciar papà e starebbe tanto in pena se lo sapesse. Beth non sarà malata per molto tempo, Anna sa che cosa deve fare e, siccome mamma ci ha detto di lasciarci guidare da lei, così suppongo che non telegraferemo; ma non so, mi pare che non sia ben fatto!

– Hum, non saprei! Dopo che sarà venuto il dottore, consigliati col nonno!

– Faremo così: Jo, va' a chiamare subito il dottor Bangs – comandò Meg – non possiamo decider nulla finché egli non sia venuto.

– Non ti muovere, Jo; io sono il galoppino – disse Laurie, prendendo il cappello.

– Ma non hai da fare? – cominciò Meg.

– No, ho finito le lezioni per oggi.

– Studi anche in tempo di vacanze? – domandò Jo.

– Prendo il buon esempio dalle mie vicine – fu la risposta di Laurie, mentre usciva dalla stanza.

– Ho grandi speranze pel mio ragazzo! – disse Jo con un sorriso, seguendolo cogli occhi mentre traversava di corsa il giardino.

– Per un ragazzo non c'è male – fu la risposta poco graziosa di Meg, poiché quel soggetto di conversazione non l'interessava molto.

Il dottor Bangs venne, disse che Beth aveva i sintomi di una scarlattina leggera, mia aggrottò le sopracciglia quando Anna gli raccontò la storia degli Kummel. Amy fu subito mandata via e dovette prendere una medicina per premunirsi del pericolo; partì con gran pompa, scortata da Jo e da Laurie. La zia March la ricevé colla sua solita ospitalità.

– Che cosa c'è di nuovo? – domandò aspramente, guardandoli dal disopra dei suoi occhiali, mentre il pappagallo, appollaiato sulla spalliera della sua seggiola, gridava:

– Va' via, non vogliamo ragazzi qui!

Laurie si ritirò presso ad una finestra e Jo raccontò la sua storia.

– Niente di più di quel che mi aspettavo; sfido io, vi lasciano andare da ogni sorta di gente! Amy può star qui e rendersi utile se non s'ammala; suppongo del resto che s'ammalerà.... ne ha tutta l'aria. Non piangere, bimba, mi annoia sentir piagnucolare.

Amy era sul punto di piangere sul serio, ma Laurie destramente tirò la coda al pappagallo, la qual cosa costrinse la povera bestia a gridare con voce acuta: – Mio Dio benedetto! – in un modo così curioso che Amy rise invece.

– Che notizie avete di vostra madre? – domandò la vecchia con voce grossa.

– Papà sta molto meglio – disse Jo, cercando di star seria.

– Ah, sì? Non durerà a lungo però; March non è mai stato robusto – fu la consolante risposta.

– Ha! ha! Povero Polly! Prendi una presa di tabacco? Addio cara! – gridò Polly, attaccandosi alla berretta della sua padrona per non cadere, scosso come era dalle ripetute tirate di Laurie.

– Sta' zitto, vecchio maleducato. E tu Jo, faresti meglio ad andar via subito! Non sta bene che una signorina esca così tardi con un ragazzaccio.

– Sta' zitto, vecchio maleducato – gridò Polly ruzzolando a terra e correndo a beccare le gambe del ragazzaccio, che scoppiava dal ridere a quest'ultima uscita.

– Ho paura di non poter resistere, ma mi proverò – disse fra sé Amy quando fu lasciata sola con la zia March.

– Va' via! Sei un mostro! – strillò Polly ed a questo complimento Amy non poté trattenere un singhiozzo.

CAPITOLO DICIOTTESIMO

Giorni tristi.

Beth fu malata, molto più malata di quello che alcuno, all'infuori di Anna e del dottore, immaginassero. Le ragazze non s'intendevano affatto di malattie, il signor Laurence non poteva vederla, perciò Anna faceva tutto a modo suo ed il povero dottor Bangs, sovraccarico di lavoro, faceva del suo meglio, ma lasciava fare molto all'eccellente infermiera. Meg stava a casa temendo di portare l'infezione dai King e faceva da massaia, ma era molto inquieta ed ogni volta che scriveva a sua madre e non le faceva cenno della malattia di Beth, si sentiva come colpevole verso di lei. Non poteva credere che fosse bene nascondere qualcosa a sua madre; ma ella le aveva raccomandato di seguire i consigli di Anna ed Anna non aveva voluto sapere di scriverlo alla signora March «e di farla tornare a casa per una cosa così leggera!».

Jo si era dedicata anima e corpo a Beth che, poverina, non dava molto da fare, poiché era molto paziente e sopportava senza lamentarsi il suo male. Ma vennero i giorni in cui, durante l'ora della febbre, ella cominciò a parlare con voce rauca ed interrotta, suonando sulle coperte del letto come sul suo amato pianoforte e cercando di cantare colla gola così gonfia che le note uscivano come piccoli gridi; un tempo in cui non riconosceva più i volti familiari che le stavano a lato, ma chiamava le sorelle con nomi sbagliati ed implorava con voce supplichevole che facessero venire la mamma. Allora Jo si cominciò a spaventare, Meg si raccomandò ad Anna che le permettesse di scrivere la verità a sua madre ed anche Anna disse che «ci avrebbe pensato benché ancora non vi fosse pericolo».

Una lettera da Washington le rese ancor più tristi ed inquiete; il signor March aveva avuto una ricaduta ed il ritorno a casa pareva più remoto che mai! Che brutti giorni furono quelli! Com'era solitaria e triste la casa e com'erano mesti ed angosciati i cuori delle sorelle, mentre che lavoravano ed aspettavano, coll'angiolo della morte che distendeva le sue grandi ali sulla casa, una volta così felice! Allora sì che Margherita, mentre sedeva sola sola al suo lavoro, colle lacrime che spesso le rigavano le guance, cominciava a comprendere quanto era stata felice con i beni che aveva prima avuto e disprezzato e quanto questi fossero più preziosi di qualunque agiatezza che avesse potuto darle il denaro; quanto era stata ricca in amore, protezione, pace e salute, che sono le vere benedizioni della vita. Allora sì che Jo, alla vista delle continue sofferenze dell'amata sorellina, con quella vocina patetica sempre nell'orecchio, imparò a conoscere a fondo la bellezza e la bontà del carattere di Beth, vide e sentì quanta era l'affezione che Beth si era saputa guadagnare colla sua disinteressata ambizione e riconobbe e capì quanto valore avessero nel mondo quegli esseri che, vivendo unicamente per gli altri, aiutavano a rendere la famiglia felice coll'adempiere quei doveri e quelle semplici virtù che tutti possono possedere e che ognuno dovrebbe amare e valutare molto più che ingegno, ricchezza e bellezza.

Ed Amy nel suo esilio desiderava tanto di esser in casa! Come avrebbe lavorato volentieri per Beth! Nessun lavoro fatto per lei sarebbe stato ora grave e tedioso e si ricordava con rimorso e dispiacere delle tante volte in cui quelle manine volenterose avevamo compiuto quei doveri ch'ella stessa era stata troppo pigra per far da sé.

Laurie era sempre in casa March, come uno spirito che non ha pace ed il signor Laurence aveva chiuso a chiave il pianoforte a coda perché non poteva sopportare che alcuno gli rammentasse la giovane vicina che gli soleva rendere così tranquille e beate quelle ore del crepuscolo.

Tutti sentivano la mancanza di Beth: il lattaio, il fornaio, il pizzicagnolo; il macellaio domandavano sempre sue notizie; la povera signora Hummel venne a chieder scusa, piangendo della sua sbadataggine, domandando allo stesso tempo un panno funebre per Mimma; tutti i vicini mandavano sempre una quantità di auguri e di cose che credevano potessero far piacere alla piccola malata ed anche quelli che la conoscevano a fondo, si stupivano nel vedere quanti amici si fosse fatta la timida Beth.

E durante tutto questo tempo, la poverina giaceva sul suo letto con la vecchia Joanna a lato ed anche nei suoi vaneggiamenti ella non si scordava mai della sua povera protetta. Essa avrebbe tanto desiderato di avere con sé i suoi gattini, ma non voleva che rischiassero di ammalarsi anche loro, e, nei suoi momenti di lucidità, tremava sempre per Jo. Mandava continuamente ambasciate ad Amy, faceva sempre dire a sua madre che presto le avrebbe scritto e spesso domandava carta e calamaio per scrivere qualche riga e mostrare a suo padre che non si dimenticava di lui. Ma anche questi lucidi intervalli svanirono coll'aggravarsi del male e, per ore ed ore, la povera piccina si agitava nel letto, mormorando parale interrotte ed incoerenti, oppure era assopita in un sonno pesante che non le portava alcun refrigerio. Il Dottor Bangs la visitava due volte al giorno, Anna la vegliava la notte, Meg aveva pronto nel suo cassetto un telegramma da spedirsi a qualunque momento a sua madre e Jo non si muoveva un istante dal capezzale di Beth.

Il primo di dicembre fu per le povere ragazze una giornata d'inverno davvero oscura! Di fuori soffiava un vento gelato, la neve cadeva a larghi fiocchi e l'anno sembrava si preparasse alla morte. Quando il dottor Bangs venne quella mattina, guardò a lungo Beth, tenne la manina ardente nelle sue per un minuto, poi la riposò lentamente sulla coperta, dicendo a bassa voce ad Anna – Se la signora March può lasciare suo marito, sarebbe bene che venisse! – A queste parole Anna, che non poteva parlare per il gran tremito nelle labbra, fece col capo un cenno di assentimento; Meg si lasciò cadere su di una seggiola, come se le forze le mancassero, e Jo, dopo esser stata un minuto immobile, col volto pallido come la morte, corse nell'anticamera, prese il telegramma e, gettandosi sulle spalle il mantello, si precipitò fuori nella bufera. Ben presto fu di ritorno, e mentre silenziosamente si levava il mantello, vide Laurie che entrava con una lettera in mano dicendo che il signor March stava meglio ed era nuovamente in via di guarigione. Jo lesse la lettera, ma quel grave peso che aveva sul cuore non si alleggerì ed il suo volto era così triste che Laurie domandò subito:

– Che cosa c'è? Beth sta peggio?

– Ho telegrafato a mamma che venga – disse Jo cercando, con un'espressione indicibile di togliersi le scarpe.

– Brava Jo! L'hai fatto di tua iniziativa? – domandò Laurie, mentre, vedendo come la sua mano tremava, la faceva sedere su di una seggiola e l'aiutava a levarsi la scarpa ribelle.

– No, il dottore ce l'ha detto!

– Oh Jo! Siamo a questo punto? – gridò Laurie col volto spaventato.

– Sì! Non ci riconosce più, non parla neppure più delle «tortorelle verdi», come chiamava i rami di vite sul muro, non sembra più la mia Beth e non c'è nessuno che ci aiuti a sopportare questa terribile prova! Mamma e papà sono tutti e due andati via e Iddio sembra essere così lontano che non lo posso più trovare! – e la povera Jo, colle guance rigate di lacrime, tese le mani, come se brancolasse nel buio, in modo così derelitto, che Laurie prese quelle mani nelle sue e mormorò come poté, con un nodo alla gola: – Jo, cara, se ti posso essere di aiuto, sono qua io!

Ella non poteva parlare, ma la dolce pressione di quella mano amica confortò un poco il suo povero cuore, e parve condurla più vicina a quel braccio divino che solo poteva confortarla nel suo dolore. Laurie avrebbe pagato qualunque cosa per poterle dire parole di conforto e di affetto, ma non ne trovava che potessero esprimere il suo pensiero e stava muto, accarezzando la povera testa abbattuta, come faceva sempre la sua mamma. Era la migliore cosa che potesse fare e recò più sollievo che non le parole più eloquenti, poiché Jo sentì la muta simpatia, ed in quel silenzio capì quanto conforto può dare l'affetto al dolore più intenso.

Dopo qualche tempo, ella rasciugò le lacrime che l'avevano tanto sollevata e guardò Laurie con volto pieno di riconoscenza.

– Grazie, Teddy, – disse – sto molto meglio adesso, non mi sento così scoraggiata e sola e cercherò di sopportare con rassegnazione questo gran dolore, se mai venisse!

– Spera sempre pel meglio, Jo: questo ti sarà di grande aiuto! Tua madre sarà presto qui ed allora tutto andrà bene!

– Sono così contenta che papà stia meglio; così la povera mamma verrà via col cuore più leggero! Oh Dio! Pare proprio vero che le disgrazie non vengono mai sole ed a me tocca sopportare la parte più grave! – sospirò Jo, stendendo il fazzoletto bagnato sulle ginocchia per farlo asciugare.

– Come? Meg non fa quello che dovrebbe? – domandò Laurie indignato.

– Oh sì, cerca di far del suo meglio, ma non ama Beth come l'amo io e non le farà tanto vuoto! Ma Beth è la mia coscienza e non posso lasciarla andare, non posso, non posso!

E la povera Jo nascose di nuovo il volto nel fazzoletto e pianse disperatamente. Fino ad allora si era tenuta su coraggiosamente e non aveva sparso una lacrima, ma adesso aveva bisogno di uno sfogo. Laurie si passò una mano sugli occhi, ma non poté parlare finché il nodo, che gli era venuto alla gola, non fu passato e finché le labbra non cessarono di tremare convulsivamente. Poteva essere cosa effeminata ma non poté farne a meno ed io ne ho piacere. Poco dopo, quando i singhiozzi di Jo si fecero meno frequenti, egli disse con voce piena di speranza: – Non credo che la nostra Beth morirà; ella è così buona e noi tutti le vogliamo tanto bene che non credo che Iddio vorrà togliercela così presto.

– Le persone più buone e più care sono sempre quelle che muoiono – mormorò Jo, cessando però di piangere, poiché le parole del suo amico, nonostante tutti i suoi dubbi e tutti i suoi timori, l'avevano un po' consolata.

– Povera ragazza! Sei proprio sfinita! Non è naturale che tu sia così scoraggiata! Aspetta un po': ti accomodo io in due minuti!

E Laurie corse su facendo due scalini alla volta, mentre Jo appoggiava la sua povera testa stanca sul mantellino bruno di Beth, che nessuno aveva pensato di togliere dalla tavola su cui l'aveva lasciato. Quel mantello parve possedere un fascino, perché un po' dello spirito rassegnato e di abnegazione della sua padroncina parve penetrare nel cuore di Jo; e, quando Laurie venne giù con un bicchiere di vino in mano, ella lo prese con un sorriso e disse coraggiosamente: – Bevo alla salute della mia Beth. Sei un buon dottore, Teddy, ed un impagabile amico, come farò a ripagarti di tutto quello che fai per me? – aggiunse poi, fisicamente rinfrancata dal vino, come lo era stata moralmente dalle parole di Laurie.

– Ti manderò il conto a tempo opportuno, mal ora ti dirò qualcosa che ti darà più forza e coraggio di un bicchiere di vino – disse Laurie guardandola con occhi pieni di soddisfazione.

– Che cosa c'è? – domandò Jo dimenticando nella sorpresa il suo dolore.

– Ho telegrafato a tua madre ieri e Brooke ha risposto che sarebbe partita subito: così arriverà questa sera e vedrai che tutto andrà bene! Sei contenta, Jo?

Laurie parlava rapidamente con grande enfasi ed eccitamento; aveva tenuto questa notizia segreta, per paura di dare delle vane speranze alle ragazze o di far del male a Beth, ma ora non poteva più star zitto.

Alle parole di Laurie, Jo dapprima impallidì, poi balzò su dalla seggiola e, al momento in cui Laurie cessava di parlare, lo elettrizzò gettandogli le braccia al collo e gridando con gioia: – Oh Laurie, oh mamma, sono così contenta! – Non pianse la povera Jo, ma rise convulsamente e tremava tutta e si teneva stretta al suo amico come se questa notizia l'avesse un po' sbalordita. Laurie, benché assai meravigliato da questo modo di procedere, mostrò gran presenza di spirito, l'accarezzò dapprima, poi, vedendo che si ricomponeva, azzardò uno due timidi baci, cosa che richiamò Jo subito in sé. Tenendosi stretta alla ringhiera della scala per non cadere, lo allontanò gentilmente, dicendo con voce semiseria: – Oh no! Non volevo far così, ma sei stato così buono e così bravo di telegrafare alla mamma che non ho potuto fare a meno di abbracciarti. Non mi dare mai più del vino, Teddy, mi fa fare di queste belle cose!

– Non mi dispiacciono affatto – disse Laurie, ridendo ed accomodandosi la cravatta – Ora sta' a sentire. Io ho cominciato da qualche giorno ad essere inquieto ed il nonno pure; abbiamo pensato che Anna si prendeva una responsabilità troppo grande e che la vostra mamma avrebbe dovuto esser avvertita. Non ci avrebbe mai più perdonato se Beth…. se accadeva qualcosa insomma. Perciò ho indotto il nonno a convenire con me che gli pareva fosse tempo di muoversi e ieri andai al telegrafo e telegrafai, benché Anna mi volesse quasi mangiare quando le proposi di avvisare vostra madre. Tu sai che non posso soffrire di essere contrariato, specialmente quando so di aver ragione e l'opposizione recisa di Anna mi decise a mandare il telegramma. Vostra madre verrà di certo; e l'ultimo treno arriva alle due di stanotte. Io andrò alla stazione a prenderla e tu non hai da far altro che celare la tua gioia e tener Beth tranquilla fino all'arrivo di questa benedetta mamma.

– Laurie, sei un vero angelo! Come posso ringraziarti?

– Abbracciami di nuovo, ci ho preso gusto! – disse Laurie con un'espressione birichina, cosa che non aveva avuta da quindici giorni.

– No, grazie; lo farò per procura quando verrà tuo nonno. Non ti tormentare adesso, ma va' a casa e riposati poiché dovrai star su tutta la notte. Iddio ti benedica, Teddy, Iddio ti benedica!

Mentre parlava, Jo si era a poco a poco avvicinata all'uscita e, terminato il discorso, sparì precipitosamente in cucina, ove si sedette un minuto per dire ai gatti che le facevano circolo, che era così felice, tanto felice, mentre Laurie partiva tranquillamente, rallegrandosi di aver compiuto così bene l'opera sua.

– Quel ragazzo s'immischia sempre nelle cose che non lo riguardano, ma gli perdono questa volta e spero che la signora arriverà subito subito – disse Anna con un sospiro di sollievo, quando Jo le annunziò la buona notizia, e Meg, felice anch'essa, si rinchiuse in camera sua a rileggere la lettera venuta, mentre Jo metteva in ordine la camera della malata ed Anna si affrettava ad andare in cucina per preparare qualcosa per gli ospiti attesi. Un soffio di aria pura sembrava fosse penetrato nella casa e qualcosa come un raggio di sole sembrava rallegrare le stanze solitarie; tutto pareva annunziare un cambiamento favorevole: l'uccellino di Beth cominciò di nuovo a gorgheggiare; una rosa quasi sbocciata fu scoperta sulla pianta di Amy, il fuoco sembrava bruciasse con uno scoppiettio più allegro del solito ed ogni volta che le ragazze s'incontravano, i loro volti pallidi si rallegravano, si abbracciavano e mormoravano come per incoraggiamento: – Viene la mamma, cara, viene la mamma. – Tutti si rallegravano: eccetto Beth. Ella giaceva assopita, inconscia di tutto ciò che succedeva intorno a lei: speranza, gioia, dubbio o pericolo. Era una vista straziante quel volto, poco tempo prima così fresco e roseo, adesso così cambiato e scarno; le manine, una volta così attive, adesso così deboli e smunte; quelle labbra belle e sorridenti ora mute e bianche, ed i capelli, una volta così lucidi e morbidi, sparsi qua e là pel capezzale. Tutto il giorno rimase in quello stato; non si riscuoteva che per articolare con le labbra riarse la parola appena intelligibile: – Acqua, acqua. – Tutto il giorno Jo e Meg le furono attorno, spiando ogni suo movimento, sperando e fidando in Dio e nella loro madre e tutto il giorno la neve continuò a cadere a larghi fiocchi, il vento a fischiare ed ululare e le ore a passare lente lente. Venne finalmente la notte ed ogni volta che l'orologio suonava le ore, le sorelle, sedute da una parte e dall'altra del letto, si scambiavano uno sguardo d'incoraggiamento, come per dire che l'aiuto si avvicinava finalmente. Il dottore era venuto ed aveva detto che una crisi sarebbe avvenuta probabilmente verso mezzanotte e che a quell'ora egli sarebbe tornato.

Anna, esausta dalla fatica, si sdraiò sul sofà a' piedi del letto e si addormentò. Il signor Laurence continuava a camminare su e giù nell'entrata, pensando che avrebbe preferito di trovarsi dinanzi ad una batteria di nemici piuttosto che vedere il volto ansioso che Mrs March avrebbe avuto al suo arrivo; e Laurie sdraiato sul sofà, fingeva di dormire, ma in verità guardava il fuoco con quello sguardo pensieroso e triste che rendeva i suoi occhi così dolci ed espressivi. Le ragazze non si dimenticarono mai più quella notte, in cui sedevano là vicino al letto, vegliando la sorella, affrante da quell'orribile senso di impotenza che viene in generale in quei momenti terribili.

– Se Iddio ci fa la grazia di lasciarci Beth, non mi lagnerò mai più – disse Meg seriamente.

– Se Iddio ci lascia Beth, cercherò di amarlo e di servirlo per tutta la mia vita – disse Jo con eguale fervore.

– Che bellezza se non avessimo cuore! Il mio mi fa tanto male – sospirò Meg dopo una pausa.

– Se la vita fosse spesso così non so come faremmo a vivere – aggiunse la sorella, abbattuta e scoraggiata.

L'orologio suonò la mezzanotte e tutt'e due le sorelle si chetarono e con più attenzione ancora spiarono il volto di Beth che pareva loro avesse già subito un cambiamento. La casa era silenziosa come la morte e non si udiva altro che l'ululare monotono del vento. La povera Anna continuava a dormire e nessuno, all'infuori delle sorelle, vide la pallida ombra che sembrò caderc sul lettino della malata. Passò un'ora e nulla avvenne se non la partenza di Laurie per la stazione. Un'altra ora.... e nessuno arrivava; ed il timore di una disgrazia per strada, o un ritardo pel cattivo tempo o, peggio ancora, una gran disgrazia a Washington, cominciò a riempire il cuore delle povere ragazze.

Erano le due passate quando Jo, che stava spiando alla finestra, udì un movimento presso il letto e, voltandosi subito, vide Meg inginocchiata davanti al seggiolone di sua madre col volto nascosto fra le mani. Un terribile pensiero le balenò alla mente e le agghiacciò il sangue nelle vene: Beth è morta e Meg non ha il coraggio di dirmelo. In un istante fu di nuovo presso al letto e parve alla sua fantasia esaltata che un gran cambiamento si fosse prodotto in Beth. Il rossore della febbre e l'espressione di sofferenza erano scomparsi e la cara faccina sembrava così pallida e tranquilla nel suo assoluto riposo che Jo non sentì desiderio di piangere o di lamentarsi. Abbandonandosi a guardare lungamente la più cara fra le sue sorelle, ella baciò quella fronte umida col cuore sulle labbra e mormorò dolcemente: – Addio, mia Beth, addio! – Come scossa da quel debole rumore, Anna si svegliò di soprassalto, balzò in piedi, si avvicinò rapidamente al letto, guardò Beth, le tastò la mano, udì il respiro e poi, buttandosi il grembiule sugli occhi, si gettò a sedere mormorando a bassa voce: – La febbre è passata! Dorme naturalmente, la pelle è umida e respira bene! Iddio sia lodato! – Prima che le ragazze potessero credere alla felice realtà, il dottore venne a confermarla. Era un uomo brutto, ma le ragazze credettero di vedere il volto di un angelo quando, col sorriso sulle labbra ed un fare paterno, disse: – Sì, mie care, credo che la bambina sia fuori di pericolo adesso. Tenete la casa quieta, lasciatela dormire e appena si sveglia datele....

Le ragazze non udirono quello che dovevano darle perché tutt'e due andarono nell'anticamera buia e là, sedute sulle scale, si tennero strettamente abbracciate, col cuore pieno di una gioia troppo sacra per le parole. Quando ritornarono in camera per esser baciate ed abbracciate dalla fedele Anna, trovarono che Beth giaceva nel letto colla guancia, da cui era già svanito il terribile rossore, appoggiata ad una mano e che respirava tranquillamente come se si fosse addormentata allora allora.

– Se la mamma venisse adesso – disse Jo, mentre alla notte cominciava a seguire l'alba.

– Vedi – disse Meg avvicinandosi a lei con una rosa bianca mezza schiusa – Avevo creduto che questa rosa non sarebbe stata abbastanza aperta per metterla nelle mani di Beth domani se.... fosse partita! Ma si è schiusa nella notte ed adesso la voglio mettere in questo vaso affinché, quando essa si sveglia, possa per prima cosa vedere la rosina bianca ed il volto della mamma.

Il sole non era loro mai sembrato così bello, né la natura così splendente quali apparvero quella mattina agli occhi stanchi di Meg e di Jo, quando la triste veglia fu terminata.

– Sembra il mondo delle fate – disse Meg sorridendo a sé stessa mentre che dietro la tenda ammirava lo spettacolo.

– Zitta – gridò Jo balzando in piedi.

Un suono di campanelli alla porta, un grido di Anna e poi la voce di Laurie che gridava con gioia:

– Ragazze, è venuta, è venuta!

CAPITOLO DICIANNOVESIMO

Le volontà di Amy.

Mentre queste cose accadevano in casa, Amy se la passava molto male con la zia March. Ella si lamentava sempre dell'esilio a cui era stata condannata e, per la prima volta in vita sua, capì quanto fosse amata e curata a casa sua. La zia March non guastava mai alcuno con le troppe carezze; non approvava quel metodo: ma cercava di esser buona e dolce poiché le manierine delicate e gentili della piccina le piacevano e, in fondo in fondo, benché non ne volesse convenire, aveva serbato un posticino tenero pei figli del nipote. Cercava di tutto per contentare Amy, ma il metodo era del tutto sbagliato.

Vi sono delle persone che si sentono moralmente giovani, nonostante le rughe ed i capelli bianchi, che possono prendere parte ai dolori ed alle gioie dei fanciulli, che possono render beata la loro vita ed in forma leggera e piacevole dar loro delle lezioni morali, acquistandosi così la loro amicizia e confidenza. Ma la zia March non aveva questo dono di natura e seccava a morte la povera Amy colle sue regole, i suoi ordini, le sue maniere affettate ed i suoi discorsoni lunghi, noiosi e prosaici. Vedendo che la bambina era molto più docile e pieghevole di sua sorella, la vecchia signora si credeva in obbligo di porre un riparo ai cattivi effetti che, secondo lei, avevano dovuto avere gli insegnamenti liberi e la troppa indulgenza dei suoi genitori.

Doveva ogni mattina lavare le tazze, pulire i vecchi cucchiai, la teiera d'argento ed i bicchieri e lustrarli finché non luccicavano; doveva poi spolverare le stanze, dar da mangiare a Polly, pettinare il cane ed andar su e giù per le scale almeno una dozzina di volte per dar ordini e contrordini e fare le commissioni per la vecchia che, molto zoppa, di rado si alzava dal suo seggiolone. Dopo tutto questo, la povera Amy doveva far le lezioni, dopodiché aveva finalmente un'ora di ricreazione, che certamente non si lasciava sfuggire. Laurie veniva tutti i giorni e riusciva a forza di moine a carpire alla vecchia il permesso di condurre Amy a passeggio con lui ed allora erano scarrozzate o passeggiate e divertimenti senza fine. Ma purtroppo veniva presto il tempo di tornare a casa e nel dopopranzo essa doveva leggere ad alta voce per la vecchia e poi star ferma e tranquilla mentre ella dormiva, rammendare i tovaglioli e gli asciugamani fino al beato momento in cui, venuta la sera, aveva finalmente il permesso di divertirsi a modo suo. Le serate però, lunghe, interminabili, in cui la zia March cominciava a raccontare noiosissime storie e ricordi della sua gioventù, erano le ore peggiori della giornata, tanto lunghe e noiose che Amy non vedeva l'ora di andare a letto per piangere, come diceva lei, sulla sua dura sorte, ma il pianto poi si riduceva tutto al più a due o tre lacrime poiché, appena messa la testa sul guanciale, si addormentava subito.

Se non fosse stato per Laurie e per la vecchia cameriera, Ester, Amy sentiva che non avrebbe potuto sopportare quella vita. Il pappagallo bastava già da solo a farla uscire dalla grazia di Dio, perché quell'animalaccio aveva subito capito che la bambina non lo poteva soffrire e, secondo la sua natura, faceva di tutta per vendicarsi. Le tirava i capelli ogni volta che essa gli si trovava vicino, rovesciava apposta il pane e latte quando la gabbia era stata pulita d'allora, beccava Mop per farlo abbaiare quando la vecchia dormiva, le diceva ogni sorta di improperi quando vi era gente, si comportava insomma in tutto e per tutto come una vecchia bestiaccia maleducata. Per colmo di sventura Amy non poteva soffrire il cane, una bestia grassa e brontolona, che ringhiava e guaiva quando lo si pettinava e puliva, che si sdraiava sulla schiena colle quattro zampe in aria ed un'espressione di beato idiotismo sul muso quando voleva mangiare e questo circa una dozzina di volte al giorno. La cuoca era sempre di cattivo umore, il vecchio cocchiere era sordo, ed Ester era l'unica persona che avesse un po' di pietà per la povera signorina. Ester era una vecchia francese, che aveva vissuto con «Madame» (così chiamava la sua padrona) molti anni e che, sapendo bene che «Madame» non poteva vivere senza di lei, le faceva far tutto ciò che voleva. Aveva preso una grande simpatia per «Mademoiselle» e le permetteva anche di andare girando per la casa e le mostrava tutte le vecchie reliquie, gelosamente custodite nei grandi armadi e nelle antiche casse. La più bella cosa però, secondo Amy, era un vecchio armadino indiano, pieno di cassettini nascosti, di aperture e di ripostigli, dove la zia March teneva rinchiusi una quantità di ornamenti, alcuni oggetti preziosi, alcune reliquie, tutte più o meno antiche, ed il più grande divertimento di Amy era di mettere in ordine tutti questi gingilli, specialmente quella cassetta ove, su cuscinetti di velluto, riposavano tutte le gioie che avevano adornato una bellezza di quarant'anni fa.

– Se Mademoiselle dovesse scegliere uno di questi gioielli, quale prenderebbe? – domandò Ester che in queste occasioni le stava sempre accanto per poter poi richiudere le gioie.

– Mi piacciono più di tutto i brillanti, ma anche collana e le collane stanno tanto bene! Sceglierei questo, credo – rispose Amy guardando con grande ammirazione un filo di coralli dorati, a cui era attaccata una bellissima croce.

– Cosa pagherei sapere chi avrà tutte queste belle cose alla morte della zia March – disse, mentre rimetteva lentamente a posto il bel rosario e chiudeva ad uno ad uno gli astucci.

– Lei e le sue sorelle. Lo so, Madame mi confida tutti i suoi pensieri e poi ho visto il testamento che dice così – mormorò Ester sorridendo.

– Che bellezza! Ma non potrebbe darceli adesso? La pro-cra-sti-na-zio-ne non è mica una cosa molto gradevole – osservò Amy dando un ultimo sguardo ai diamanti.

– Le signorine sono troppo giovani per portare queste cose. La prima che si farà sposa avrà le perle, Madame l'ha detto, ed io ho idea che quel piccolo anello di turchesi sarà regalato a lei quando tornerà a casa, perché Madame è molto contenta di lei ed approva molto la sua condotta e le sue manierine eleganti.

– Credi davvero? Oh, sarò un vero angiolo per guadagnarmi quel magnifico anellino! È molto più bello di quello di Kitty Bryant. Dopo tutto, voglio bene alla zia March. – Ed Amy si provò l'anellino con grande soddisfazione e col fermo proponimento di guadagnarselo.

Da quel giorno fu un modello di obbedienza e di bontà e la vecchia si compiacque grandemente del successo dei suoi insegnamenti. Ester mise nella stanzetta da toilette un tavolino con un panchetto, ed attaccò al muro un quadro che aveva tolto da una delle stanze disabitate. Ella credeva che esso non avesse gran valore e lo prese, sapendo che Madame non sarebbe mai venuta a saper nulla. Ma era invece una copia dal gran valore di uno dei più bei quadri del mondo e gli occhi di Amy, sempre pronti ad ammirare il bello, non si stancavano di guardare il soave volto della madre divina, che le faceva risvegliare i più dolci ed elevati pensieri. Sul tavolino ella pose la sua bibbia, il libretto di preghiere ed un vasetto pieno dei fiori più belli che le portava Laurie e cominciò a stare ogni giorno per un po' di tempo in quella stanzetta per rivolgere il suo pensiero a Dio e pregarlo di risparmiare la sorellina.

Ester le aveva dato un rosario nero con una crocetta d'argento, ma Amy lo attaccò al quadro e non se ne servì mai, non sapendo se fosse permesso di adoperarlo per preghiere protestanti.

La bambina faceva tutto questo con grande sincerità ed era cosa naturale poiché, lasciata sola e lontana dal suo nido, sentiva il bisogno di una mano protettrice a cui appoggiarsi ed istintivamente si rivolgeva al grande e benefico Amico, che è sempre pronto ad amare e perdonare le sue pecorelle. La povera Amy si ricordava con rammarico dell'aiuto che le dava sempre la sua mamma, insegnandole a guidarsi da sé ed a fare il bene, ma avendo ormai imparato a chi rivolgersi, faceva del suo meglio per seguire la retta via e non deviare; ma era una pellegrina molto giovane ed il viaggio le pareva lungo e difficile! Presa dunque la risoluzione d'esser molto, molto buona, Amy volle fare il suo testamento, come aveva fatto la zia March, affinché, se per caso si fosse ammalata e fosse morta, le sue sostanze fossero giustamente e generosamente divise. In una delle sue ore di ricreazione, con un po' di aiuto di Ester per le parole legali, ella scrisse 1 importante documento e quando la buona donna l'ebbe firmato, Amy si sentì sollevata e lo ripose con cura por mostrarlo poi a Laurie, che doveva fare da secondo testimonio.

Quando Laurie venne a farle nel dopopranzo la solita visita ella gli disse – Voglio che tu mi faccia il piacere di leggere questo foglio e dirmi se va bene e se è in regola. Tutto considerato sono venuta alla conclusione che è meglio fare il proprio testamento poiché la vita è incerta e non voglio aver rimorsi nella tomba.

Laurie si morse le labbra e, voltando un momento il volto, lesse il documento con gravità degna di miglior causa, considerandone specialmente la ortografia:

Il mio testamento.

Io, Amy Curtis March, essendo in piena coscienza delle mie facoltà mentali, lascio e delego tutta la mia proprietà terrestre divisa in questo modo:

A mio padre le mie migliori pitture, i miei disegni, carte e lavori d'arte incluse le cornici. Anche le mie L. 100 da farne quel che crede meglio.

A mia madre tutti i miei vestiti, eccetto il grembiulino celeste colle tasche, anche il mio ritratto e la mia medaglia con un bacio.

Alla mia cara sorella Margherita lascio il mio anello di turchesi (se l'avrò), la mia scatola verde colle tortorelle, anche il pezzo di merletto vero ed il mio ritrattino disegnato come ricordo della «sua bambina».

A Jo lascio il mio spillo, quello accomodato con ceralacca, il mio calamaio di bronzo (lei mi perse il coperchio) ed il mio prezioso coniglio di gesso perché mi dispiace di averle bruciato il suo librettino.

A Beth, se vive dopo di mie, lascio le mie bambole e la mia scrivania, il mio ventaglio, i miei colletti e le mie pantofole nuove, se potrà portarle, perché quando si alza sarà dimagrita. E le domando perdono e altresì di aver canzonato sempre la povera Joanna.

Al mio amico e vicino Teodoro Laurence lascio il mio portafoglio di carta ricamato, il mio cavallo di gesso nonostante che egli abbia detto che non aveva collo. Altresì in ricompensa della grande bontà ed affezione che mi ha dimostrato durante questo periodo di disgrazia qualunque altro dei miei lavori che gli possa far piacere. Notre Dame è a mio parere il migliore.

Al nostro benefattore il signor Laurence lascio la mia scatolina rossa collo specchio nel coperchio, che gli servirà per le sue penne e gli ricorderà la bambina morta, che lo ringrazia tanto per tutti i suoi favori e le sue beneficenze specialmente di quelle prodigate a Beth.

Desidero che la mia compagna favorita Kitty Bryant abbia il grembiulino di seta celeste e l'anellino d'oro con un bacio affettuoso.

Ad Anna lascio la scatola che ha sempre desiderato e tutti i miei rammendi sperando che di me si ricorderà quando quello vedrà.

E adesso, avendo disposto della mia proprietà, spero che tutti saranno contenti e non biasimeranno i morti. Perdono a tutti e spero che quando suonerà la tromba ci rivedremo tutti. Amen.

E questo testamento io firmo oggi
addì 20 novembre, Anno Domini 1861.

Amy Curtis March.

Testimoni: Estelle Valnor
Teodoro Laurence.

L'ultimo nome era scritto in lapis ma Amy volle che egli lo ripassasse coll'inchiostro e sigillasse bene il documento.

– Chi te l'ha messo in testa? Qualcuno ti ha detto che Beth voleva dar via la sua roba? – domandò Laurie seriamente, mentre Amy gli posava dinanzi un nastrino rosso, un pezzo di ceralacca, una candela accesa ed un calamaio.

Ella gli spiegò tutto, poi domandò ansiosa: – Che cosa hai detto di Beth?

– Mi dispiace di aver parlato, ma siccome il male è fatto, così finisco. Un giorno la povera piccina ai sentiva così male che disse a Jo che voleva lasciare il pianoforte a Meg, l'uccellino a te, e la povera bambola vecchia e rotta a Jo, sperando che per amor suo le avrebbe voluto bene. Le dispiaceva di aver così poco da dare ma lasciò a tutti noi dei riccioli dei suoi capelli ed un bacio al nonno. Ella non ha mai pensato al testamento.

Mentre parlava, Laurie stava scrivendo e chiudendo la carta e non alzò gli occhi che quando una grossa lacrima cadde sul foglio. Il volto di Amy era mesto e serio ma non disse che questo:

– Non si mettono qualche volta dei poscritti nei testamenti?

– Sì, li chiamano codicilli.

– Allora mettine uno nel mio; desidero che tutti i miei ricci siano tagliati e distribuiti ai miei cari ed agli amici. Me ne sono dimenticata ma voglio che sia fatto, benché sappia che mi farà diventare così brutta!

Laurie aggiunse il codicillo sorridendo a quest'ultimo e maggior sacrificio di Amy. Poi la divertì per un'ora e prese grande interesse alle sue pene. Ma quando fu per andarsene, Amy lo fermò per domandargli con labbra tremanti: – È in pericolo Beth?

– Temo di sì, ma dobbiamo sempre sperare per il meglio. Non piangere cara – e Laurie l'abbracciò con un moto così fraterno che Amy si sentì consolata.

Quando fu partito, Amy andò nella sua cappellina e là, seduta nel crepuscolo, pregò per Beth cogli occhi pieni di lacrime ed il cuore angosciato, dicendo a sé stessa che un milione di anelli di turchesi non l'avrebbero consolata della perdita della sua cara e paziente sorellina.

CAPITOLO VENTESIMO

Confidenze.

Non credo di poter trovare parole bastanti per descrivere l'incontro tra madre e figlie; sono sentimenti, quelli, bellissimi per chi li prova, ma difficili a descrivere, perciò lascio campo al lettore di dar libero corso alla sua fantasia, aggiungendo soltanto che nella casa regnò felicità completa e che il desiderio di Meg fu appagato, poiché le prime cose che Beth vide nello svegliarsi dal sonno lungo e benefico furono il volto di sua madre e la piccola rosa bianca. Troppo debole per potersi meravigliare, Beth sorrise soltanto e si strinse alle braccia amate, sentendo che il suo gran desiderio era stato finalmente esaudito. Poi si addormentò di nuovo e le ragazze si misero intorno alla madre e la servirono di tutto punto, poiché ella non volle togliere la mano dalla stretta della povera manina così magra e diafana, che si aggrappava alla sua, anche nel sonno. Anna, non potendo sfogare il suo eccitamento e la sua contentezza in altro modo, aveva preparato per la viaggiatrice una colazione «monstre» e Meg e Jo imboccarono la loro madre con grande amore ed attenzione mentre udivano dalle sue labbra le varie vicende della malattia del padre. Sottovoce, per non svegliare Beth, ella narrò loro come il signor Brooke avesse promesso di restar là per curarlo; disse dei disagi e dei ritardi del viaggio causati dalla tempesta ed il conforto che le aveva dato il volto pieno di speranza di Laurie, allorché, arrivata stanca, abbattuta, mezza intirizzita dal freddo, l'aveva visto alla stazione.

Che giornata strana, ma piena di felicità tranquilla! Al di fuori tutto sembrava animato ed allegro poiché tutti erano usciti a salutare la prima neve; all'interno tutto era quieto e tranquillo; tutti dormivano, stanchi della lunga veglia; un silenzio non interrotto regnava nella casa, mentre la povera Anna mezza addormentata faceva la guardia alla porta.

Meg e Jo, beate di non aver più quel grave senso di responsabilità da sopportare, chiusero gli occhi stanchi e si riposarono finalmente, come barche sbattute dalla tempesta che trovano riposo in un porto tranquillo.

La signora March non volle lasciare il capezzale di Beth ma si addormentò nel suo seggiolone, svegliandosi ogni tanto però, per toccare o spiare i movimenti della sua bambina tal quale come un avaro che gioisce del ritrovato tesoro. Laurie intanto, di gran corsa era andato a consolare Amy e là raccontò tutto con tanto sentimento che anche la zia March si asciugò due lacrime e non disse neanche una volta: – Te l'ho detto io. –

Amy si mostrò così forte in questa occasione da far credere che le preghiere nella cappella avessero già cominciato a portare i loro frutti. Asciugò subito le lacrime, ritenne il desiderio che aveva di rivedere sua madre e non pensò neanche all'anellino di turchesi, tanto che la vecchia dovette convenire con Laurie che era proprio «una brava donnina».

Anche Polly parve esser conscio di qualcosa di anormale perché la chiamò una «buona bambina», pregò che Dio la benedisse e le domandò se «voleva fare una passeggiata, cara» con la sua voce più affabile e cortese. Volentieri avrebbe accettato l'invito di andar fuori quella bella giornata, ma vedendo che Laurie chiudeva ogni tanto gli occhi, nonostante gli eroici sforzi che faceva per tenersi sveglio, lo persuase a sdraiarsi sul sofà, mentre che ella scriveva un bigliettino a sua madre. Il bigliettino le portò via molto tempo e quando tornò, trovò Laurie che dormiva pacificamente colle due mani sotto il capo, mentre la zia March, in uno stato miracoloso di bontà angelica, aveva fatto tirar giù le tendine perché la luce non gli battesse negli occhi.

Dopo qualche tempo però incominciarono ad avere il dubbio che non si volesse svegliare fino a notte e credo che questo dubbio sarebbe diventato certezza se un grido di gioia di Amy, nel veder sua madre, non l'avesse risvegliato. Vi saranno state probabilmente molte bambine felici quel giorno, ma è mia opinione che Amy fosse la più felice mentre, seduta sulle ginocchia della mamma, le raccontava tutte le sue sventure e veniva consolata e compensata con sorrisi affettuosi e tenere carezze. Erano andate a rifugiarsi nella cappella, ove Amy l'aveva condotta spiegandole a cosa era destinata e l'idea non dispiacque alla signora March.

– Anzi, mi piace moltissimo, cara; – diss'ella, volgendo uno sguardo al libretto di preghiere, che portava segni evidenti d'esser stato spesso letto e sul bellissimo quadro colla sua cornice di semprevivi. – È una bellissima idea di avere un luogo appartato ove ci si può rifugiare quando si vuole star quieti o quando si ha qualche dispiacere. Vi sono molti brutti momenti in questa nostra vita, ma possiamo sopportarli con una certa rassegnazione se domandiamo aiuto a Colui che lo può sempre dare; vedo che la mia buona bambina incomincia ad imparare tutto questo, non è vero?

– Sì mamma; e quando torno a casa voglio avere un cantuccino nella stanza degli impicci, ove possa mettere i miei libri e la copia che ho cercato di fare di quel quadro.

Mentre Amy accennava col dito, la signora March vide sulla mano alzata, qualcosa che la fece sorridere. Non disse nulla, ma Amy vide e capì quello sguardo e dopo una piccola pausa soggiunse seriamente:

– Ti volevo parlare di questo, ma me ne sono scordata. La zia mi ha regalato oggi quest'anellino, mi ha chiamato a sé, mi ha baciata e mi ha messo l'anello in dito, dicendo che io le facevo onore e che vorrebbe tenermi sempre presso di sé. Mi ha dato anche quest'altro curioso anellino per reggere quello di turchesi che è un po' largo. Vorrei portarli, mamma, me lo permetti?

– Sono molto bellini ma temo che tu sia troppo giovane per portare ornamenti di questo genere, Amy – disse la signora March guardando la manina rosea e grassa, su cui spiccava l'anellino celeste ed il piccolo reggi anello, formato di due manine d'oro incrociate.

– Cercherò di non esser vana, mamma – disse Amy – non è perché son belli che desidererei portarli, ma è per ricordarmi qualcosa.

– Vuoi ricordarti della zia March? – domandò sua madre ridendo.

– No, è per ricordarmi di non essere egoista.

Amy aveva un'espressione così seria e pensierosa che sua madre smise di ridere e si preparò ad ascoltare con rispetto i progetti della bambina.

– Ho riflettuto molte volte seriamente sui miei difetti e sono venuta alla conclusione che il più grosso di tutti è l'egoismo; perciò voglio cercar di correggermi, se è possibile. Beth non è affatto egoista e quella è la ragione per cui tutti le vogliono bene e sono stati così disperati al solo pensiero di perderla. Voglio dunque cercar di imitare Beth e, siccome spesso spesso dimentico le mie buone risoluzioni, così credo che se avessi qualcosa da ricordarmelo sempre, sarebbe meglio. Posso provare, mamma?

– Sì, cara, ma ho più fede nel cantuccio della stanza degli impicci che nell'anello. Portalo pure se credi che ti possa aiutare e fa' del tuo meglio e vedrai che riuscirai nel tuo intento poiché il fermo desiderio d'essere buone è già una vittoria guadagnata. Ma ora devo tornare da Beth. Sii tranquilla, piccina mia, sii buona e vedrai che presto potremo riaverti a casa.

Quella sera, mentre Meg scriveva a suo padre per dargli l'annunzio del salvo arrivo della viaggiatore, Jo entrò chetamente nella stanza di Beth e trovando sua madre al solito posto, si fermò un momento dinanzi a lei arricciandosi i capelli con un dito con un'espressione fra annoiata ed indecisa.

– Che cosa c'è, cara? – domandò la signora March, tendendole una mano con un volto che invitava alla confidenza.

– Debbo dirti qualcosa, mamma.

– Che si riferisce a Meg?

– Com'hai indovinato subito! Sì, si riferisce a Meg, e, benché sia cosa da nulla, pure mi da noia.

Quest'estate Meg lasciò un paio di guanti in casa dei Laurence e non ne riebbe che uno. Noi non ne facemmo caso, ma un giorno Teddy mi disse che l'aveva il signor Brooke e che lo teneva nella tasca del panciotto. Una volta gli è caduto in terra davanti a lui, Laurie lo ha canzonato ed il signor Brooke gli ha detto che infatti amava Meg, ma non aveva il coraggio di dirlo perché ella era tanto giovane ed egli così povero. Non ti pare una cosa orrenda?

– Credi che Meg abbia simpatia per lui? – domandò la signora March con ansietà.

– Dio ce ne liberi! Non ne so nulla io di amore e di cose di quel genere – gridò Jo con un curioso misto d'interesse e di disprezzo.

– Nei romanzi le ragazze dimostrano l'amore coll'arrossire, collo svenirsi, col dimagrare e far la figura di vere imbecilli, ma per fortuna Meg non ha nessuno di questi sintomi; mangia, beve e dorme meglio; mi guarda come il solito quando parlo di quell'uomo ed arrossisce soltanto quando Laurie scherza sull'amore e gli amanti. Io gli ho proibito di parlare di certe cose, ma egli non se ne da per inteso.

– Perciò credi che Meg non abbia alcuna affezione per John?

– Per chi? – domandò Jo meravigliata.

– Pel signor Brooke; lo chiamo John adesso; cominciammo a chiamarlo così all'ospedale e siccome a lui faceva piacere così adesso abbiamo preso questa abitudine.

– Oh Dio! Allora tu non sarai certamente contraria! È stato buono con papà e non avrai il coraggio di mandarlo via, ma lascerai che sposi Meg se vuole! Brutto ipocrita! Andar a fare il grazioso con te e papà per costringervi a volergli bene e a non contrariarlo! – gridò Jo, tirandosi di nuovo i capelli con un gesto di rabbia.

– Cara mia, non t'inquietare e ti dirò com'è andata. John, come sai, venne con me per far piacere al signor Laurence e fu così buono ed affettuoso con tuo padre che non potemmo far a meno di volergli bene. Ha parlato però apertamente ed onorevolmente di Meg, ci ha detto che l'amava, ma che si sarebbe fatto una posizione prima di chiederle di sposarlo. Voleva soltanto aver da noi il permesso di farsi amare da lei se gli era possibile. È un eccellente giovane e noi non abbiamo potuto rispondergli con un rifiuto, benché io non acconsentirò che Meg si leghi con una promessa alla sua età.

– Ma certo! Sarebbe una idiozia! Lo sapevo io che c'era qualcosa per aria! È anche peggio di quello che m'immaginavo! Ah, se potessi sposar Meg io stessa! Almeno non andrebbe via di casa!

Questo nuovo metodo di tenersi la sorella fece sorridere la signora March, che aggiunse però seriamente: – Jo, ho fiducia in te, non desidero che Meg sappia nulla di tutto questo. Quando John ritorna e li vedrò insieme potrò giudicare meglio dei suoi sentimenti.

– Lo vedrà subito in quei begli occhi scuri, di cui parla sempre ed allora tutto sarà finito! Il suo cuore è così molle che si struggerà come il burro al sole ai primi sguardi di triglia! Vedo già come andrà a finire: Meg sarà assorta dal suo caro John, lui, raccapezzerà in qualche modo qualche soldo, se la sposerà ed ecco già un vuoto nella famiglia! Ed io sarò così dispiacente e resterò sola! Oh Dio mio! Se fossimo stati tutti ragazzi! Almeno non ci sarebbero seccature! E Jo appoggiò il mento sulle ginocchia e minacciò, in un'attitudine sconsolata, il colpevole John. La signora March diede un sospiro e Jo si voltò a guardarla con aria più soddisfatta.

– Non ti piace eh mamma? Ho piacere! tanto piacere! Via, mandiamolo a farsi benedire e non diciamo nulla a Meg! Così saremo di nuovo uniti come prima!

– Ho fatto male a sospirare, Jo. È una cosa naturale e giusta che voi tutte dobbiate avere un giorno una casa vostra; ma sarebbe mio desiderio tenermi le mie ragazze il più possibile e mi dispiace che questa cosa sia avvenuta così presto! Meg ha soltanto diciassette anni e ci vorrà un po' di tempo prima che John possa farsi una posizione. Però tuo padre ed io abbiamo deciso che Meg non si legherà con alcuna promessa né si sposerà prima di vent'anni. Se lei e John si amano possono aspettare e mettere così a prova il loro amore. Meg è molto coscienziosa e non ho paura che lo tratti male o che cambi di idea da, un momento all'altro. Cara la mia bimba! Spero che sarà felice!

– Non saresti più contenta se sposasse un uomo ricco? – disse Jo, vedendo che la voce di sua madre tremava leggermente, pronunziando queste ultime parole.

– Il denaro è una cosa buona ed utile, Jo, ed io spero che le mie ragazze non dovranno mai sentirne la privazione né desiderarlo troppo ardentemente. Mi piacerebbe che John avesse una posizione bella e sicura, tanto da poter vivere senza indebitarsi di una vita tranquilla ed agiata. Sono contenta allo stesso tempo che Meg cominci la sua vita umilmente perché, se non mi sbaglio, essa si potrà chiamare ricca di possedere un cuore d'oro, e credo che questa sia la più grande delle fortune.

– Capisco, mamma, e sono pienamente d'accordo con te, ma sono delusa nelle mie aspettative. Io avevo già deciso che Meg doveva sposare Teddy ed esser felice e ricca per tutta la vita. Non sarebbe una bella cosa? – domandò Jo, guardando sua madre con un volto pieno di soddisfazione.

– Teddy è più giovane di lei – incominciò la signora March, ma Jo l'interruppe:

– Oh, questo non importa! È molto grande e serio per la sua età: può essere un uomo se vuole. E poi è ricco e generoso e buono e ci vuol bene a tutti; ed è un vero peccato che il mio piano vada in fumo!

– Ho paura che Laurie non sia abbastanza serio per Meg ed è troppo banderuola, ora come ora, perché ci si possa contare. Non far piani, Jo, ma lascia fare al tempo. Non possiamo occuparci di queste questioni e faremo bene di non creare romanzi immaginari, che potrebbero guastare la nostra amicizia.

– Beh, non ne parliamo più! Ma dispiace di vedere che le cose vanno tutte alla rovescia, quando sarebbe tanto facile raddrizzarle con una tirata da una parte ed una forbiciata dall'altra. Se almeno potessimo portare sulla testa dei ferri da stirare per impedirci di crescere! Ma i bocci vogliono diventare rose ed i cuccioli cani, ed è un gran peccato!

– Cosa parlate di ferri da stirare e di cuccioli? – chiese Meg, entrando nella stanza con in mano la lettera terminata.

– È uno dei miei soliti stupidi discorsi. Io vado a letto; vieni via, Meggy, – disse Jo alzandosi e stirando le sue lunghe braccia.

– Va benissimo ed è scritta molto bene. Aggiungi per piacere che mando i miei affettuosi saluti a John – disse la signora March mentre scorreva la lettera e la rendeva a Meg.

– Lo chiami John? – disse Meg sorridendo e fissando coi suoi tocchi innocenti quelli di sua madre.

– Sì, è stato per noi come un figlio e gli vogliamo molto bene – replicò la signora, guardando Meg con uno sguardo indagatore.

– Ne sono contenta; egli è tanto solo! Buona notte, mamma cara. È una gran gioia averti di ritorno – fu la calma risposta di Meg.

Il bacio che le dette sua madre fu molto tenero e, mentre se ne andava, la signora March disse con un misto di soddisfazione e di rimpianto: – Non ama ancora John, ma imparerà presto ad amarlo.

CAPITOLO VENTUNESIMO

Laurie fa malanni e Jo fa la pace.

La faccia che Jo aveva il giorno dopo era proprio meritevole di studio; il segreto le pesava ed aveva un bel da fare per non darsi arie di importanza e di mistero. Meg l'osservò, ma non si prese la pena di far delle domande, perché sapeva ormai che il miglior modo di prendere Jo era quello di trattarla colla legge dei contrasti; era perciò sicurissima che se non avesse chiesto nulla, avrebbe prima o poi saputo tutto. Fu quindi abbastanza meravigliata quando si accorse che non solo il silenzio perdurava ma che Jo prendeva delle arie protettrici che facevano proprio arrabbiare Meg. Ella allora, per parte sua, si pose su di un piede di dignitosa riserva e si occupò di sua madre. Jo fu quindi lasciata a sé stessa, poiché la signora March aveva preso il suo posto d'infermiera e l'aveva pregata di riposarsi, di muoversi, di divertirsi dopo la lunga prigionia. Essendo Amy lontana, l'unico rifugio era Laurie, ma pur piacendole molto la sua compagnia essa lo temeva un poco in quel momento, perché egli era un terribile indagatore ed essa temeva che sarebbe riuscito a strapparle il suo segreto.

Ed aveva proprio ragione. Infatti il ragazzo, amante di marachelle, appena ebbe il sospetto di un qualche mistero, decise di scoprirlo e cominciò a tormentar Jo. Egli la lusingò, cercò di corromperla, la canzonò, minacciò, sgridò; finse indifferenza per farle dire la verità senza che essa se ne accorgesse; dichiarò che sapeva tutto, poi che non gliene importava nulla; e finalmente, a forza, di perseveranza, riuscì a capire che si trattava di Meg e del signor Brooke. Indignato per non essere stato preso per confidente dal suo precettare, si mise all'opera per inventare una vendetta pari all'offesa. Meg intanto aveva apparentemente dimenticata la cosa ed era assorta in preparativi per il ritorno del padre, ma, ad un tratto, un cambiamento sembrò operarsi in lei e per un giorno o due fu proprio diversa dal solito. Si turbava quando le parlavano, arrossiva quando la guardavano, era quieta quieta e cuciva con aria timida e pensierosa. Alle domande della madre rispondeva che stava benissimo e faceva tacer Jo pregandola di lasciarla in pace.

– Lo sento nell'aria.... l'amore, voglio dire.... e sta per cascarci. Ne hai tutti i sintomi: è distratta, di cattiv'umore, non mangia, non dorme e sta sempre rincantucciata. L'ho sentita cantare quella canzone del «ruscello dalla voce cristallina» e una volta ha detto «John» come dici tu ed è diventata rossa come un papavero. Che cosa faremo mai? – disse Jo, pronta a prendere qualunque provvedimento, fosse pure la violenza.

183

– Non c'è altro da fare che aspettare. Lasciala stare, sii gentile e paziente; il ritorno di papà accomoderà tutto – rispose la mamma.

– Ecco una lettera per te, Meg, tutta sigillata. Com'è buffo! Teddy non sigilla mai le mie – disse Jo, il giorno dopo, mentre distribuiva ciò che era contenuto nella cassetta postale.

La signora March e Jo erano immerse nelle loro letture quando un rumore fatto da Meg le fece volgere all'improvviso; essa stava fissando la sua lettera con una faccia spaventata.

– Bimba mia, che cosa c'è? – gridò sua madre, correndo a lei, mentre Jo cercava di prendere il foglio, causa di tanto turbamento.

– È tutto falso, non l'ha mandata lui.... oh Jo, com'hai potuto farlo? – e Meg nascose la faccia tra le mani, piangendo come se il suo cuore fosse spezzato.

– Io? Io non ho fatto nulla! Ma di che cosa parla? – gridò Jo esterrefatta. I dolci occhi di Meg brillavano di rancore mentre, tirando fuori di tasca una lettera spiegazzata e gettandola a Jo, diceva in tono di rimprovero:

– Tu l'hai scritta e quel cattivo ragazzo ti ha aiutata. Come potete essere così sgarbati, così vili, così crudeli con noi due?

Jo l'udì appena perché tanto lei che sua madre stavano leggendo il biglietto, scritto in una calligrafia contraffatta.

«Mia carissima Margherita, non posso frenare più a lungo la mia passione e devo conoscere il mio destino prima di tornare. Non ho ancora il coraggio di parlare ai tuoi genitori, ma credo che acconsentirebbero se sapessero che ci adoriamo. Il signor Laurence mi aiuterà ad ottenere qualche buon posto e allora, mia amata, mi renderai felice. Ti supplico di non dir ancora nulla alla tua famiglia, ma di mandarmi una parola di speranza per mezzo di Laurie.

Il tuo devoto John».

– Ah, il birbante! Ecco la vendetta per il mio silenzio! Gli darò una buona sgridata e lo porterò qui a chiedere scusa – gridò Jo, bruciando dal desiderio di compier immediatamente giustizia. Ma la mamma lo trattenne, dicendo con uno sguardo che aveva raramente:

– Fermati, Jo; devi scolparti prima. Tu stessa hai giuocato tanti tiri che temo tu possa aver avuto una mano anche in questo.

– Sulla mia parola, mamma, non l'ho fatto. Non ho mai visto questo biglietto, non ne so assolutamente nulla, quant'è vero che vivo! – disse Jo con tanta sincerità che le credettero. – Se fossi stata io l'avrei fatto molto meglio ed avrei scritto un biglietto più sensato di questo. Credo che avresti dovuto capire che il signor Brooke non scriverebbe certa roba – aggiunse, gettando via il foglio con disprezzo.

– Assomiglia alla sua scrittura però – mormorò Meg, confrontandolo col biglietto che aveva in mano.

– Oh, Meg, non hai mica risposto? – esclamò la signora March molto turbata.

– Sì, ho risposto! – e Meg nascose di nuovo la faccia sopraffatta dalla vergogna.

– Ecco un bel pasticcio! Lasciami portar qui quel cattivo ragazzo perché si spieghi ed abbia una buona predica. Non posso aver pace finché non l'acciuffo – e Jo s'avviò di nuovo verso la porta.

– Zitta! lascia fare a me, perché la cosa è assai più grave di quel che credevo. Margherita, raccontami tutto – ordinò la signora March, sedendosi vicino a Meg e trattenendo Jo per paura che fuggisse.

– Ho ricevuto la prima lettera da Laurie che sembrava non saperne niente – incominciò Meg senza alzar gli occhi – Ero preoccupata in principio e volevo dirtelo; poi mi sono ricordata quanto ti piaceva il signor Brooke ed ho pensato che non ti sarebbe dispiaciuto se custodivo alcuni giorni il mio piccolo segreto. Sono così sciocca che mi piaceva pensare che nessuno lo sapesse; e mentre pensavo alla risposta mi pareva di essere come una di quelle ragazze dei romanzi. Perdonami mamma; sconto ora la mia sciocchezza. Non potrò mai più guardarlo in faccia.

– Che cosa gli hai risposto?

– Ho detto soltanto che ero troppo giovane per decidere, che non desideravo aver segreti con te, e che doveva quindi parlare a papà. Gli ero molto grata per la sua gentilezza e sarei stata la sua amica, ma nulla più, per molto tempo.

La signora March sorrise, come se fosse contenta, e Jo batté le mani, esclamando con una risata:

– Sei proprio paragonabile a Carolina Percy, che era un miracolo di prudenza! Ma avanti, Meg! E che cosa ha egli risposto?

– Scrive in modo completamente diverso, dicendomi che non mi ha mai mandato una lettera di amore e che è molto dispiacente che la mia sventata sorella Jo si prenda tali libertà coi nostri nomi. È molto gentile e rispettoso. Ma pensa che cosa orribile!

Meg, l'immagine della disperazione, ai appoggiò a sua madre e Jo continuò a passeggiare in su e giù per la stanza, dando a Laurie ogni sorta di titoli. Tutt'ad un tratto si fermò, afferrò i due biglietti e dopo averli osservati attentamente disse con fermezza:

– Io non credo che Brooke abbia visto né l'una, né l'altra di queste lettere. Teddy le ha scritte tutt'e due e conserva la tua per mostrarmela e vendicarsi perché non gli ho voluto svelare il mio segreto.

– Non aver segreti, Jo; dillo alla mamma e così sarai al sicuro.... come avrei dovuto far io! – disse Meg con aria ammonitrice.

– Dio ti benedica, bimba mia, me l'ha detto la mamma!

– Basta, Jo; io calmerò Meg mentre tu vai a cercar Laurie. Voglio andare a fondo della questione e mettere immediatamente un freno a simili tiri.

Jo corse via subito e la signora March confidò con molto tatto a Meg i veri sentimenti del signor Brooke a suo riguardo e quando ebbe finito concluse: – Ora, mia cara bambina, sta a te il decidere; quali sono i tuoi sentimenti!? Gli vuoi bene abbastanza da aspettare che egli possa farsi una posizione oppure preferisci esser perfettamente libera?

– Sono stata così seccata ed annoiata da questa storia che non voglio pel momento aver a che fare con innamorati, forse mai.... – rispose Meg con petulanza. – Se John non sa veramente nulla di questa faccenda, non gli dir nulla e fai in modo che Laurie e Jo stiano zitti. Non voglio esser ingannata e derisa e passar per burattina.... o anche peggio! È una vera vergogna!

Vedendo che Meg, generalmente di carattere così dolce e pieghevole, era così irritata ed inquieta per questo scherzo di cattivo genere, la signora March fece di tutto per calmarla, promettendole il più assoluto silenzio e la massima discrezione. Appena si udirono nell'anticamera i passi di Laurie, Meg si nascose nello studio e la signora March ricevette sola il colpevole. Si udì per circa una mezz'ora un mormorio di voci, ora basse, ora concitate, ma quello che successe durante il colloquio non fu raccontato mai ad alcuno.

Quando le ragazze vennero chiamate dalla madre esse trovarono Laurie che le stava vicino con una aria così compunta e vergognosa che Jo in cuor suo gli perdonò immediatamente, ma non credette prudente di mostrarlo. Meg accolse dignitosamente le sue umili scuse e fu assai calmata dall'assicurazione formale che Brooke non sapeva nulla di tutta questa faccenda.

– Non glielo dirò mai, te lo giuro; le peggiori torture non me lo strapperebbero di bocca; perdonami, Meg, sono pronto a far qualunque cosa per dimostrarti il mio pentimento – aggiunse Laurie con contrizione.

– Farò il possibile, ma è stata davvero una cosa molto poco gentile e delicata. Non mi sarei mai aspettata che tu potessi essere così finto e malizioso – replicò Meg, cercando di nascondere la sua confusione sotto un'aria di gravità e di rimprovero.

– È stata una cosa orribile e non merito perdono; non mi dovresti parlare per un mese, ma tu non lo farai, non è vero, Meg? Sei troppo buona! – e Laurie congiunse le mani in atto di preghiera e con un'espressione così supplichevole e pentita che, nonostante la sua condotta scandalosa, non fu più possibile tenergli il broncio. Meg gli perdonò e la faccia della signora March perdé un po' della sua severità negli sforzi che faceva per mantenersi seria quando lo udì dichiarare che avrebbe fatto penitenza dei suoi peccati in tutti i modi possibili ed immaginabili, ed avrebbe strisciato in terra come un verme dinanzi alla damigella offesa. Jo stava intanto in disparte, cercando di far la severa e non riuscendo che ad atteggiare la faccia ad un'espressione di grande disapprovazione. Laurie la guardò alla sfuggita una o due volte, ma, vedendo che ella teneva duro, si sentì offeso alla sua volta; le volse le spalle, mentre parlava cogli altri e, quando fu sul punto di partire, le fece un grande inchino e, senza una parola, uscì dalla stanza. Appena egli fu partito, Jo si pentì di esser stata così dura con lui e quando Meg e la mamma andarono su nelle loro camere, si sentì molto sola e desiderò ardentemente la compagnia di Teddy. Per un po' di tempo non cedette alla tentazione ma poi non poté più resistere ed armata di un libro che doveva riportare, traversò il giardino per andare alla casa grande.

– È in casa il signor Laurence? – domandò Jo alla cameriera che scendeva le scale.

– Sì, signorina, ma non credo che lo potrà vedere.

– Perché no? È malato?

– No, no, signorina, ma ha avuto una scenata col signorino che è in una delle sue cattive giornate e questo lo ha reso talmente furioso che non ho il coraggio di andare a picchiare alla porta.

– Dov'è Laurie?

– Chiuso in camera sua e non vuol rispondere a nessuno perché ho picchiato parecchie volte e non ha voluto aprire. Non so che cosa succederà del pranzo; è pronto già da qualche minuto e non c'è nessuno che voglia andare a tavola.

– Andrò a vedere io che cosa è successo. Io non ho paura né dell'uno né dell'altro – e senz'altro salì le scale e batté replicatamente alla porta di Laurie.

– Smetti di fare quel baccano, sennò apro la porta e ti faccio smetter io – urlò il signorino in tono di minaccia.

Senza por tempo in mezzo Jo ricominciò a picchiare con più violenza di prima; la porta si aprì con fracasso e prima che Laurie potesse riaversi della sorpresa, Jo si precipitò nella stanza. Vedendo che Laurie era veramente irritato, Jo, che lo conosceva a fondo e lo sapeva prendere, seppe dare alla sua faccia un'espressione umile e contrita e, cadendo artisticamente in ginocchio, disse umilmente: – Perdonami, ti prego, se sono stata così perversa. Sono venuta a far la pace e non posso in coscienza andar via finché non l'avremo fatta.

– Benissimo, alzati e non far la cretina – fu la cavalleresca risposta.

– Grazie, approfitterò del permesso. Posso domandare, se non è indiscreto, che cosa è successo? Non direi a occhio e croce che tu sia del miglior umore!

– Sono stato sgridato e scosso come un ragazzo.... e non ho intenzione di sopportare cose simili – brontolò Laurie indignato.

– Chi ti ha gridato?

– Il nonno; se fosse stato qualcun' altro l'avrei.... – ed il povero offeso finì la frase con un gesto energico del braccio destro.

– È una sciocchezza prendersela per questo. Quante volte ti grido io e tu non te la prendi? – rispose Jo per calmarlo.

– Ma tu sei una donna e questo è molto diverso: non permetterò mai ad alcuno di trattarmi in questo modo.

– Non credo che nessuno si azzarderebbe a farlo se ti vedesse nero come sei oggi. Perché ti ha trattato così male?

– Perché non gli ho voluto dire la ragione per cui tua madre voleva parlarmi! Le avevo promesso di tacere e non volevo mancare di parola.

– Non potevi trovar modo di soddisfare tuo nonno senza svelare il segreto?

– No, voleva la verità, tutta la verità, niente altro che la verità ed io gli avrei confessato il mio torto se avessi potuto farlo senza compromettere Meg, ma siccome non lo potevo, così sono stato zitto ed ho sopportato la gridata fino al momento in cui il nonno mi ha preso per le spalle e si è messo a scuotermi come un bambino. Allora mi sono talmente inquietato, che, per paura di fare qualcosa di cui potevo poi pentirmi, sono scappato.

– Il nonno ha avuto torto, ma scommetto che già se ne pente, perciò va' giù da lui e fa' la pace. Se vuoi, ti aiuterò anch'io.

– Neanche per sogno! Non ho nessuna intenzione di ricevere gridate da tutti per uno scherzo, sia pure di cattivo genere, che ho voluto fare. Mi è molto rincresciuto per Meg e le ho domandato scusa, ma non chiederò scusa questa volta quando so di aver ragione.

– Non so se hai ragione.

– Egli dovrebbe fidarsi di me, e non agire con me come con un ragazzo. È inutile Jo, è tempo ormai che impari che non sono più un bambino attaccato alle sottane della mamma!

– Mamma mia, che fiammiferi che siete! sospirò Jo. – Ed ora come vuoi fare?

– Se lui mi chiede scusa e dichiara di credermi quando gli dico che non posso parlare, allora penserò a fare la pace.

– Benedetto te! Ti pare che il nonno possa chiederti scusa?

– Ed io non scendo finché non lo fa!

– Teddy, non essere ridicolo, via! Non ti intestare ed io spiegherò tutto al nonno nel miglior modo possibile. Non puoi mica rimanere in camera tua in eterno: perciò che sugo c'è a fare il tragico?

– Non ho nessuna intenzione di rimanere qui in eterno. Scapperò di casa ed andrò a fare un viaggio ed allora il nonno s'accorgerà che dico sul serio e verrà a più miti consigli.

– Me lo immagino, ma veramente tu non dovresti farlo tanto inquietare!

– Non mi far prediche! Andrò a Washington a trovare Brooke: almeno mi divertirò dopo tutte queste noie!

– Che bella cosa sarebbe! Se potessi scappare anch'io! – disse Jo, dimenticando la sua parte di mentore e pensando soltanto alla vita allegra e spensierata che avrebbero menato alla capitale.

– Vieni via! Perché no? Tu fai una bella sorpresa a tuo padre ed io a Brooke. Sarebbe proprio uno scherzo magnifico! Coraggio Jo! Lasciamo qui bene in vista una lettera dicendo che stiamo benone e partiamo subito. Io ho danaro sufficiente per tutti e due: a te farà un gran bene e non ci sarà nulla di male perché tu vai a vedere tuo padre.

Per un momento sembrò che Jo fosse sul punto di cedere: una pazzia come quella era proprio del genere che le piaceva. Era stanca di star rinchiusa, stanca della vita agitata che aveva menato negli ultimi tempi e sentiva proprio il bisogno di un po' di cambiamento mentre che il desiderio di vedere il padre si univa a quello tentatore della libertà e del divertimento. I suoi occhi brillavano mentre guardava con infinito desiderio fuori della finestra, ma vide ad un tratto la vecchia casa dirimpetto e con un sospiro si volse, e scuotendo la testa: – Se fossi un ragazzo – disse – potrei scappare con te e godermela! Ma sono una povera ragazza e bisogna che stia al mio posto a casa mia! Non mi tentare Teddy, è un'idea da pazzi!

– Questo è il bello! – cominciò Laurie che pareva, in quel momento, in preda ad un accesso di ribellione e voleva rompere ad ogni costo i legami che lo tenevano stretto.

– Sta' zitto! – gridò Jo coprendosi le orecchie. – Bisogna che mi prepari fino da ora ad essere una donna con tutte le restrizioni del sesso e.... tutta la modestia necessaria. Sono venuta qui per consigliarti a far del bene, non a concretare delle pazzie, che mi farebbero saltare di gioia se le potessi mettere ad effetto!

– Se lo avessi proposto a Meg, sarei stato ben certo della risposta, ma credevo che tu avessi più spirito – cominciò Laurie, col suo fare insinuante.

– Sta' zitto, ragazzaccio! Siediti e pentiti dei tuoi peccati, invece di cercare d'indurre anche me in tentazione! Se riesco a persuadere tuo nonno a chiederti scusai, rinunzierai al tuo progetto? – domandò Jo molto seriamente.

– Sì, ma non lo farà – rispose Laurie che, in cuor suo, desiderava di rappattumarsi col nonno, ma che voleva avere prima una riparazione alla sua dignità offesa.

– Se ho potuto ottenere qualcosa dal giovane, otterrò più dal vecchio – mormorò Jo tra di sé, uscendo dalla stanza e lasciando Laurie che, con la testa tra le mani e le gomita appoggiate alla tavola, stava studiando l'orario ferroviario.

– Entrate – disse la voce burbera del signor Laurence che, quel giorno, sembrava ancor più burbera del solito.

– Sono io signore: le ho riportato il libro che mi ha prestato – rispose Jo con grande gentilezza, entrando nella stanza.

– Ne vuoi degli altri? – domandò il vecchio, tentando di non mostrare il suo malumore.

– Sì, grazie: il vecchio Sam mi è talmente piaciuto che vorrei il secondo volume – rispose Jo, pensando di ingraziarselo chiedendo il secondo volume di quell'opera dilettevole ch'egli le aveva molto raccomandata. Le scure sopracciglia aggrottate si fecero meno severe ed il signor Laurence appoggiò lo scaleo allo scaffale ove era riposta la letteratura Johnsoniana. Jo ai arrampicò fino in cima e, sedendosi sull'ultimo scalino finse di cercare il volume, ma in realtà stava scervellandosi per trovare il modo per incominciare il suo arduo e pericoloso discorso. Il signor Laurence, però, parve sospettare che qualcosa si stesse maturando in quel cervello poiché, dopo aver fatto due o tre giri per la stanza, come un orso in gabbia, si volse verso di lei ad un tratto con tale veemenza che Rasselas le cadde di mano, andando a sfasciarsi sul pavimento.

– Che cosa ha fatto questo ragazzaccio? Non cercare di difenderlo, sai? So che ha fatto qualcosa di male; l'ho capito dalla sua faccia quando è tornato a casa, ma non posso cavargli una parola di bocca e quando gli ho promesso di farlo parlare o per forza o per amore è corso in camera sua e si è chiuso a chiave.

– Ha fatto qualcosa di. male, ma gli abbiamo perdonato non solo, ma abbiamo promesso di non parlarne ad alcuno – cominciò Jo a malincuore.

– Niente affatto; non voglio che egli si scusi in questo modo e che cerchi di nascondersi dietro le vostre sottane. Se ha fatto qualcosa di male deve confessarlo, chiedere perdono ed avere la sua punizione. Dimmi la verità, Jo: non voglio essere tenuto all'oscuro di ciò che succede.

Il signor Laurence aveva un'aria così terribile in quel momento e parlava in modo così reciso che, se avesse potuto, Jo se la sarebbe volentieri data a gambe: ma, per sua sfortuna, era arrampicata in cima alla scala ed in fondo si trovava il signor Laurence, come un leone in attesa della preda e quindi fu giocoforza far fronte alla tempesta.

– Sul mio onore, non posso dirle nulla: la mamma ce lo ha severamente proibito. Laurie ha già confessato il suo fallo, ha chiesto perdono ed è stato già punito abbastanza. Le assicuro che stiamo zitti non per riguardo a lui, ma per riguardo ad un'altra persona, che potrebbe essere gravemente danneggiata se si parlasse. Mi faccia il favore, non chieda di più: è stato anche in parte colpa mia, ma tutto è accomodato, perciò l'unica cosa che rimane da fare è di dimenticare ogni cosa e parlare del «Rambler» o di qualche argomento più interessante.

– Al diavolo il Rambler! Vieni qui subito e dammi la tua parola d'onore che questo mio ragazzaccio non ha fatto nulla d'indelicato né d'impertinente. Se lo avesse fatto dopo tutta la bontà che gli avete dimostrato, giuro che lo picchierei colle mie mani.

La minaccia sembrava veramente terribile ma non spaventò Jo che conosceva a fondo il vecchio e sapeva che non avrebbe avuto il coraggio di alzar la mano sul nipote, qualunque fosse stata la sua mancanza. Scese però subito e sorvolò sull'incidente per quanto poté, non facendo comparire Meg e dicendo solamente una parte della verità.

– Bene, bene! Se il ragazzo ha taciuto solamente perché aveva promesso e non per ostinazione, gli perdono. È ostinato come un mulo e di carattere molto difficile – disse il signor Laurence, arruffandosi i capelli, come se fosse stato fuori in una tempesta, ma sospirando però come se si fosse levato un gran peso. – Va' su e digli che tutto va bene, che venga a pranzo e aggiungi anche che non mi faccia la tragedia, perché non mi piace.

– Non vuol venire, signor Laurence. Egli è offeso perché lei non gli ha voluto credere quando egli ha detto che non poteva svelar nulla. Temo che questa volta sia molto urtato. – E Jo cercò di far la faccia patetica, ma probabilmente non vi riuscì perché il signor Laurence si mise a ridere e Jo si congratulò con sé stessa, perché capì che la battaglia era vinta.

– Me ne dispiace, ma dovrei forse ringraziarlo per avermi fatto inquietare? Che diavolo s'aspetta mai? – disse il vecchio, vergognandosi però della sua testardaggine.

– Se fossi in lei gli scriverei una lettera di scusa in piena regola. Egli dice che non verrà giù se non l'ha e parla di andare a Washington e dice un monte di sciocchezze. Una lettera formale di scusa gli farà vedere quanto egli sia stupido e gli farà subito passare quest'estro. Si provi, vedrà che ci riuscirà bene. A Teddy piacciono gli scherzi e questo non è altro che uno scherzo. Io gli porterò la lettera e lo consiglierò a comportarsi bene un'altra volta.

Il signor Laurence le diede una occhiata indagatrice, poi si mise gli occhiali dicendo lentamente:

– Sei una vera birbona, ma non mi dispiace di esser menato pel naso da te e da Beth. Dammi un foglio di carta e facciamola finita con questa storia.

La lettera fu scritta in termini cavallereschi come si usa tra gentiluomini dopo un grave insulto. Jo, dopo aver ringraziato il signor Laurence con un bacio sulla fronte, corse su da Laurie e gli passò la carta sotto la porta, consigliandolo dal buco della serratura ad essere sottomesso, dignitoso e molte altre cose di questo genere. Vedendo però che la porta era di nuovo chiusa a chiave, lasciò che il biglietto producesse il suo effetto e se ne andò. Ella stava scendendo tranquillamente le scale, quando Laurie si lasciò sdrucciolare giù per la ringhiera e l'attese in fondo, dicendo, colla sua espressione più dolce e gentile:

– Che buon ragazzo che sei, Jo! Hai avuto una salsa? – aggiunse ridendo.

– No; tutto considerato, egli è stato buonissimo.

– Il peggio, è stato per me! Ne ho avute da tutti oggi! Anche tu mi avevi abbandonato ed ero talmente avvilito che ero pronto ad andarmene al diavolo! – cominciò, come per scusarsi.

– Non parlare a quel modo! Cambia vita e ricomincia da capo, figliuolo mio.

– Cerco sempre di cambiare e non riesco mai! Comincio, comincio e non arrivo mai in fondo! – disse egli con dolore.

– Vai a pranzo! ti sentirai meglio, dopo aver mangiato. Gli uomini sono sempre di cattiv'umore quando hanno fame – e, detto questo, Jo scomparve.

– Questo è un «labello» contro il mio sesso – rispose Laurie imitando Amy mentre andava a pranzare insieme col suo nonno, che era di umore addirittura splendido e che fu per tutto il giorno anche troppo rispettoso e dolce nelle sue relazioni col nipote.

Tutti credettero l'affare finito e la tempesta passata. Ma il male era fatto, e benché tutti se ne dimenticassero, Meg se ne ricordò. Non alluse mai più ad una certa persona, ma pensò molto a lui; e lo sognò più di una volta.

Un giorno Jo, rufolando fra le carte di sua sorella, per cercare un francobollo, trovò una carta tutta piena di «Signora John Brooke». Con un sospiro tragico lo prese e lo gettò nel fuoco pensando che lo scherzo di Laurie aveva purtroppo avvicinato per lei il giorno terribile della separazione.

CAPITOLO VENTIDUESIMO

Prati fioriti.

Le settimane che seguirono furono come i raggi di sole dopo la tempesta. I malati miglioravano rapidamente; il signor Brooke cominciò a parlare di ritorno per l'anno nuovo e Beth poté presto sdraiarsi sul sofà nello studio, divertendosi prima coi suoi amati gattini e cucendo poi i vestiti alle sue bambole che, poverette, erano in uno stato deplorevole. Le sue povere gambine, una volta così attive, erano diventate ora così deboli che Jo doveva prenderla nelle sue forti braccia per farle fare una passeggiatina per la casa. Meg con piacere bruciò ed annerì le sue ditina delicate cucinando dei piatti prelibati per la «cara piccina» ed Amy, schiava devota del suo anellino, celebrò il suo ritorno a casa col dar via tanti dei suoi tesori quanti ne vollero accettare le sorelle.

Il Natale si avvicinava ed i soliti misteri cominciarono a circolare per casa; Jo spesso spesso faceva andare in convulsioni di riso la famiglia, col proporre cose inaudite, grandi cerimonie in onore del Natale, che doveva esser quest'anno così allegro e felice. Anche Laurie era addirittura assurdo colle sue proposte; avrebbe desiderato dei fuochi di gioia, dei fuochi artificiali, degli archi di trionfo, ma, dopo molte piccole lotte, l'ambiziosa coppia dovette ritirarsi in buon ordine ed i due delusi se ne andarono girando con volti disperati, che erano però smentiti da grandi scoppi di risa ogni volta che si trovavano insieme.

Il tempo fu per alcuni giorni mite e bello e la giornata di Natale prometteva di essere splendida. Anna disse che se lo sentiva proprio nell'ossa che quel giorno doveva essere «una giornata grassa «e fu veramente profeta perché ogni cosa fu un vero successo.

Per cominciare il signor March scrisse che presto sarebbe stato fra loro; poi Beth quella mattina si sentiva meglio del solito e, vestita col regalo che le aveva fatto sua madre, una bella vestaglia rossa, fu portata da Jo in trionfo alla finestra per poter ammirare le offerte di Jo e di Laurie. Gli «invincibili» avevano fatto del loro meglio per essere degni del nome a loro dato, perché, lavorando la notte come degli spiriti, avevano preparato a tutti una comica sorpresa. Nel giardino era stata costruita una bellissima donna di neve, coronata di alloro, con un paniere di frutta e fiori in una mano, un cartoccio di musica nell'altra ed una poesia scritta su di una bandiera rosa che le spuntava dalle labbra.

La Jungfau a Beth

Che Dio ti benedica, cara regina Bess!
Che niente ti dispiaccia,
che salute e pace e felicità
siano tue, in questo giorno di Natale.

Ecco frutta: per nutrire la nostra ape operosa
e fiori per il suo nasino.
Ecco musica per il suo pianoforte
ed una coperta afgana per i suoi piedi.
Ecco il ritratto di Joanna vedi,
dipinto dal Raffaello numero due,
che si è applicato con impegno per farlo bello e realistico.
Accetta ti prego un fiocco rosso per la coda di Madama Micia,
e un gelato fatto dalla buona Peg: un montebianco in un secchio.
I miei artefici hanno messo nel mio petto di neve,
il loro più grande amore, accettalo, così come questa vergine alpina.

Da Laurie e da Jo.

Quanto rise Beth nel vederla! Quante corse in su e in giù fece Laurie portando dentro i regali e che discorsi ridicoli fece Jo, mentre glieli presentava!

– Sono tanto contenta che, se anche papà fosse qui, non credo che potrei desiderare altro al mondo! – disse Beth con un sospiro di soddisfazione, mentre Jo la portava nello studio, per farle assaggiare uno dei grappoli della bellissima uva che le aveva regalato la «Jungfrau».

– Anch'io – soggiunse Jo battendo lievemente sulla tasca ove riposava il tanto desiderato racconto di Undine e Sintram.

– Ed io? – disse Amy, non mai sazia di ammirare la bella copia della Madonna col Bambino che le aveva regalato sua madre.

– Che cosa potrei desiderare io!– gridò Meg, accarezzando lievemente le pieghe del suo primo vestito di seta, che il signor Laurence aveva insistito per regalarle.

– Ed io posso dire altrettanto!– disse la signora March, con gratitudine, volgendo lo sguardo dalla lettera di suo marito al volto sorridente di Beth ed accarezzando lo spillo formato di capelli grigi, dorati, castagni e bruni, che le ragazze le avevano allora allora appuntato sul petto. Qualche volta su questa terra piena di delusioni succedono cose insperate, che sanno un po' di romanzo, ma che portano tanta gioia e tanto conforto! Non era ancora passata una mezz'ora dal momento in cui avevano detto che se il padre fosse stato là non avrebbero più nulla da desiderare, che quest'ultimo desiderio fu esaudito.

Laurie aprì la porta dell'anticamera e mise dentro la testa assai tranquillamente; però egli avrebbe anche potuto fare una capriola o gettare un grido di guerra indiano, perché il suo volto era così pieno di eccitamento represso e la sua voce così giuliva mentre diceva quasi senza fiato: – Ecco un nuovo regalo per la famiglia March – che tutti saltarono su d'un balzo. Prima che la sua bocca avesse finito la frase, egli sparì ad un tratto ed in sua vece comparve sulla soglia un uomo alto, imbacuccato fino agli occhi, appoggiato ad un altro uomo alto, che cercò di pronunziare qualche parola senza riuscirvi.

La confusione divenne generale e per alcuni momenti tutti parvero aver perduto il senno, perché successero le cose più strane di questo mondo. Il signor March fu reso invisibile dalla stretta di quattro paia di braccia. Jo si disonorò con un mezzo svenimento e dovette esser curata da Laurie nello stanzino delle medicine; il signor Brooke, come poi spiegò abbastanza incoerentemente, baciò Meg per isbaglio; e Amy, la dignitosa Amy, inciampò in un panchetto, cadde ruzzoloni a terra, ma non si curò di rialzarsi e stette là piangendo e abbracciando le gambe di suo padre. La signora March fu la prima a rimettersi ed alzò una mano dicendo: – Zitti tutti; ricordatevi di Beth.

Ma era troppo tardi; la porta si aprì ad un tratto, e sulla soglia apparve la figurina rossa; la gioia prestò forza alle deboli membra, e Beth corse dritta tra le braccia di suo padre.

Non c'è bisogno di dilungarci su quello che accadde dopo: basti dire che i cuori traboccarono e che le lacrime di gioia portarono via tutta l'amarezza del passato, lasciando sola la dolcezza del presente.

Ma non tutto fu romantico, perché una sonora risata li rimise tutti! Anna venne scoperta dietro una delle porte singhiozzante sul grasso tacchino che si era scordata di posare quand'era scappata dalla cucina. Passato il parossismo delle risa, la signora March cominciò a ringraziare il signor Brooke per le cure prodigate a suo marito, cosa a cui il giovane rispose ricordandosi subitamente che il signor March aveva bisogno di riposo e ritirandosi precipitosamente insieme con Laurie.

Ai due invalidi fu ordinato allora un riposo assoluto ed essi obbedirono sedendosi ambedue nella stessa poltrona e chiacchierando a più non posso. Il signor March raccontò loro come aveva avuto da gran tempo l'idea di far quest'improvvisata ed era riuscito nel suo intento perché il dottore, vista la bellissima stagione, gli aveva dato il permesso di partire: poi cominciò a parlare di Brooke e raccontò come era stato buono ed amorevole con lui e finì col dire che egli era un giovane buonissimo e degno della più grande stima. Perché il signor March a questo punto facesse una piccola pausa, e, dopo aver dato uno sguardo a Meg che soffiava violentemente il fuoco, si volgesse a sua moglie con un'alzata di sopracciglia, lascio a voi d'immaginare. Lascio anche a voi d'immaginare perché la signora March scuotesse dolcemente il capo e gli domandasse ad un tratto se voleva mangiar qualcosa.

Jo vide e capì quello sguardo ed uscì dalla stanza per andare a prendere un po' di brodo buono e del vino, brontolando tra i denti, mentre chiudeva la porta con un gran picchio: – Al diavolo i giovani degni di stima coi begli occhi castagni!

Nessun altro pranzo di Natale sorpassò in bellezza e bontà quello che vi fu quel giorno! Il tacchino era un vero portento quando Anna lo portò a tavola; ben arrostito, ripieno e decorato magnificamente.

Il plum-pudding si struggeva in bocca e le gelatine, di cui Amy si poteva finalmente beare, erano squisite. Tutto era buono e ben fatto; – Un vero miracolo, – aggiunse Anna – poiché il mio spirito era tanto agitato, signora, che è stato un miracolo ch'io non abbia arrostito il plum pudding invece del tacchino e non abbia riempito il tacchino di zibibbo, facendolo bollire poi nel tovagliolo,.

Il signor Laurence e suo nipote pranzarono con loro e così pure il signor Brooke, a cui Jo dava delle occhiate torve, con gran divertimento di Laurie. A capo della tavola erano due poltrone sui cui sedevano i due invalidi, che festeggiavano questo giorno con pollo arrosto ed un po' di frutta. Naturalmente si fecero dei brindisi, si raccontarono aneddoti, si cantarono vecchie storie, «reminiscenze», come le chiamavano i vecchi della tavola, e tutti si divertirono immensamente. Una gita in slitta era stata già combinata da alcuni giorni ma le ragazze rifiutarono di lasciar loro padre e perciò gli invitati si ritirarono presto e verso il crepuscolo tutta la famiglia si riunì presso il fuoco.

– Un anno fa brontolavamo che Natale sarebbe stato triste e noioso. Ve ne ricordate? – domandò Jo, rompendo una piccola pausa che aveva seguito un lungo discorso.

– Tutto considerato non è stato un anno spiacevole – disse Meg sorridendo al fuoco e congratulandosi con sé stessa di aver trattato il signor Brooke con dignità.

– Un po' difficile se vogliamo – dichiarò Amy, osservando con attenzione il mutamento di luce sul suo anellino.

– Sono contenta che sia finito perché ti abbiamo di nuovo con noi – mormorò Beth, che sedeva sulle ginocchia di suo padre.

– Una strada un po' scoscesa per voi, mie piccole pellegrine, e specialmente l'ultima parte. Ma siete andate avanti coraggiosamente e credo che presto potrete scaricare i vostri fardelli! – disse il signor March, guardando con paterna soddisfazione le quattro giovani facce riunite intorno a lui.

– Come lo sai? Ti ha detto qualcosa la mamma? – domandò Jo.

– No, ma le pagliuzze mostrano da qual parte tira il vento; ed io ho fatto parecchie scoperte oggi!

– Oh diccele, papà! – gridò Meg, che gli sedeva accanto.

– Eccone una! – e prendendo la manina che posava sul bracciolo della sua seggiola, mostrò l'indice un po' spellato, una bruciatura nel mezzo della mano e due o tre piccoli indurimenti sulla palma – Mi ricordo di un tempo in cui questa mano era bianca e soffice e la tua prima cura era di conservarla così. Era molto bellina allora, ma per me è molto più bella adesso perché in queste macchie apparenti leggo una piccola storia. In questa bruciatura leggo il sacrificio della vanità: e sono sicuro che il lavoro, fatto da queste dita punte ed indurite, durerà a lungo, perché ciascun punto è stato dato con tutta la buona volontà. Cara Meg, all'educazione mondana o alle manine bianche io preferisco quelle altre mani femminili che rendono la casa felice; sono orgoglioso di tenere fra le mie questa buona, questa cara manina e spero di non doverla dar via troppo presto.

Meg non poteva avere una ricompensa più grande della stretta di mano di suo padre e del sorriso che le diede e le lunghe ore di lavoro le parvero leggere in confronto alla soddisfazione provata nell'udire questa lode di suo padre.

– Che cosa hai scoperto in Jo? Di' qualcosa di molto carino, papà, perché ha fatto tanto ed è stata così buona con me! – disse Beth all'orecchio di suo padre. Egli rise, e, guardando la ragazzona, che sedeva di faccia a lui con una espressione mite e dolce sul volto bruno, disse: – Nonostante la zucca pelata, non vedo più il «ragazzo Jo» che lasciai un anno fa. In sua vece scorgo una signorina, che si mette il colletto dritto, che si allaccia le scarpe, che non fischia e non parla a voce troppo alta, né si sdraia sul tappeto come faceva una volta. Il suo volto è adesso un po' pallido e magro per le lunghe veglie, la continua ansia, ma mi piace guardarlo perché la sua espressione è più dolce e la voce più tranquilla. Vedo che non salta più, ma si muove tranquillamente ed ha tanta cura di una certa personcina che proprio fa piacere vederle insieme. Non trovo più la mia ragazza impetuosa, ma se invece di lei avrò una donna forte, amorosa e buona, sarò perfettamente contento. Non so se è la tosatura che ha resa seria e composta la nostra pecorella nera, ma so che in tutta Washington non ho potuto trovare una cosa bella abbastanza da comperare con i venticinque dollari che la mia buona bambina mi ha mandato.

Gli occhi di Jo si riempirono per un momento di lacrime ed il volto pallido arrossì, mentre riceveva gli elogi di suo padre, sapendo in cuor suo che se li era ben meritati.

– Adesso a Beth – disse Amy, desiderosa di sentire che cosa avrebbe detto poi di lei, ma pronta ad attendere.

– Della mia Beth è rimasto così poco che temo, se dico qualcosa, che mi svanisca del tutto, benché non sia così timida come lo era – cominciò suo padre allegramente, ma, ripensando al grave pericolo corso così recentemente, se la strinse al petto dicendo, con la guancia posata amorevolmente sulla sua: – Sei salva, mia Beth, e, se Dio vuole, spero di poterti tenere sempre con me!

Dopo un momento di silenzio egli guardò Amy, che sedeva ai suoi piedi ed accarezzandole i capelli dorati: – Ho osservato – disse, – che Amy mangia le cosce del pollo, che è corsa su e giù tutto il giorno per aiutare sua madre, che ha ceduto il suo posto a Meg ed ha cercato di rendersi utile agli altri, cosa che non faceva per lo innanzi. Ho anche osservato che non brontola tanto, che non si guarda allo specchio e che non ha neanche fatto cenno ad un bell'anellino che porta in dito: perciò sono venuto alla conclusione che ha imparato a pensare più agli altri e non tanto a sé ed ha deciso di riformare il suo carattere come forma le sue figurine di gesso. Sono contento di te, piccina mia, poiché sarei molto orgoglioso di una bella statua fatta dalla mia bambina, ma sarò infinitamente più contento di una figlia amorosa che ha il segreto di rendere bella la sua vita e quella degli altri.

– Che cosa pensi, Beth? – domandò Jo quando Amy, ringraziato suo padre, ebbe raccontata la storia dell'anellino.

– Ho letto oggi nel «Progresso dei Pellegrini» che, dopo molti dolori, Cristiano e Speranza arrivarono ad un bellissimo prato coperto di gigli ed altri bei fiori e là si riposarono prima di terminare il loro viaggio – rispose Beth ed aggiunse, scendendo dalle ginocchia di suo padre ed avviandosi lentamente al piano: – È ora di cantare e voglio essere al mio posto stasera. Cercherò di cantare la canzone del pastore che udirono Cristiano e Speranza mentre si riposavano. Ho cercato di metterla in musica per te, papà, perché so che ti piacciono tanto quei versi.

E, seduta al suo caro piano, Beth toccò leggermente i tasti e, con quella voce soave che tutti credevano non dover mai più risentire, cantò l'inno, le cui parole sembravano proprio adattate per lei.

> "*Chi si tiene basso, non tema di cadere,*
> *chi si tiene basso, non tema orgoglio,*
> *chi è umile sempre avrà Dio come guida.*
> *Sono contenta di ciò che ho,*
> *che sia poco o molto.*
> *E Signore, ti chiedo la grazia, perché tu puoi,*
> *di farmi accontentare.*
>
> *L'abbondanza è un peso,*
> *per chi va in pellegrinaggio.*
> *Qui poco, e di là: benedizione.*
> *Questa è sempre la cosa migliore.*"

CAPITOLO VENTITREESIMO

La zia March risolve la questione.

Come api che ai affaticano intorno alla loro regina, la signora March e le figliuole tralasciarono, il giorno dopo, tutte le loro solite occupazioni per ascoltare, curare e stare intorno al nuovo malato, mettendo quasi in pericolo la sua vita per le troppe cure. Pareva che nulla dovesse mancare alla loro felicità ora che il signor March era con loro, seduto sulla poltrona vicina al sofà di Beth, con la signora March e le tre figlie attorno a lui ed Anna che ogni tanto faceva capolino alla porta «per dare una guardatina al caro uomo». Ma qualcosa mancava e, benché nessuno volesse confessarlo, pure i più grandi lo sentivano. La signora ed il signor March si scambiavano delle occhiate ansiose ed inquiete, mentre seguivano i movimenti di Meg. Jo aveva dei momenti di grave serietà e fu vista minacciare col pugno l'ombrello del signor Brooke, che era stato lasciato nell'anticamera. Meg era distratta, timida e silenziosa; si scuoteva ogni volta che suonavano il campanello ed arrossiva quando il nome di John veniva pronunziato. Amy diceva che tutti sembravano aspettar qualcosa e questo le sembrava strano, ora che il padre era tornato sano e salvo; e Beth innocentemente si meravigliava che i loro vicini non venissero come al solito.

Laurie passò dinanzi a casa loro nel dopopranzo e, vedendo Meg alla finestra, parve subito colpito da un accesso melodrammatico, poiché cadde in ginocchio sulla neve, cominciò a battersi il petto, a strapparsi i capelli e congiunse le mani come se implorasse qualche immensa grazia e, quando Meg gli disse di comportarsi come si deve e di non far sciocchezze, si portò il fazzoletto agli occhi per asciugarsi delle lacrime immaginarie e vacillando si avviò verso la cantonata, ove scomparve con un ultimo gesto di disperazione.

– Che oca! Che cosa vuol dire? – disse Meg ridendo e non volendo capire.

– Ti mostra come farà il tuo John fra poco, non capisci? – rispose Jo con scherno.

– Non dire il mio John; non sta bene e non è vero – ma la voce di Meg parve soffermarsi su queste parole come se il loro suono fosse molto grato al suo orecchio. – Non mi tormentare, Jo, ti ho già detto che non m'importa molto di lui, perciò non dir nulla e continueremo ad esser buoni amici come prima e basta.

– Tu non puoi esser amica sua come prima perché quello scherzo di

Laurie ti ha fatto girar la testa. Lo so, e lo vede anche la mamma; non sei più la stessa e ti sei già allontanata da noi. Non è per tormentarti che lo dico e, quando verrà il momento, sopporterò questo dolore senza mormorare, ma se almeno quell'asino si spicciasse! Odio le aspettative io, perciò se vuoi accettarlo, accettalo subito e falla finita! – disse Jo con stizza.

– Non posso certamente accettarlo se lui non me lo domanda e, siccome papà gli ha detto che ero troppo giovane, non me lo domanderà – cominciò Meg, abbassando la testa sul lavoro per nascondere il sorrisetto curioso che significava: – In questo non sono davvero d'accordo con papà.

– E se parlasse tu non sapresti che cosa dire e non faresti altro che piangere od arrossire e fargli far tutto a modo suo invece di dirgli un bel no!

– Non sono così stupida e docile come mi credi, Jo. So benissimo che cosa farei e che cosa direi perché è già un po' di tempo che ci penso, per non farmi prendere all'imprevista! Non si sa mai quel che può succedere ed io voglio esser preparata a qualunque evento.

Jo non poté fare a meno di sorridere dell'aria d'importanza di Meg che, col rossore che le copriva le guance, rendeva anche più bella la sua naturale bellezza.

– Che cosa gli diresti? Ti spiacerebbe dirmelo? – domandò Jo con un'ombra di rispetto nella voce.

– Con piacere; tu hai ora sedici anni, sei abbastanza ragionevole per esser presa come confidente e forse un po' di pratica ti sarà di aiuto quando anche tu avrai affari di questo genere.

– Non temere per me! Io non avrò mai affari di questo genere! Mi divertono le persone innamorate, ma mi darei dell'imbecille mille volte al giorno se ci cascassi io! – disse Jo, spaventata solamente all'idea.

– Non ti daresti tanto dell'imbecille se qualcuno ti piacesse molto e questa persona ti amasse.

Meg parlava quasi a sé stessa e guardava il sentiero campestre dove spesso, nel crepuscolo, aveva veduto passeggiare fidanzati e innamorati.

– Mi pareva che tu avessi l'intenzione di dirmi che cosa avresti risposto a quell'uomo – disse Jo, interrompendo bruscamente la piccola rêverie di sua sorella.

– Oh, non farei altro che dirgli con molta calma e fermezza: Grazie, signor Brooke, le sono molto riconoscente, ma sono d'accordo con papà nel dire che per ora sono troppo giovane per legarmi con alcuna promessa; perciò, la prego, non me ne parli più, ma restiamo amici come pel passato.

– Hum, è freddo e abbastanza compassato, ma non credo che avresti mai il coraggio di dirglielo. E poi egli comincerà a fare come gli eroi dei romanzi, a piangere ed a pregare e non avrai il cuore di ricusargli nulla!

– Niente affatto. Gli dirò che ho fermamente deciso così ed uscirò dalla stanza dignitosamente.

Così Meg si alzò e stava per fare una prova della dignitosa ritirata, quando un passo nell'anticamera la fece correre a sedere di nuovo e mettersi a cucire come se la sua vita dipendesse da quella costura che doveva fare. Jo soffocò con fatica uno scoppio di risa al subitaneo cambiamento e, quando qualcuno bussò leggermente alla porta, aprì con un aspetto accigliato e tutt'altro che benevolo.

– Buongiorno; sono venuto a riprendere il mio ombrello, cioè.... a vedere come sta oggi suo padre, – disse il signor Brooke, imbrogliandosi un po' nel vedere le facce confuse delle due sorelle.

– Va benissimo, gli dirò che lei è qui; è nel porta ombrelli e glielo prenderò – e dopo avere con questo bel discorso mischiato ben bene padre, ombrello e porta ombrello, Jo scappò di corsa, per dar occasione alla sorella di fare il suo bel discorsetto e di mettere in evidenza la sua dignità. Ma appena Jo fu uscita, Meg cominciò ad avvicinarsi alla porta mormorando:

– Mamma sarà ben contento di vederla; si sieda, la prego, andrò a chiamarla.

– Non vada via! Ha paura di me, Margherita? – ed il signor Brooke aveva tale un'espressione di dolore sul volto che Meg pensò che doveva aver commesso qualche grossa mancanza. Arrossì fino alla radice dei capelli, poiché era la prima volta che si sentiva chiamare Margherita da lui ed era meravigliata di vedere quanto le paresse dolce e naturale questo nome detto dalla sua bocca. Non volendo però parere imbarazzata e confusa ella gli tese la mano con un gesto di confidenza e disse con gratitudine: – Come posso aver timore di lei, dopo tutto quello che lei ha fatto per papà? L'unico mio desiderio sarebbe di poterle dimostrare la mia riconoscenza.

– Vuole che le dica come me la può dimostrare? – domandò il signor Brooke, serrando la manina tra le sue e guardando Meg con tanto amore nei grandi occhi bruni che il suo cuore cominciò a battere tanto rapidamente che ella avrebbe nello stesso tempo desiderato di scappar via e di udire quello che egli stava per dirle.

– Oh, no! mi faccia il piacere di no! preferisco di non saperlo! – disse cercando di ritirare la mano e cominciando a tremare, nonostante tutte le sue proteste.

– Non voglio dirle nulla che le dispiaccia, ma vorrei solamente sapere se mi vuole un pochino di bene, Meg; io gliene voglio tanto tanto, cara – aggiunse il signor Brooke teneramente.

Era giunto il momento per fare con calma e fermezza il discorsino, ma Meg non solo non lo fece, ma se ne dimenticò completamente e rispose: – Non lo so – con voce così sommessa che John dovette chinarsi per udire quelle poche parole.

Parve però che il signor Brooke si contentasse di questa risposta, perché sorrise con aria soddisfatta, strinse la manina che teneva ancora fra le sue e disse colla sua voce più dolce e persuasiva: – Non potrebbe cercar di saperlo? Mi preme tanto di sapere se posso mettermi al lavoro colla certezza di aver poi la mia ricompensa!

– Sono troppo giovane – mormorò Meg, domandandosi perché era così turbata e confusa e provando nello stesso tempo un senso di piacere.

– Aspetterò, ma intanto potrebbe imparare a volermi bene? Sarebbe una lezione molto difficile?

– Se volessi impararla no, ma...

– Voglia impararla, Meg! Sa che a me piace molto l'insegnamento e questo è anche più facile del tedesco! – interruppe John, prendendole anche l'altra mano, tanto da impedirle di nascondere il volto, mentre si chinava a guardarla. Il tono di voce era di preghiera ma, guardandolo furtivamente, Meg si accorse che i suoi occhi erano amorevoli e gai allo stesso tempo e che il suo volto aveva l'espressione soddisfatta di un uomo certo del successo. Ciò la irritò un poco; le ritornarono in mente le stupide lezioni di civetteria che le aveva dato Annie Moffat ed il desiderio di mostrare il suo potere si risvegliò ad un tratto e s'impossessò di lei. Eccitata ed un poco infastidita, non sapendo che altro fare, ella seguì l'impulso capriccioso del momento e ritirando le mani disse con petulanza:

– Non voglio imparare; vada via e non mi tormenti!

Il povero signor Brooke restò là in asso coll'espressione di chi vede crollare ad un tratto tutto il suo bel castello in aria. Egli non aveva mai visto Meg a quel modo e ne fu meravigliato.

– Pensa proprio così? – domandò ansiosamente, mentre ella si muoveva per andarsene.

– Sì proprio, lo penso: non voglio esser tormentata ancora con queste cose; papà dice che è troppo presto ed io sono perfettamente d'accordo con lui.

– E non crede che col tempo io possa convincerla a cambiare? Aspetterò pazientemente e non dirò nulla finché non avrà avuto tempo di pensarci bene. Non scherzi con me, Meg. Non me lo sarei aspettato da lei.

– Non s'aspetti nulla da me. Preferisco che non ci pensi! – disse Meg divertendosi a mettere a dura prova la pazienza del suo innamorato. Egli divenne pallido e serio: somigliava a quegli eroi da romanzo che Meg ammirava tanto: ma non si batté la fronte né si strappò i capelli: si contentò dl guardare Meg con occhi così pieni di amore e di disperazione che ella si sentì commossa. Che cosa sarebbe accaduto, non saprei dirlo, se in quel momento la zia March non fosse entrata zoppicando nella stanza.

La vecchia non aveva potuto resistere alla tentazione di vedere il nipote; aveva incontrato Laurie per la strada, mentre faceva una scarrozzata, e, saputo l'arrivo del signor March, aveva fatto voltare la carrozza ed era venuta subito a fargli una visita. L'intera famiglia era occupata nella parte più remota della casa ed ella era entrata, senza far rumore, sperando di far loro una bella sorpresa. La sorpresa fu grande e non certo grata per almeno due di loro, e Meg diede un balzo come se avesse veduto uno spirito, mentre il signor Brooke spariva precipitosamente nello studio.

– Cos'è successo? – gridò la vecchia, battendo in terra il bastone che aveva in mano, dopo aver guardato successivamente la signorina diventata di fuoco ed il signore pallido come un lenzuolo.

– È un amico di mio padre! Sono così sorpresa di vederla! – balbettò Meg preparandosi a ricevere una buona ramanzina.

– Questo è evidente – rispose la zia March sedendosi. – Ma che cosa ti stava dicendo questo amico di tuo padre perché tu sia così rossa e confusa? Qui c'è qualcosa sotto ed insisto per sapere che cos'è – aggiunse, battendo di nuovo la canna per terra.

– Stavamo parlando. Il signor Brooke è venuto a prendere il suo ombrello – cominciò Meg, desiderando in cuor suo che il signor Brooke ed il suo ombrello fossero mille miglia lontano.

– Brooke? Il precettore di quel ragazzo? Ah, capisco, capisco! So ogni cosa! Jo mise una volta per sbaglio una delle lettere per tuo padre nella mia e mi ha dovuto raccontare tutta la faccenda. Non l'hai mica accettato? – gridò la zia March scandalizzata.

– Zitta, che può sentire! Vado a chiamare la mamma – disse Meg, confusa ed imbarazzata.

– Aspetta, voglio prima parlarti un po' sul serio. Di' un po', hai proprio intenzione di sposare quest'uomo? Perché, se lo sposi, non avrai mai da me neanche un soldo. Ricordatene bene e sii una volta ragionevole – disse la vecchia energicamente.

La zia March conosceva alla perfezione l'arte di far ribellare anche le persone più dolci e buone e ci prendeva evidentemente giusto. Tutti abbiamo in noi una certa dose di spirito di contraddizione, specialmente quando si è giovani ed innamorati. Se la zia March avesse pregato Meg di accettare Brooke, essa avrebbe risposto molto probabilmente che non ci pensava nemmeno, ma avendole invece ordinato il contrario, Meg si credette in obbligo di accettarlo subito. Lo spirito di contraddizione, misto all'affetto latente che aveva per Brooke, le resero facile questo compito e, già eccitata, Meg rispose con grande spirito e risolutezza:

– Sposerò chi mi pare, zia March, e lei può lasciare i suoi denari a chi le fa più piacere – disse scuotendo la testa con fermezza.

– Oh, oh! Che arie son queste? È questo il modo di seguire i miei consigli? Se ne pentirà, signorina, un giorno, quando avrà provato che cosa sia l'amore in una capanna!

– Si può trovare qualcosa assai peggiore nelle case ricche e grandi! – rispose Meg.

La zia March si mise gli occhiali per dare una buona squadrata a Meg, perché non l'aveva mai vista a quel modo. Meg stessa si riconosceva appena, si sentiva così forte ed indipendente, così contenta di difendere John e di proclamare il suo diritto di amarlo, se così le piacesse! La zia March vide che la faccenda era male imbastita e, cambiando subitamente tattica, disse con la sua voce più melliflua: – Meg, mia cara, sii un po' ragionevole. Io lo dico per il tuo bene e desidero che tu non distrugga la tua vita. Dovresti sposare una persona ricca per aiutare la tua famiglia; è il tuo dovere e dovresti saperlo.

– Papà e mamma non hanno nessun piacere che io sposi una persona ricca; essi sanno che John non è ricco, ma gli vogliono bene lo stesso.

– Il tuo papà e la tua mamma, mia cara, hanno meno senso comune di un bambino in fasce.

– Ci ho tanto gusto – gridò Meg con fermezza.

La zia March fece finta di non sentire e continuò:

– Questo Brooke è povero e non ha parenti ricchi, non è vero?

– No, ma ha molti amici.

– Non potete vivere di amicizie, mia cara; provali e vedrai quanti te ne resteranno fedeli. E non ha neppure una posizione, eh?

– Non ancora, ma il signor Laurence lo aiuterà.

– Non durerà a lungo, te lo dico io! Giovanni Laurence è un vecchio avaro su cui non si può contare. E così tu hai intenzione di sposare un uomo senza denari, senza posizione, senza protezioni, e dovrai lavorare tutta la tua vita ancor più di quello che non fai ora, mentre che potresti vivere da gran signora se solamente dessi retta a me? Credevo che tu avessi un po' più di buon senso, Meg.

– Se cercassi tutta la mia vita, non potrei trovare di meglio! John è buono e bravo; ha talento, ha voglia di lavorare e si farà una buona posizione. Tutti lo amano e lo rispettano ed io sono orgogliosa d'essere amata da lui, benché non abbia mai capito come faccia a contentarsi di una ragazza così povera, così giovane e stupida come sono io – disse Meg con una espressione di serietà che la rendeva ancor più graziosa.

– Egli sa che ha dei parenti ricchi! Ecco il segreto! Ecco perché mostra di volerti bene!

– Zia March! Chi le dà il diritto di insinuare una cosa simile? John è superiore a certe piccolezze e, se lei continua a parlare in questo modo, non starò nemmeno ad ascoltarla! – gridò Meg indignata, dimenticandosi tutto fuorché l'accusa lanciata contro John. – Il mio John non sposerebbe mai per interesse! Siamo tutti e due preparati a lavorare ed aspetteremo finché potremo sposarci. Non temo la povertà; sono stata povera fino ad ora e sono stata felice e sono certa di essere felice con lui perché egli mi ama ed io....

Meg si arrestò ad un tratto ricordandosi che non era ancora venuta ad una decisione; aveva detto al «suo John» di andarsene, ed ora egli poteva avere udito tutto il suo discorso!

La zia March era al colmo dell'indignazione; s'era messa in testa che sua nipote doveva contrarre un ricco matrimonio ed il volto contento e felice della ragazza la faceva inquietare ancora di più.

– Bene, bene! Io me ne lavo le mani! Sei una ragazza testarda e stupida ed hai perduto con questo molto più di quel che non pensi! No, non mi voglio trattenere; sono delusa nelle mie speranze e non me la sento più di veder tuo padre. Non t'aspettar nulla da me, sai, quando ti sposi; ti lascio agli amici del signor Brooke e me ne lavo le mani di te, per sempre – E la zia March, brontolando ed arrabbiata, se ne andò in gran furia. Colla partenza della vecchia signora anche tutto il coraggio di Meg parve andarsene; rimasta sola, essa non seppe più cosa fare, se piangere o ridere. Prima ancora però che potesse decidere, si trovò dinanzi il signor Brooke, che disse tutto di un fiato: – Non ho potuto fare a meno di udire tutto, Meg. Grazie per avermi difeso e grazie alla zia March per avermi dato la gioia di sentire che, dopo tutto, lei mi vuole un po' di bene.

– Non sapevo quanto gliene volessi fino al momento in cui ha cominciato a calunniarlo! – rispose Meg.

– E.... posso dunque rimanere ed essere felice, cara?

Qui si presentava di nuovo l'opportunità di fare il suo discorsino e ritirarsi dignitosamente, ma Meg non ci pensò neanche e si disonorò per sempre agli occhi di Jo, mormorando sommessamente: – Sì, John – e nascondendo il volto nel soprabito del signor Brooke.

Quindici minuti dopo la partenza della zia March, Jo scese

tranquillamente le scale, si fermò un momento alla porta e, non udendo alcun rumore, scosse la testa e sorrise con un'espressione soddisfatta, dicendo: – Ah! l'ha mandato via come s'era detto ed anche quest'affare è finito! Che bellezza! Ora andrò a sentire che cosa gli ha detto e gli farò una bella risata.

Ma la povera Jo non fece mai la sua bella risata perché uno spettacolo inaspettato la fece restare di sasso sulla soglia, colla bocca spalancata e gli occhi sgranati. Era venuta per esultare sulla disfatta del nemico e per congratularsi con la dignitosa sorella, per il bando dato al pretendente e trovò invece il suddetto nemico seduto tranquillamente sul sofà colla dignitosa sorella sulle ginocchia! Jo diede una specie di rantolo, come se una doccia fredda le fosse caduta sulla testa; ed a questo rumore gli innamorati si voltarono e la videro. Meg balzò in piedi vergognosa ed orgogliosa allo stesso tempo, ma «quell'uomo» non si scompose punto, anzi sorrise, e, baciando la nuova venuta, disse: – Sorella Jo, congratulati con noi!

Questo poi era troppo! Con un gesto di disperazione e senza dire una parola, Jo scomparve e, correndo a più non posso su per le scale, irruppe nella stanza dei malati e li spaventò tutti gridando tragicamente: – Oh, andate giù per carità! Quel Brooke si comporta in modo vergognoso e Meg è contenta!

Il signore e la signora March scesero di corsa mentre che Jo, gettata sul letto, gridò, strepitò per la rabbia, e pianse mentre raccontava la tremenda notizia a Beth ed Amy. Le sorelline però non considerarono la cosa sotto un aspetto così tragico e Jo, non ricevendo da loro alcuna consolazione, si rifugiò nella soffitta per raccontare i suoi dispiaceri alla famiglia di topi.

Nessuno seppe mai che cosa fu detto e fatto nel salotto quel giorno, ma la conclusione fu che il signor Brooke fece meravigliare addirittura i suoi amici colla sua eloquenza e tanto disse e tanto fece da persuaderli tutti a fare a modo suo.

La campanella per il tè suonò prima che egli avesse finito di descrivere il paradiso che avrebbe preparato per Meg e quando egli fece il suo ingresso nel salotto da pranzo, dando il braccio alla fidanzata che sembrava immensamente felice e contenta, Jo non ebbe più il cuore di esser gelosa o di esser di cattivo umore. Amy fu molto colpita dalla devozione di John e dalla dignità di Meg. Beth li guardava da lontano sorridendo, mentre i signori March sorvegliavano la giovane coppia con tanta soddisfazione da dar quasi ragione alla zia March quando diceva che erano «due bambini in fasce». Nessuno mangiò molto, ma tutti sembravano assai soddisfatti e la vecchia stanza sembrava prender parte a quella felicità e compiacersi che il primo romanzetto si svolgesse fra le sue mura.

– Non puoi dire che non accade nulla di piacevole, adesso, Meg, non è vero? – disse Amy cercando il posto d'onore pei fidanzati nel gruppo che voleva disegnare.

– No, non lo posso dir davvero!. Quante cose sono successe da quel tempo! Mi sembra che sia passato un anno intero! – rispose Meg, che era in un sogno dorato e si sentiva portata a pensare a cose ben più alte e poetiche del solito pane e burro.

– Le gioie si succedono ai dolori con grande rapidità questa volta e credo che sia già cominciato il cambiamento – disse la signora March – Generalmente nelle famiglie vi è un anno pieno di eventi; questo non è stato un anno monotono per noi, ma fortunatamente finisce bene, dopo tutto.

– Spero che il prossimo finirà meglio – brontolò Jo fra i denti. Poveretta, non poteva vedere Meg occuparsi davanti ai suoi occhi esclusivamente di una persona! Ella amava appassionatamente poche persone ed era un terrore per Lei il pensiero che il loro affetto potesse cessare o anche diminuire.

– Spero che il terzo terminerà anche meglio se riesco a fare quel che voglio – disse il signor Brooke sorridendo a Meg, come se tutto fosse diventato possibile e facile adesso.

– Non ti pare che tre anni siano molto lunghi? – domandò Amy che avrebbe voluto che il matrimonio si celebrasse subito.

– Ho tanto da imparare prima d'esser pronta che sarà per me un tempo quasi troppo corto – rispose Meg, col volto atteggiato a dolce gravità.

– Non hai che da aspettare. Io ho da fare tutto il lavoro, Meg – disse John cominciando col raccattare il tovagliolo di Meg con un'espressione che fece scuotere la testa a Jo, mentre diceva a sé stessa con un'aria di sollievo: – Ah, ecco Laurie! Ora avremo una conversazione un po' più sensata!

Ma anche in questo Jo si sbagliava. Laurie entrò nella stanza col volto allegro e sorridente, portando in mano un gran mazzo di fiori per la «Signora John Brooke» e colla ferma persuasione evidentemente che tutto l'affare era stato concluso per merito suo.

– Lo sapevo bene che Brooke avrebbe fatto a modo suo; egli fa del resto sempre tutto quello che vuole, perché quando si mette in testa una cosa, la fa, dovesse cascare il mondo! – disse Laurie, dopo aver fatto le sue congratulazioni ed offerto il suo regalo.

– Molto grato per la tua buona raccomandazione. La prendo però come un buon augurio per l'avvenire e in segno della mia riconoscenza t'invito subito alle nozze – rispose il signor Brooke che si sentiva in pace col mondo intero, anche col suo impertinente scolaro.

– Verrei, anche se fossi in capo al mondo, perché soltanto la vista della faccia di Jo varrebbe un Perù! Ella non ha l'aria troppo allegra, signorina, posso domandarle che cosa la turba? – domandò Laurie, seguendola in un cantuccio del salotto ove si erano tutti riuniti per salutare il signor Laurence.

– Non approvo questo matrimonio, ma ho deciso di sopportarlo con rassegnazione e non dirò una sola parola – rispose Jo solennemente – Non puoi immaginare quanto mi dispiaccia di dover cedere Meg! – continuò poi con un piccolo tremito nella voce,

– Non la cedi! Fate metà per uno! – disse Laurie per consolarla.

– Non potrà mai esser lo stesso, però. Ho perduto la mia migliore amica – sospirò Jo.

– Te ne resta ancora uno, però. Io non son buono a nulla, ma sarò tuo amico per tutta lai vita, Jo, sul mio onore! – e Laurie era convinto di quel che diceva.

– Sì, lo so, e te ne sono grata. Sei un buon amico, Teddy – rispose Jo, stringendo affettuosamente la mano di Laurie.

– E adesso, non fare il muso, Jo; sii buona! Meg, vedi, è felice; Brooke in breve tempo si farà una posizione; il nonno l'aiuterà e vedrai che sarà molto carino veder Meg nella sua casetta! Noi poi ce la passeremo magnificamente quando lei sarà maritata, perché io avrò finito gli studi ed allora andremo a fare qualche bel viaggio insieme. Non sarebbe questa una buona soluzione?

– Lo credo io! Ma non si sa mai che cosa può accadere in tre anni – disse Jo pensierosa.

– Eh! Hai ragione! Che bellezza se si potesse dare uno sguardo nell'avvenire e vedere dove saremo e che cosa faremo allora! A me piacerebbe, e a te, Jo?

– No, non credo; potrei vedere qualcosa di triste ed invece adesso tutti sembrano così felici che non vorrei cambiar nulla! – e gli occhi di Jo fecero lentamente il giro della vecchia stanza, rischiarandosi a poco a poco.

Il padre e la madre sedevano l'uno accanto all'altro, vivendo nuovamente, nel romanzo della loro figlia, il piccolo romanzo che essi avevano vissuto vent'anni fa. Amy stava disegnando i fidanzati che sedevano in disparte, in un mondo felice tutto loro, che dava ai loro volti una luce che la giovane artista non riusciva a cogliere, Beth, sdraiata sul sofà, parlava tranquillamente col suo vecchio amico, che teneva la piccola mano stretta fra le sue, come se quella mano potesse trasfondergli tutte le buone qualità che ammirava in lei. Jo sedeva sulla sua poltrona favorita coll'espressione grave e dolce che meglio si addiceva alla sua fisionomia e Laurie, appoggiato alla spalliera, col mento al medesimo livello della testina ricciuta, sorrideva col suo più amichevole sorriso e la salutava nello specchio che li rifletteva ambedue.

Così cala la tela sulle quattro sorelle, Meg, Jo, Beth ed Amy. Potrebbe ancora rialzarsi, ma questo dipende dall'accoglienza che farà il pubblico a questo primo atto del dramma domestico chiamato:

«Piccole donne».

Printed in Great Britain
by Amazon

64940372R00122